三国演义

著名篆刻家毕来德制

万卷楼

李国文说

（中）

李国文 著

萧萧故垒

北方联合出版传媒（集团）股份有限公司
万卷出版公司

序

李国文

　　《三国演义》是一本奇书，在中国古典文学作品中，称得上是流传最广泛，影响最深远的历史小说。

　　其实，自公元184年黄巾之乱起，到公元280年东吴孙皓降晋止，通常被称作"三国"的这段历史时期，在整个中国五千年的文明史上，只能算是短短的一瞬。然而，这段不足百年的三国鼎立局面，那刀光剑影、权谋纷争、忠贤奸愚、风云变幻的历史，如此家喻户晓，以至比历史上任何一个朝代，人们都更能津津乐道。中国历史，从三皇五帝到中华民国，算起来该是二十六史或是二十七史了，但哪一史也不如魏、蜀、吴被中国老百姓所熟知。要说打仗，比"三国"的仗打得大者，不可胜数。要说杀人，历朝历代，由古至今，何止亿万，"三国"死的人，顶多是个零头。要说称王称霸，大忠大奸，文治武略，英雄美人，哪部史籍中找不出来呢？独是三国，

1

经罗贯中演义之后，便成了普及度最广，知名度最高的一段历史。

这不能不说是《三国演义》的功绩，当然，也是文学的功绩。中国有记史的传统，中国人更有讲史的习惯。从宋代陆游那首《小舟游近村舍舟步归》里提到的"斜阳古道赵家庄，负鼓盲翁正作场。死后是非谁管得，满村听说蔡中郎"便知道，从那个时候起，"说三分"这些专讲三国故事的说书人就出现了。于是，明代就有了在话本基础上修改加工，凝练完善，雅正文字，拾遗补缺的《三国演义》；至罗贯中，这部历史小说正式定型，后又经毛宗岗父子润饰，便是现在通行的版本。印刷数量之大，读者受众之多，普及范围之广，影响程度之深，在中国自有书籍以来，为当仁不让的出版物冠军。

凡中国人，在其日常生活、社会活动、交往言谈、工作学习之中，都会因涉及这部伟大作品，而无时无刻不感受到它的存在。

政治家读它的权谋，军事家读它的韬略，士农工商被它的传奇故事所吸引，道学家则抓住了它的仁义道德，大做文章，底层社会视"桃园结义"为千古楷模，至今仿效不绝。大人物以史为鉴，把《三国演义》俨然当成一本教科书；老百姓饭后茶余，《三国演义》又是一份消遣的佳品、聊天的谈资。于是，仁者见仁，智者见智，王者看其王道，霸者看其霸道——萝卜青菜，各有所爱，千秋赏鉴，品评不已。所以此书问世数百年来，盛行不衰，一代又一代的人捧读把玩，爱不释手。在中国，不知道《三国演义》者不多，在国外，知道《三国演义》者不少。一部书，漂洋过海，走向世界，这充分说明它长青永存的艺术魅力。

在这部书里，弱者从中看到了勇气，得到或多或少的振作；强者则于英雄豪杰的身影中，看到自己的长短；谋事者从中懂得如何寻找进身之阶；得意者也自然会在这本书里吸取覆辙之鉴；统治者曾经用它来愚弄人民，人民又用书中的帝王将相，来褒贬统治者；正义之人震撼于其中之正义，如同邪恶之徒偏好其中之邪恶一样，各取所需；心怀叵测的小人能从中找到知音，胸怀坦荡的君子当然也不难寻到同道；欲杀人者，比之书里血流成河的规模，也许不必于心不安；在劫难逃者，能不为同命同运而一哭乎？兴灭继绝，护道统之不坠；更迭替代，创一己之新图，都能在这本书里找到振振有词的依据。"分久必合"，矛盾的统一；"合久必分"，又何尝不是辩证法呢？浩浩哉，荡荡哉，读《三国演义》，如入名山，谁也不会空手而返的。

有人说"老不看三国"，生怕人学得更加老奸巨猾。因为再没有一本书，像《三国演义》这样提供了如此之多炉火纯青的权术，展现人性之恶。也有人说"看三国，替古人掉泪"，似乎又怕人过多关心遥远，感情用事，而错失眼前的现实。在中国，还找不到一本书，能像《三国演义》这样，和我们每个人的日常生活联系得如此密切。我们知道，历史小说终究是小说，而不是历史。然而这部书对于三国时期若干历史事件的评价，若干历史人物的判断，竟能起到超越正史的作用。曹操的一张白脸，应该说是《三国演义》给他涂上的。关羽成为尊神，得享香火供奉，更是《三国演义》推崇的结果。文学潜移默化的功能表现之突出，在中国文学史上，莫过于这部不朽之作了。所以史学家讶异它浸润正史的力量，以至于扑朔迷离，莫辨真伪。文学家则不能不佩服这部历史小说的既是历史，又是与小说的弥合无缝的统一。在中国甚至世界的历史小说中，至今，它仍是不可逾越的高峰。

它不是白话小说，也不是文言小说。半文不白，自成一式。它比白话典雅，而不失平白如话的特点；它比文言浅显，可又并不艰深费解。上自满腹经纶之士，下至引车卖浆者流，居然雅俗共赏；从舞台至银幕，从地方戏到电视剧，搬演出来，也能老少咸宜。无论点头称是也罢，摇头非议也罢，这部书以其自身的政治、艺术价值而传世永存。绣像插图，本是章回小说的传统手法，其直观效果，其视觉冲击，往往对文本起到相得益彰的作用。本书从清末民初的多种版本中，撷取优美插图，以求图文并茂，使读者得以享受文字以外的美感，这分用心与努力，希望得到读者赏识。

自古至今，类似的演义浩若烟海，当代人写历史小说者，则更是荦荦大端。但比之《三国演义》，或是通俗敷衍，拘谨而乏文采；或是向壁虚构，荒唐无足凭信；或是陈词滥调，庸俗甚至腐朽；或是泥古不化，令人不堪卒读。有的把帝王后妃写成比当代人还新潮的摩登人物，有的把起义领袖写成深谙当代游击战术的将领，有的把丑恶当作美行，把反动视为进步，有的把暴君写成明主，军阀写成救星，封建道德写成万世不变的纲常伦理，那老百姓也就必然成了群氓和蝼蚁。更有一些历史小说作家，或是跑马圈地，占山为王，把某段历史视作私家禁脔，不容他人插足；或是以史为名，变相卖春，糟蹋古人，贻笑大方；或是志大才疏，贪多求全，力不从心，难以为继；至于那些充斥地摊，弥布网络的粗制滥造，胡编乱写的伪劣历史小说，则是属于打假的对象了。

《三国演义》被人誉为"第一才子书"，高于《庄》《骚》《史记》，被认为是"扶纲植常""裨益风教"而顶礼膜拜，也被视作"野史芜秽之谈""萑苻啸聚行径"而"最不可信"，责之以"太实而近腐""七实三虚惑乱观者"，以及"欲显刘备之长厚而似伪，状诸葛之多智而近妖"，也大有人在。它确也有诸多不足之处，然而无论如何，这部千百年来，由说话人、说书艺人和历代文人集体创作出来的智慧结晶，不但有观赏价值，有娱乐价值，有消遣价值，而且有文学价值、思想价值。除此以外，还有某种意义的实用价值。所以，在中国，迄今为止，还没有一本历史小说，能比得上《三国演义》这样深入人心。现在如此，若干年以后，仍将如此，因为它是一部真正的艺术精品。

　　两千年来，天变，地变，国变，人变，沧海桑田，无不变的事物，然而构成社会相生相克，此消彼长，强弱转换，进步退化的关系总则，好像并未变，至少未大变；或形式变，而实质未变；或语言变口号变，而内容未变。从这个角度来读《三国演义》的话，这本书真可称得上是具有人生宝典意义的一部不同凡响之作。

　　《三国演义》的生命力，也许就在这里。

李国文

2017 年 3 月于北京家中

目录

坑人的爱民之举

第四十一回（上）：刘玄德携民渡江

　　王夫之论刘表，"表出自党锢，固雍容讽议之士尔"。党锢清流，是他从中央政府空降荆州的政治资本，赤手空拳，苦心经营，从汉献帝初平元年（190）起，到汉献帝建安六年（201）收留刘备时，十多年间，荆州在刘表治理下，俨然乱世中的一块乐土，"沃野千里，士民殷富"，"带甲之士十余万"。统治幅员之广，南延交趾；管理状态之佳，仓实廪足；文化教育之盛，人才济济；著书立说之多，文华一方，这也是刘表倚以隔岸观火的资本。说明他并非如《三国演义》形容的那样优柔寡断、懦弱滞暗。他敢容纳刘备，他敢得罪曹操，所恃者，就是他的实力。另外，时称"八俊"的刘表，有其虚荣心和求名欲，这也是很多大人物的通病。因为刘玄德奉诏讨贼失败，来投奔他这个正经八百的宗室，拒之，则陷自己于不义，党锢清流这招牌打出来，名声在外，却对一位向往他的反曹义士关上大门，天下人会不笑之吗？虽然他夫人、他幕下、地方实力派，大加反对，但他能够顶住阻力，说明那时的他尚未完全受操纵、受控制，是大权在握的。

　　刘备之错，就是到了新野，待了好几年，竟未能使刘表

遗香堂绘像三国志，明末安徽新安黄氏刻本

向有利于自己的方向倾斜，而是听由他一步步落入蔡氏、当地豪族和地方势力的包围之中，终于不能自拔。自然，刘表永远也不会把屁股坐到他这一方面，但任何集团都非铁板一块，更何况处于弱势地位的刘琦，是其天然同盟军，而诸葛亮出主意使其求为江夏太守，离开襄阳，实非良策。刘琦一走，他们对于襄阳的大小动静，一无所知，更别说加以提防。

事见《后汉书》："琦不自宁，尝与琅邪人诸葛亮谋自安之术。亮初不对。后乃共升高楼，因令去梯，谓亮曰：'今日上不至天，下不至地，言出子口，入于吾耳，可以言未？'亮曰：'君不见申生在内而危，重耳居外而安乎？'琦意感悟，阴规出计。会表将江夏太守黄祖为孙权所杀，琦遂求代其任。"《资治通鉴》汉纪五十七，汉献帝建安十三年（208）所载文同，只是文前加了个"初"，说明与这一年的刘玄德携民过江无关。但《三国志》著者陈寿，显然认为诸葛亮未出山前，身在茅庐，交游广阔，授意刘琦，当系这一年的早些时候，或更早以前发生的事。无太多历史意义，遂不载。《三国演义》故意忽略《资治通鉴》的"初"，据《后汉书》进行艺术夸张，模糊时间，便与大撤退混为一谈。但由此得知，刘备在新野近八年（201—208），连近在咫尺的樊城，都始终未在其控制之下，这既可说明刘表对刘备的防范，夙夜匪懈，也可说明刘备对刘表的统战，根本不做为。这哪是一个政治家的所作所为啊！

刘备的失败，一败于他没有好好经营这块根据地，并进一步加强与刘表亲善。二败在他一误再误，瓜熟蒂落，当摘而不摘，未能及时拿下荆州，以致错过了大好时机。三败于他小胜以后，掉以轻心，没有估计到曹操的反扑，也没有估计到刘表去世所带来的政治变化，更未能及早做出撤退准备。而实行的携民渡江的大逃亡上，他的仁义道德，是以新野、樊城两地人民的生命，和他的一支部队溃不成军为代价而得来的，这美名究竟有多少含金量呢？

这种看起来爱民，而实际上害民的决策，最为坑人了。但写书的人，未尝到苦头，所以能够轻松地张开大嘴巴，为既救不了百姓，也救不了自己的刘备，大唱赞歌。

言教不若身教

第四十一回（下）：赵子龙单骑救主

这是《三国演义》中最为家喻户晓的章节。

这一次江陵撤退，刘备全面溃败，"却说玄德引十数万百姓、三千余军马，一程程挨着往江陵进发。赵云保护老小，张飞断后"。曹操不傻，"操教各部下精选五千铁骑，星夜前进，限一日一夜，赶上刘备"，可以想象这十几万民众，被曹军精兵冲杀过来的那场混乱，"备弃妻子，与诸葛亮、张飞、赵云等数十骑走，操大获其人众辎重"。

接下来便是"赵云见（糜）夫人已死，恐曹军盗尸，便将土墙推倒，掩盖枯井。掩讫，解开勒甲绦，放下掩心镜，将阿斗抱护在怀，绰枪上马"。

在《三国演义》中，只有这个赵子龙武艺超人，忠贞不贰，无可挑剔，当得上"浑身是胆"这四个字的评价，应该是这部书中最为完美的人物。关、张、马、黄，都有其不足之处，独赵子龙，你挑不出一个不是。这一场戏，正面写其忠心赤胆，侧面写其英勇善战，最后，还写了曹操视线中的这位英雄。"却说曹操在景山顶上，望见一将，所到之处，威不可当，急问左右是谁。曹洪飞马下山大叫曰：'军中战将可留姓名！'云应声曰：'吾乃常山赵子龙也！'曹洪回报曹操。操曰：'真虎将也！吾当生致之。'"曹操看赵子龙，是一个善将将者，在战场上对这位名将的实测，只见他奋战于千军万马，好比劈波斩浪，所向无敌；只见他冲突于重重包围，如入无人之境，英武神勇。他的威武，他的气势，压倒所有敢挡住他去路的敌人，他的英勇，他的强悍，令所有挑战者闪避三舍，躲之不迭。那曹操也是久经沙场之辈，能征惯战之徒，也情不自禁地赞叹赵云这一身武艺。如果他知道这员武将，还抱着一个孩子，那就将更为敬佩了。如果说，此时的曹操，敢高看自己的敌手，不愧识人之人，那么刘备心目中的赵子龙，"或谓备'赵云已北走'。备以手戟擿之曰'子龙不弃我走也'"，这就不但识人，更是既知人又人知的高手了。

识人，是一种睿智，是一种慧识，浊眼凡胎者多，一眼看透者少，而知人又为人知，则是一种真情，一种互信，那是很难得的心灵沟通，精神契合。

"这一场杀：赵云怀抱后主，直透重围，砍倒大旗两面，夺槊三条，前后枪刺剑砍，杀死曹营名将五十余员。后人有诗曰：'血染征袍透甲红，当阳谁敢与争锋！古来冲阵扶危主，只有常山赵子龙。'"砍旗两面，夺槊三条，并非闲笔，古代冷兵器战争，多为贴身战，敌我厮杀，打成一团，旗就是敌我双方的识别标志，旗随主将，起指挥作用，旗倒自然主将阵亡。而槊，乃骑兵的重武器，于马上双手持之，极具杀伤力，这都在说明赵子龙浑身是胆，不但砍旗，打乱曹营部署，还夺得武器，以利继续战斗。

打到最后，怀抱阿斗，愈战愈勇，血染征袍，望风披靡，

三国志像，绣像金批第一才子书，毛声山评点，金圣叹序，清初刊本大魁堂藏版

手下从骑，已无一人，孤单杀敌，并无退心。至此，谁能不为赵子龙在战场上那分勇猛无敌、赤胆忠心而动容呢？也许被救之人，并不值得如此舍生忘死，但救主行动的本身，却永远是人们所赞美的。人类若没有这种一往无前、奋

年画，长坂坡，天津杨柳青

不顾身的精神，去援助那些处于困厄中，生命危殆，奄奄一息的同类，反而冷漠视之，不顾而去，和动物的区别在哪里呢？

携民渡江，刘备背了太大的包袱，这种农民式牵牛赶羊的大搬家，乃军家大忌。可刘备明知要吃大亏，而且败到如此山穷水尽地步，也不忍撇下追随他的百姓，径自过江而去。也许正是这种人格的感召力、仁义的凝聚力，不但百姓拥戴于他，将士忠诚于他，甚至千军万马的战场上，赵子龙为了他肯于出生入死，奋不顾身，冲锋陷阵，单骑救主。说明此公精神上的不可小觑，正因为他的道德高度，才能被人拥戴，才能于屡败中崛起，才能以信义立足于天下吧？

《三国演义》这部书也在告诫当道者，言教不若身教，你说一千句漂亮的言辞，不如一个亲身垂范的行动，更有说服力。

张飞的杰作

第四十二回（上）：张翼德大闹长坂桥

旧时，有一种叫作洋画片的儿童玩具，其实是大人们吸纸烟时，每包都夹有的广告片。洋画片中《三国演义》或其他古典小说的人物绣像插图最吸引人了。但是要想集齐一套，可以领奖，至为困难，尤其这张《张翼德大闹长坂桥》，似乎是很难集齐的几张之一。这当然是烟草公司的生意经，意在促销。但也说明，中国古典章回小说中的绣像插图，是那时读者的一种美的享受，确有其很强的吸引力。中国画的留白，实在是了不起的艺术表现手段，给读者无限广阔的想象空间。

《资治通鉴》汉纪五十七，就在刘备的"子龙不弃我而走也"说完以后，接着便是"顷之，云身抱备子禅，与关羽船会，得济沔，遇刘琦众万余人，与俱到夏口"。那负责掩护全军撤退的张飞，正在当阳长坂坡，演出他一生中最光彩，也是最戏剧化，令人叫绝的好戏。他一生打过许多次胜仗和败仗，《三国演义》，一笔带过，影响不深，独有这一次，大家记住了。为什么能被后人津津乐道，因为其中蕴含着一个真理，在这个充满着辩证法的世界上，可为的事，变得不可为，而不可为的事，却有可能成为可为，所以，就有了"事在人为"这样的说法。

"却说文聘引军追赵云至长坂桥，只见张飞倒竖虎须，圆睁环眼，手绰蛇矛，立马桥上；又见桥东树林之后，尘头大起，疑有伏兵，便勒住马，不敢近前。俄而，曹仁、李典、夏侯惇、夏侯渊、乐进、张辽、张郃、许褚等都至。见飞怒目横矛，立马于桥上，又恐是诸葛孔明之计，都不敢近前。扎住阵脚，一字儿摆在桥西，使人飞报曹操。操闻知，急上马，从阵后来。张飞睁圆环眼，隐隐见后军青罗伞盖、旄钺旌旗来到，料得是曹操心疑，亲自来看。飞乃厉声大喝曰：'我乃燕人张翼德也！谁敢与我决一死战？'声如巨雷。曹军闻之，尽皆股栗。曹操急令去其伞盖，回顾左右曰：'我向曾闻云长言：翼德于百万军中，取上将之首，如探囊取物。今日相逢，不可轻敌。'言未已，张飞睁目又喝曰：'燕人张翼德在此！谁敢来决死战？'"

张飞为什么不止一次地表明身份？因为燕人张翼德的燕，乃幽燕之燕。幽州，边地也，边地之民，打起仗来，绝对要比关右中国之人凶猛一百倍，他要在精神上先取得压倒性优势。

"曹操见张飞如此气概，颇有退心。飞望见曹操后军阵脚移动，乃挺矛又喝曰：'战又不战，退又不退，却是何故！'喊声未绝，曹操身边夏侯杰惊得肝胆碎裂，倒撞于马下。操便回马而走。于是诸军众将一齐望西奔走。"

众将不敢应战，怕中埋伏，曹操无心恋战，因为他得了荆州，不等于拥有荆州，他很大程度上担心刘备和刘琦的联合，制造新的战端。他一退，成就了张飞英名。但正史上只有"张飞将二十骑拒后，飞据水断桥，瞋目横矛曰：'身是张

遗香堂绘像三国志，明末安徽新安黄氏刻本

翼德也，可来共决死！'敌皆无敢近者"。

通常，张飞与关羽并提，同为万人敌，因关羽时处焦点中心，而张飞则成边缘化的人物，光照不足，稍逊光彩。其实，他的鲁莽行事，作风粗放的性格，有相当误读的成分。张飞在鞭督邮，古城会，战长坂，释严颜，败张郃，进西川几个节点上，都有不弱的表现。

长坂桥，乃张飞胆大心细之杰作，负责断后的他，故作疑兵，然后，以一夫当关，万夫莫开之势，扼守桥头。制造声势，虚声夺人，本是兵不厌诈的惯常做法，以轰轰烈烈的心理攻势，造千军万马的战争假象，有决一死战的精神宣示，得不战而胜的实际效果，在《三国演义》这部战争教科书里，这是最常见，也是最常用的计谋。

要知道，做假也是一门学问，虚虚实实，实实虚虚。明知是假的，却不得不看成真的，似乎是假的，然而却是真的。这计谋要想达到完美程度，一是必有相当相当的实力；二是必有相当相当的胆量；三是决不半途则废，坚持坚持下去的信心。在战场上如此，在职场上也如此，对比你强的对手，切不可亮出全部底牌，有一点保留节目，多一些回旋余地，常能获得意外的从容。

然而，《三国演义》对张飞喝断长坂桥的描写，过分夸张，倒不如正史《资治通鉴》所写"操兵无敢近者"六字，立显张飞据水断桥、瞋目横矛的勇气，更为气势夺人。

胜利综合征

第四十二回（下）：刘豫州败走汉津口

汉献帝建安十一年曹操平并州，至此，袁绍势力彻底消灭。接着，十二年平定乌桓，十三年进兵荆州，刘琮降，刘备惨败。

经过征讨乌桓的势如破竹，经过肃清袁绍余党的不费吹灰之力，经过江夏一役俘获了刘表的精锐水师，经过襄阳追击战，将刘备打得屁滚尿流，面对激流汹涌的长江，这个骑在马上厮杀半生的曹操，也想在波涛中、浪花里，做一回弄潮儿，过一把指挥水战的瘾。便促成了他不可抑制的战争冲动。

胜利接着胜利，在乘胜追击途中，从统帅到士兵最易出现的倾向，一是急躁情绪，二是轻敌思想，三是由急躁、轻敌而形成的迷恋武力解决问题，但求速战速决，对于武力以外的克敌取胜之法，往往被急功近利者因其不能立见成效而疏忽，以致求快不快，反而有失。这就是所谓的被胜利冲昏头脑了。看来曹操患的这种病，就叫"胜利综合征"。

但是，战争是复杂多端、变化万千的以生命为赌注的游戏，即使在冷兵器时代，也没有永远不败的长胜将军。因为每场战争，从开始到结束，必受其时间、空间、对手、实力诸多客观条件的制约。而这些外部因素又受主、客双方部队物质和精神状态制约，赢的会输，输的会赢，强的会弱，弱的会强，这是一个不断变化的过程，也是需要不断预见和不断适应的过程。

三国志像，绣像金批第一才子书，毛声山评点，金圣叹序，大魁堂藏版，清初刊本

因此，害上"胜利综合征"的曹操，急于想统一中国，拍脑袋打这一仗，就难免赤壁之败了。

郭嘉的死，对曹操确是个重大损失。在官渡战役之后，对袁谭、袁尚兄弟所采取的急则相济、缓则相争，促使他们内部生变，然后逐个击破的方针，事实证明是正确的。然后克服艰难险阻，付出重大代价，取得击其不备，打败乌桓，也使袁尚、袁熙和外境勾结，骚扰中原的计划破产，从而统一了北方，使三分之二的中国归于曹操手中。所以曹操痛心郭嘉之死，决非作伪；甚至死后很久，还给他的儿子追赠官爵，可知感念之深。

所以，曹操大军进驻荆州后，荀攸力主在政治上采取恫吓手段，在军事上采取重兵压境的方针，迫使江东就范，无疑是受郭嘉北征乌桓的启发。但是，一个成功的谋略，在其第二次、第三次的运用中，会不会取得同样成功，是值得怀疑的。没有办法，连续的胜利，会对军事统帅产生极大的冒险诱惑，滋生再赌一把的勇气。经过官渡大战的得心遂意，经过征讨乌桓的势如破竹，经过江夏一役俘获了刘表的水师，这个骑在马上、厮杀半生的曹操，也要过一下在水战中指挥千船万舰的瘾。所以，曹操拍板这场赤壁大战，简直不费思量。

现在，弄不懂曹操为什么那样执迷于一举而下江东的雄图大略。一个领袖人物，他的性格因素，感情作用，常常左右他的决策。一个太相信自己的领袖，最怕脑袋发热，自信自尊加之自执，无不给国家人民造成灾难。而在历史上，功高之主，容易发热，功并不高的主，也同样发热，甚至有的其实无功，只不过是虚火，照样热得发昏章第十一。热的结果，便是胡来，胡来的结果，便是老百姓遭殃。这些发热的领袖们，一是听不进别人的正确意见；二是把以前行之有效的成功经验，弃之不顾；三是偏执到病态的程度，错了不认错；四是输不起，输了还要找个替罪羊，替他搪灾。

很可能曹操在拿下荆州以后，功成业就，心满意足，开始头脑膨胀。置酒汉水之滨，庆祝克捷大会，那个说服刘表之子刘琮降操的文人王粲，捧起酒来，吹捧曹操："海内归心，望风而愿治，文武并用，英雄毕力，此三王之举也。"一般说，失败的后遗症，是畏缩；胜利的后遗症，是狂躁。此刻的曹操，比在渤海边、碣石旁，更不可一世了。他现在要做的第一件事，就是完成他的"山不厌高，海不厌深，周公吐哺，天下归心"的夙愿，立万世基业了。

有什么办法呢？曹操磨刀，孙、刘自然也要磨刀，总不能伸长脖子等着挨宰吧？

治臣贤相诸葛亮

诸葛亮一生最光辉时，莫过于舌战群儒，挫败东吴投降派，促成孙、刘结盟，在赤壁鏖战中，以少击多，以弱击强，打退曹操八十三万人马，终于出现了他所期盼的鼎足三分的局面。

凡一场政策大辩论中，真理往往掌握在少数人手里，否则也就无需唇枪舌剑了。特别在强敌压境下有关和、战的定夺，在古代中国，主和派总是在数量上压倒主战派的，因为人们太爱惜自己的坛坛罐罐了。

舌战群儒，其实战的只是站在幕后的一个旁听者，那就是孙权。诸葛亮知道这番政策大辩论的实际意义，因为谋士所说所想，也正是孙权徘徊在降、战之间所思所虑的。因此，辩倒这班东吴谋士，也就等于巩固了孙权的主战之心。曹操的精神攻势，所谓八十三万人马下江南，确实吓坏了东吴一些人。战争从来都是实力的较量，所以，对敌方的虚实是不能不在意的。孔明故意把反面文章做足，也无非是让孙权明白，他唯有"与中国抗衡"，否则就是"北面而事之"的一种选择而已。而对一个统治者来说，最痛苦的事情，莫过于俯

诸葛亮舌战群儒

三国志像，绣像金批第一才子书，毛声山评点，金圣叹序，清初刊本大魁堂藏版

首称臣了。

虽然诸葛亮三寸不烂之舌，功不可没，但若无鲁肃对孙权所说的人皆可降，独孙权不可降，晓以切身利害的一席话；若无主战派周瑜举足轻重的分量；若无从内心里不甘臣属曹操的孙权决断，舌战也就是舌战罢了。宣传是对民众的，对统治者来讲，最能动其心的，是利害关系。于是，大局定，战鼓动。舌辩的诸葛亮，至此，展现出文武全才的政治家风貌。

在中国长期的封建社会里，人们盼望有一个英明的君主，更盼望有一个既贤且能的丞相。

历朝历代的皇帝，圣明者少，无能者多，而昏庸者、荒淫者、暴虐者、好大喜功者尤多。在人们的心目中，皇帝可以差劲，皇帝弱一点，只要不是昏君，哪怕当个摆设都行。但没有一个治理天下，为民造福的贤能之相，那老百姓的日子就不堪设想了。秦二世若无赵高，唐玄宗若无李林甫，宋徽宗若无蔡京，明熹宗若无魏忠贤的话，也许情况又是另外一个样子。

昏君若不加以抑制的话，所造成的灾难性的后果，必是老百姓来埋单。所以，一人之下，万人之上的良相，常常起到皇帝和他的子民之间的调节器的作用。而且，历朝历代的皇帝，无能者多，除一些开国之君，称得上英主外，其余治国有方的，真是屈指可数。实际治理国家的还是丞相。有了良相，皇帝把心思用在三宫六院上，倒是小民之福了。

楚、汉相争之际，鸿沟划界，刘邦欲归，若非张良劝止，天下属项属刘，又当别论了。刘备若非诸葛亮，新野、樊城一败，走投苍梧吴巨，也就穷途末路了。所以，相之举足轻重，由此可见。

诸葛亮的"鞠躬尽瘁，死而后已"的精神，和他的超人才智，治理能力，远见卓识，应变才干，构成了贤与能的高度统一。作为一个相，光贤不能，不行，光能不贤，也不行，孔明就是这样一位大贤大能的辅弼之臣。所以，但凡提"丞相"二字，人们想到的准是诸葛亮。杜甫诗云："丞相祠堂何处寻？锦官城外柏森森。"正表明了这两个字在某种程度上的专属意义。

孔明一生，自三顾茅庐以后，劳心劳智，耗神耗力，折冲樽俎，调和鼎鼐，五十多岁就"鞠躬尽瘁，死而后已"了。这首诗的最后两句，"出师未捷身先死，长使英雄泪满襟"，真是不胜惋惜啊！

"大江东去，浪淘尽"

第四十三回（下）：鲁子敬力排众议

　　鲁肃说孙权，我们可以降操，主公你不能，我们降操，有碗饭吃，你要降操，端人家的碗，看人家的脸，你能咽得下去吗？这番话，便注定了赤壁之战。

　　实际上，这场长江上的决战，究竟是在蒲沂西北的赤壁，还是在嘉鱼东北的赤壁，或者就是苏轼所认定的这个黄州附近的赤壁，至今还是有着不同看法的。但赤壁鏖战的真正意义，是作为一支弱势军队打败强敌的战例，在军事教材上被反复提及的。赤壁战后，等于重新洗了一次牌，魏、蜀、吴三足鼎立，划江而治，曹操便彻底失去了统一中国的机会。其实当时，曹操，要比刘备、孙权，更具有一统华夏的可能，然而，这一仗打早了，打错了，打败了，中国出现第一次将近百年的分裂。

　　宋神宗元丰五年（1082），苏东坡游赤壁，他首先想到"大江东去，浪淘尽"的一个古人，就是这位曹操。

　　汉献帝建安十三年（208），曹操在这里发动了一场大战。这是他将黄河流域的各路诸侯，大漠朔方的各族渠帅，统统打趴在地以后，腾出手来要收拾长江流域强敌，一次乘胜追击的决定性行动。

曹操是强悍的政治家，是善战的军事家，也是才分很高的文学家，但这位枭雄选择的战机，无论在天时上，在地利上，在人和上，都不是最佳状态。曹操灵魂中的诗人性格、浪漫气质，使他失去了最起码的审慎。你就看他在渡江前夜，马上就要发起总攻的那首"月明星稀，乌鹊南飞"的古体诗，其踌躇满志，其头脑膨胀，那一副按今天小青年所说的"酷毙了"的形象，看来此公已不具打袁绍时纵横捭阖的英武，也再无逐乌桓时千里驰骋的神俊。

那年，他54岁，应该说不老，但此时此刻，横槊赋诗的这个举动，却绝对是老态。

也许东汉的中国人，平均寿命要低，已半百，大概就算老了，否则，孙权不会张嘴"老贼"、闭嘴"老贼"地对曹操口出不逊的。这不是《三国演义》小说中的虚构，而是见诸陈寿《三国志》的正史。因此，或许正是年龄因素，曹操输在了赤壁。

政治家的老化，表现在思维能力慢；军事家的老化，表现在应变能力低；文学家的老化，表现在想象能力差。作为政治家、军事家、文学家的曹操，在赤壁一战中，充分表现了他老了以后的慢、低、差三者上。虽然这老兄挟雷霆万钧、望风披靡之势，存志在必得、旗开得胜之心，但实际上，老革命遇到新问题，他打的是一场自己压根不熟悉的水战。

曹操绝对明白，打仗与写诗不同，诗写得不好，可以修改。战争这个机器，只要开动起来，一步棋错，全盘棋输。可他执意要打这一仗，不拿对岸的年轻指挥员当回事，倘非老了的缘故，又能是什么？结果如何呢？第一，准备不够；第二，轻敌大意；第三，仓促上阵；第四，最主要的，在双方接触以后，主帅的应急能力不及，纠错措施迟慢，只有被动挨打的份儿，而无招架还手之功。呜呼！一个人，有了一把年纪以后，老而清醒，老而睿智，老而知趣，老而识相，岂是一件容易的事？于是，他在赤壁铸下一生中最大的错。

曹操的对手周瑜这样分析："今使北土已安，操无内忧，能旷日持久，来争疆场，又能与我校胜负于船楫，可乎？今北土既未平安，加马超、韩遂尚在关西，为操后患。且舍鞍马，仗舟楫，与吴越争衡，本非中国所长，又今盛寒，马无藁草，驱中国士众远涉江湖之间，不习水土，必生疾病。此数四者，用兵之患也，而操皆冒行之，将军禽操，宜在今日。"曹操，能不知道周瑜所说的这些吗？《三国志·魏书·武帝纪》："十三年春正月，公还邺，作玄武池以肆水师。"让北方那些旱鸭子，演习水战，到十二月，训练不足一年，就开赴战场，在风浪中，在船舰上，站都站不稳，不败何待？

上帝从不会给人百分之百，你第一仗打赢了，你第二仗又打赢了，你第三仗就未必高奏凯歌。于是，"谈笑间，樯橹灰飞烟灭"，曹操号称的八十三万人马，被孙、刘联军打得惨败而归。据历史学家吕思勉统计，曹军实为二十多万，孙、刘联军约五万，拥五比一的优势，被打得灰头土脸，实在是挺没面子的。

历史上的糊涂账

第四十四回（上）：孔明用智激周瑜

战争是解决政治、军事、经济等矛盾的最后手段。因此，曹操和孙权的这场决战不可避免。但任何形式的战争，都是实力的较量。所以，孙权始终下不了决心应战，他确是被曹操声势浩大的八十三万兵马吓住了。

犹如角力，力气大的，总是要占优势，这也是共识。但实力强的一方，未必就是最后的胜者。因为战争本身，是一个复杂的系统工程。也是人类有史以来，以生命为代价的最大赌博，是伴随着时代进化演变的魔方游戏。它是个不停地产生误区，又不停地制造机遇的庞大迷宫。敌我双方都存在着太多的彼此未知之数，和无法准确把握的变化及可能性。因此，在战争进行过程中，会有许多偶然因素，变生不测，打乱部署。措手不及，一错百错有之；棋高一着，全盘皆活者有之。也有不少以为势所必然的事情，却有意外的结果，于是，绝处逢生，化险为夷有之；得胜之师，全军覆灭者有之。这些，是战场上屡见不鲜的。

善战者便在这误区与机遇、偶然与必然的不停变化之中，扬长克短，把握时机，趋利避害，应变图胜。于是，"谈笑间，

三国志像，绣像金批第一才子书，毛声山评点，金圣叹序，清初刊本大魁堂藏版

樯橹灰飞烟灭"。骄傲的曹操，败在了"雄姿英发"的周瑜手下。

赤壁之战，东吴是主体，刘备不过是盟军罢了。实际上，周瑜是三军统帅，诸葛亮连参谋长这样一个角色也不是。但经小说家铺陈演义之后，主次位置竟颠倒调换过来。诸葛亮成了运筹帷幄、指挥若定、高瞻远瞩、英明正确的统帅，借箭借风，料事如神，这当然是后人的发挥创造了。其实在《三国演义》里描写的正面战场上，并无刘备的一兵一卒，他指挥谁去？当时孔明先生，充其量也就是一名军事观察员，或联络参谋而已。

而《三国演义》把指挥这场战争的总司令头衔，加在诸葛亮身上，实际是一种掠他人之美的行为。这不是诸葛亮的错，是后来一心想美化诸葛亮的作家们的错。

公元210年（赤壁之战刚过去两年），周瑜给孙权的信中说："刘备以枭雄之姿，而有关羽、张飞熊虎之将，必非久屈为人用者。"由此可知，他对于刘备，乃至对关、张，都是不敢掉以轻心的。独对诸葛亮的作用，只字未曾提及，也许在赤壁，时年30岁的诸葛亮，还不够资格与比他长六岁的周瑜，来共同指挥这场战役，所以，周瑜眼中不把这个实习生多么当回事，也很正常。

仗是周瑜打的，但功劳全算在诸葛亮身上。这种不公平的事情，难道仅仅在小说中发生过吗？最后连曹操也不得不狡猾地间接承认："孤烧船自退，横使周瑜虚获此名。"他也认为他的对手是周瑜，而没有孔明的份儿。只有大都督周瑜，乃是真正的主帅。

更可畏者，《三国演义》这部作品，塑造出一个气量狭窄的周瑜，虽然，正史上的周瑜完全不是这个样子，但不得不承认《三国演义》笔下的周瑜，却是极为成功的艺术形象。特别是那句"既生瑜，何生亮"的魔咒，成为这个世界上所有被嫉妒心毒害者的哀鸣。从此，中国的任何小说，再没有塑造出一个嫉妒心如此之重，而且是家喻户晓的文学人物。莎士比亚笔下的奥赛罗，也是一个嫉妒成性的老兄，但他和周瑜不同，周是才妒，奥是情妒，才妒比情妒要更可怕些，所煽动起来的仇恨要更强烈些。于是，小说中的周瑜，便成为气量狭隘、毫不容人的典型。其实，史实中的他，"性度恢宏"，孙权与陆逊讨论时说，"公瑾雄烈，胆略兼人。"程普很佩服他"与周公瑾交，若饮醇醪，不觉自醉"。而且，他很帅，"长壮有姿貌"，"少精意于音乐"，可见苏东坡笔下，"小乔初嫁了，雄姿英发"的周瑜，是怎样风流潇洒的人物了。

历史上的许多这样的糊涂账，要回归它本来的面貌，却也并不是一件容易事。

枭雄栽了个大跟头

　　大人物常常瞧不上小人物，但偏偏栽倒在小人物手里，历史上有许多盖世英雄为之蒙羞的故事。《资治通鉴》引习凿齿论曰："昔齐桓一匡其功而叛者九国，曹操暂自骄伐而天下三分，皆勤之于数十年之内而弃之于俯仰之顷，岂不惜乎？"习凿齿，为东晋史学家，著述《汉晋春秋》时，距赤壁之战也就不过百多年，应该说，他的这番评断，对于曹操的败因的分析，接近于历史真实。

　　"对酒当歌，人生几何。""何以解忧，唯有杜康。"横槊赋诗，踌躇满志，气势非凡，不可一世，这也是所有翘尾巴的人，很容易涌上来的德行。曹操是文人，难免文人风流，如此得意，自然情不自禁，加之马屁精一捧，就摇头晃脑地作起诗来。诗，也许不难作，仗，就不怎么好打了。于是，这位枭雄栽了个大跟头。

　　据考证，当时双方的兵力：北兵是十五六万，荆州的兵有七八万，合计共二十余万。刘备一方面，合水陆兵有万人，刘琦手下的江夏兵，亦有一万。周瑜、程普的兵，《三国志》上有的地方说各有万人，有的地方又说共有三万，大概鲁肃手下还有些人，合计之共有三万。孙、刘之兵加在一起，约为五万。两方的兵力，约系一与五之比。

曹操的精神攻势，所谓八十三万人马下江南，确实吓坏了东吴上下。重兵压境，危在旦夕，是乖乖交出政权，还是力保祖宗遗业，孙权正处于内心交战的痛苦之中。孔明到东吴，一个劲地用激将法，拼命做反面文章，夸大敌情，也无非让孙权明白，他唯有以拳头对抗拳头，死磕到底，否则你就剩下白衣素服，腰上还得系一绺麻，向曹操下跪称臣的一种选择而已。而对一个统治者来说，最痛苦的事情，莫过于祖宗基业亡在自己手中了。

东吴在孙坚退守江东以来，已历三世，一直游离于中原的纷争消耗之外，养精蓄锐，羽毛丰满，这是他们不甘心屈服于曹操的主要方面。孙权自建安五年接手政权，至此也有七八年的治国图强的经验，认为自己励精图治，文治武功，也是一个行家里手，当然不愿拱手把江山送与曹操。所以，孔明对这些不甘心认输的对手，刺激其不肯败更不敢败的神经，戳痛其国可降主不可降的死穴，是不能不奏效的。

公元 208 年的长江上，在这次战争舞台上大显身手的主角，可分老中青三拨。刘备 48 岁、曹操 54 岁，为第一组；周瑜 34 岁，为第二组；诸葛亮 28 岁，孙权 27 岁，为第三组。还有一个未出场的，属于见习生的陆逊，才 26 岁。这个陆逊，后来把刘备困死在白帝城，则更属于后生可畏之类了。

看来，54 岁的曹操，败于 34 岁的周瑜，除了其他影响战争胜败的因素，他们两人的年龄差距，也决定了大自然的规律，优势总是属于年轻人一边的。所以，在江心舟中的苏东坡，也为这一世枭雄嗟叹："方其破荆州，下江陵，顺流而东也，舳舻千里，旌旗蔽空，酾酒临江，横槊赋诗，固一世之雄也，而今安在哉？"

你不能不承认年龄所具有的优势，你不能不承认青春所带来的活力。"遥想公瑾当年，小乔初嫁了，雄姿英发。羽扇纶巾，谈笑间，樯橹灰飞烟灭。"一个绝对的强者，栽在一个绝对的弱者手下，不由其不服老，不由其不相信后来居上，苏东坡自己也不禁感慨系之了。"故国神游，多情应笑我，早生华发。人生如梦，一樽还酹江月。"

新锐之气，势不可当，方兴未艾，未可限量，要没有这点清醒的认识，就会碰得头破血流。更何况上了年纪的人，并非人人真正称得上是老骥，已是日暮途穷，气息奄奄，还要强撑着献个什么丑呢？老，不管你欢迎不欢迎，接受不接受，它是一种必然，躲也躲不掉，逃也逃不脱。因此，老是一种生命运行的正常现象，老了就得服老，不服老是不行的。

什么叫作"大江东去"？这就是说，曾经光辉过的岁月，那已是昨天的事了。挑水的回头——你已经过井（景）了，认识到这一点，着实着实地关键啊！

"骄"字误曹

第四十五回（上）：三江口曹操折兵

《资治通鉴》汉纪五十七，是这样写赤壁大战的："进，与操遇于赤壁。时操军众已有疾疫，初一交战，操军不利，引次江北。瑜等在南岸，瑜部将黄盖曰：'今寇众我寡，难与持久。操军方连船舰，首尾相接，可烧而走也。'乃取蒙冲斗舰十艘，载燥荻、枯柴、灌油其中，裹以帷幕，上建旌旗，预备走舸，系于其尾。先以书遗操，诈云欲降。时东南风急，盖以十舰最著前，中江举帆，余船以次俱进。操军吏士皆出营立观，指言盖降。去北军二里余，同时发火，火烈风猛，船往如箭，烧尽北船，延及岸上营落。顷之，烟炎张天，人马烧溺死者甚众。瑜等率轻锐继其后，雷鼓大进，北军大坏。"

曹操从汉灵帝中平元年（184）讨伐黄巾起家，打了二十多年的仗，早期，他不是没有失败过，不过，进军洛阳，然后移都于许，便基本上是战无不利，攻无不克了。但是他发动的这场在汉献帝建安十三年（208）的赤壁大战，是这位枭雄一生中最大的失败。败绩的原因是多方面的。兵员疫疾，不习水战，降卒贰心，火烧连营；若从决策者主帅个人察究的话，习凿齿所说的"骄"，是赤壁失利的根本因素。而这一败的后果，曹操休想在他手中统一南北方，造成长期三分鼎立的局面。

这场战争的失败，败在曹操被胜利冲昏的头脑上，一个太骄傲的人，便忘乎所以；而忘

三国志像，绣像金批第一才子书，毛声山评点，金圣叹序，清初刊本大魁堂藏版

乎所以，也就失去了对于事物的清醒认识。天平一倾斜，便只看到于自己有利的方面，自然也就只能做出错误的判断，招致失败的结局。一念之差，俯仰之间，全在一个"骄"字上。因此，凡骄傲自矜、倚胜恃功、头脑发热、自我膨胀者，无有不败的。西楚霸王如何？不也刎别乌江？这就是统帅太过自负的性格悲剧。成功使人骄傲，胜利使人膨胀，立不世之功的自我期许，能使人觉得掉一回脑袋也值得。所以，在决策中，如何摒除个人感情用事的因素和自身性格上的弱点，是影响事业成败的关键。

事物发展的辩证法。强，可以变弱，弱，可以转强，赢了今天，不一定能赢明天，输了今天，并不一定明天也输。

曹操赤壁之败，我们来看看一位作壁上观的大谋士贾诩的看法。在《三国志》的《贾诩传》中，有如此一节："建安十三年，太祖破荆州，欲顺江东下。诩谏曰：'明公昔破袁氏，今收汉南，威名远著，军势既大；若乘旧楚之饶，以飨吏士，抚安百姓，使安土乐业，则可不劳众而江东稽服矣。'太祖不从，军遂无利。"贾诩归曹操后，这个极其谨慎的超级谋士，通常不出主意，除非曹操顾问他，他才起到智囊作用。但建安十三年，曹操发动赤壁大战，他是主动去见曹操劝他住手的。他认为，荆州已在你的版图之中，刘表也已销声匿迹，何不利用这块丰饶肥沃的土地，使士卒休养生息，使百姓安居乐业，你即使不动干戈，江东也会自然拜服了。然而，曹操正在头脑膨胀之中，当然听不进去贾诩的话，结果失利而归。

但裴松之注《三国志》，"以为诩之此谋，未合当时之宜"。

因为时间不在曹操这方面，"于时韩、马之徒尚狼顾关右，魏武不得安坐郇都以威怀吴会，亦已明矣。彼荆州者，孙、刘之所必争也。荆人服刘主之雄姿，惮孙权之武略，为日既久，诚非曹氏诸将所能抗御。故曹仁守江陵，败不旋踵，何抚安之得行，稽服之可期？"他认为曹操的乘胜进击，是正确的，自然也不相信聪明如贾诩者，会泼曹操的冷水。"将此既新平江、汉，威慑扬、越，资刘表水战之具，藉荆楫棹之手，实震荡之良会，廓定之大机，不乘此取吴，将安俟哉？"

在他看来，"然则赤壁之败，盖有运数，实由疾疫大兴，以损凌厉之锋，凯风自南，用成焚如之势，天实为之，岂人事哉？然则魏武之东下，非失算也，诩之此规，为无当矣"。裴松之的看法，也有其偏颇之处，身后有狼顾之徒，脚下为新得之地，驱连续作战之兵，作大举进攻之事，这都是兵家之大忌。即使不计不服水土，疫病流行，冬天刮东南风帮了东吴的忙等意料之外的因素，八十三万人马渡江以后，在孙、刘联军的夹击下，能否立得住脚，也是大有疑问的。长江天堑，曹操没有跨过，他的儿子曹丕，也没有跨过。我很佩服贾诩，他真是一个很有远见的谋士。

消灭对手要做减法

第四十五回（下）：群英会蒋干中计

《资治通鉴》汉纪五十八载："曹操密遣九江蒋干往说周瑜。干以才辨独步于江、淮之间，乃布衣葛巾，自托私行诣瑜。瑜出迎之，立谓干曰：'子翼良苦，远涉江湖，为曹氏作说客邪！'因延干，与周观营中，行视仓库、军资、器仗讫，还饮宴，示之侍者服珍玩之物。因谓干曰：'丈夫处世，遇知己之主，外托君臣之义，内结骨肉之恩，言行计从，祸福共之，假使苏、张更生，能移其意乎！'干但笑，终无所言。还白操，称瑜雅量高致，非言辞所能间也。"

《资治通鉴》此事当源于《江表传》，但删去了"初，曹公闻瑜年少有美才，谓可游说动也，乃密下扬州，遣九江蒋干往见瑜"等句，刊于献帝建安十四年，乃赤壁大战后一年，周瑜已经成为东吴第二号人物，曹操若非一时性智障，怎么会派蒋干为说客，企图诱降周瑜呢？显然司马光和他的助手，安排有误。若按《江表传》"初，曹公闻瑜年少……"，一个"初"，一个"年少"，应该是发生在更早一些时间的事情，演义篡改正史，常在这种时间差上做文章。

蒋干盗书是一出精彩的好戏，但曹操岂是能被这种儿戏蒙骗的主，而周瑜也不会热衷于明眼人一看便知的拙劣表演。"盗书"和"反间计"，则是从元代的《三国志平话》里添加进去。正史上是没有的。京剧《群英会》里，就有《蒋干盗书》一折。是一出丑角戏，京剧中所有的丑角都是在鼻梁和眼睛处画一块白，因此蒋干出场，很不雅观。其实正史称他"有仪容"。如果说，《三国演义》中的周瑜，只能作为一个文学人物读，而不能作为一个历史人物来看，那么，京剧舞台上的那个小花脸的蒋干，就只是一个喜剧角色了。历史上的蒋干，确实负有曹操的使命，去游说周瑜加入曹营。他和周瑜见面以后，"干但笑，终无所言，干还，称瑜雅量高致，非言辞所间"。看来是很识时务的人，不像《三国演义》中这样自作聪明的愚不可及。但现实生活里，这类鼻子上抹一块白的丑角，倒也不乏见的。

骗蒋干，打黄盖，是周瑜最出色的表演，不温不火，<u>丝丝入扣</u>，一招一式，匠心独运。三江口之战，乘坐楼船，敌前勘查，火力侦察，探知虚实，鼓乐齐鸣，出手不凡，挫其锐气，大长威风，确是一个非常之辈。书中的周瑜被演义成为气量狭窄、毫不容人的不堪典型，并非史实。

这部小说中的周瑜，从此定格，直到一气，二气，三气，气死为止。

但若就文学人物的周瑜而言，潜在的敌对力量，极可能是明天的麻烦。有远见的政治家，都应有未雨绸缪的准备，消弭隐患于初起之际，免得养痈遗患。在《三国演义》中，周瑜一而再，再而三地置诸葛亮于死地，必杀掉他才罢手的狠绝，这不能不说是他的深谋远虑。

三国志像，绣像金批第一才子书，毛声山评点，金圣叹序，大魁堂藏版，清初刊本

　　嫉妒是人类与生俱来的情感之一，周瑜不能容许一个事事料定自己、处处胜过自己的诸葛亮存在。但东方文化色彩的竞争，不是不足者迎头赶上，在竞争中使自己不足的部分改善

加强，和足者齐步同进。而是我败让你也败，我穷你也别富，我不行，咱们一块不行。所谓保护落后，所谓平均主义，所谓吃大锅饭，所谓出头的椽子先烂，所谓鞭打快牛，从本质上讲，都是损有余来补不足。中国封建社会几千年，就是这种汰强存弱的落后竞争方式，使历史停滞不前。

因为在长期封建等级社会中，中国人缺乏公平竞争的客观条件和心理机制，容不得别人比自己强，都抱着《三国演义》中周瑜的"既生瑜，何生亮"的灭掉对手的减法，从不抱着"既有瑜，又有亮"而相得益彰的加法。所以，最好的减法，莫过于把对手从牌局中排除出去。而最佳的排除手段，莫过于"咔嚓"一刀。这也是中国历史上，常常没有什么游戏规则，多凭不正当手段而独霸天下的原因了。

说白了，为什么要杀？因为嫉妒。为什么嫉妒？因为不甘于处于弱势，不甘于居于下风，不甘于做二等公民，不甘于敬陪末座。这时，嫉妒就成为一剂毒药，情急之下，便什么事都做得出来了。你有力量，你有信心，你有竞争的意志，你有必胜的把握，你还用得着去嫉妒，以至于动刀子吗？所以说，嫉妒，乃弱者的行为也。

"借箭"和"借风"

　　《三国演义》的重头戏，赤壁之战，从军事角度来看，确实是一次表现高水平战争艺术的范例。

　　孙子兵法的要义，"兵不厌诈"，从来还没有一本书，能比得上《三国演义》如此生动精彩的具象表述。《孙子》一书，有十三家注，若把《三国演义》算是第十四家注，绝非过誉。一方面虚虚实实，吊足你的胃口，一方面真真假假，绝不透露底细，这是和对手较量时，必不可少的一环。无论是硝烟迷漫的杀戮战场，还是唇枪舌剑的谈判桌上，或是商业交易的无情竞争，或是股市投机的抛出购进，都是像捉迷藏一样，一方是"未可全抛一片心"，另一方是"犹抱琵琶半遮面"，没有一个人会傻到和盘托出，直白道来的。

　　所以对于任何来势汹汹之敌，必须多一分冷静，了解那些虚张声势的背后，到底有多大实力。如果精神上先被压倒，仓促上阵，会被人家打个措手不及。但生活中确实更多是"银样镴枪头"的货色，买空卖空，狐假虎威，色厉内荏，装神弄鬼，看上去是挺唬人的。只要站稳脚跟，把握情况，沉着应对，其又能奈我何？但是，真正咬人的狗并不叫，有撒手铜者没准是个笑面虎，想把你置之死地的，还说不定猫哭耗子假慈悲呢！真开枪，真杀人，会连一声招呼也不打的。这大概就是生活的复杂性、战争的诡异性了。

三江口初战告捷，周瑜乘楼船直逼敌寨，乃是在政治上挫其锐气的心理攻势。所谓"气壮山河"的气，所谓"气焰逼人"的气，占领精神高地，在一定条件下会转化为物质力量。因此设法抑制这股气势，不被对方压倒，而反过来压倒对方，那就得虚实并举，真假兼容，扑朔迷离，深浅莫测。但如何耗其实力，除了在战场上的面对面较量外，一位英明的统帅，是尽量采用一切"兵不厌诈"的手段，包括哪怕是卑劣的手段，达到和在战场上消灭敌人同样的结果。削弱其实战能力，破坏其作战部署，扰乱其战略后方，败坏其内部团结，以致其未战先乱，不攻自破。

《三国演义》被视为战争教科书，就因为有很多精彩的参考实例。

"借箭"和"借风"，虽是出乎常规的例外，但任何事物的运动规律，有其必然性，也有其偶然性。呆子总相信必然性，搞本本主义，傻子总幻想偶然性，做成功的梦。只有聪明人，尊重必然，把握偶然。我们读《三国演义》，常常错误理解最聪明的人诸葛亮，在南阳隐居时，似乎是与世隔绝的孤独者，其实不然，从东吴张昭劝其为孙权效力，从刘琦向他请益避祸之道，从刘备三顾时见其朋友圈之众、活动面之广，为当时当地活跃人物之一，当无疑问。所以，孔明对于长江流域、荆州地区的自然环境、地形地貌、气候条件、水文情况，无不了然在胸。他比当地人知道得更广泛、更深刻，了解得更

三国志像，绣像金批第一才子书，毛声山评点，金圣叹序，清初刊本大魁堂藏版

具体，更细致，是不足为奇的。时届冬季，长江中下游受西北方向的冷气团控制，寒冽的西北风自是刮起来没完没了，这是曹操敢于将战船相连，结为一体的理论依据。他相信冬天刮西北风的必然性。诸葛亮则不。他是当地人，他有太多的体验，所谓"天有不测风云"，不排除东南方向大洋暖湿气流，会推进到长江腹地。他敢接下"借东风"的军令状，因为他生于斯，长于斯，相信"冬至一阳生"的节气变化所带来的偶然性。

"借箭""借风"里的诸葛亮，只能作为一种文化现象来审视了。因为在中国人的心目中，诸葛亮是智慧化身，是天才出世，是韬略总汇，是兵书武库，在他这个形象中凝聚了谋臣的统筹擘画，贤相的治国安邦，戎帅的征战胆略，法官的精明审断。在他身上涵括了辅佐王权之术，官场谋略之变，纵横捭阖之才，修身养性之功。同时，他还具有驱魔逐妖、呼风唤雨、观天识地、阴阳八卦的超能力。而且，他还是潇洒的，清高的，非世俗化的，不食人间烟火的神仙人物。

所以，《三国演义》的诸葛亮，是一个神化了的诸葛亮，后人对此种描写感叹过的"所记者，又多属机智巧取之末，于其堂堂之人格，不及十分之三四"，是有一定道理的。

成败苦肉计

第四十六回（下）：献密计黄盖受刑

　　苦肉计，为三十六计中第二十四计。"人不自害，受害必真；假真真假，间以得行。"人，除自虐狂外，通常不严重伤害自己皮肉，所以，人所遭受的伤残，来自外力。苦肉计，为悲情戏，是以自身的苦痛，获得同情，如果抓住"人不自害，受害必真"的心理，付出一些皮肉之苦的代价，博取同情的同时，期求更多利益，那就是苦肉计了。有时候，甚至要牺牲生命，以局部损失，换来更大的胜利成果。

　　在历史上，曹操比周瑜用苦肉计，要早一步，还把当事人送到你眼皮子底下。可是，你曹操敢施此计来骗周瑜，他周瑜不会如法炮制来蒙你吗？假戏必须真做，方才骗得了观众。既然诸葛亮冷笑，被明眼人看穿，想来还有破绽之处。不过，周瑜的苦肉计奏效，曹操的苦肉计失败，并非由于黄盖、阚泽的演技高超，蔡和、蔡中的表演课不过关的原因。只是曹营上下，稳操胜券，志在必得，麻痹大意，加之曹操不可一世的骄傲，长胜不败的光荣。所谓"飞龙在天，亢龙有悔"，就是由于头脑膨胀了而失去应有的警惧之心，凯歌高奏而听不到真实的清醒之音。相反，处于劣势的周瑜，是经不起任何一点疏忽的，哪怕是细节上一个漏洞，也会招来全军覆灭的命运，故而步步为营，小心谨慎，思前虑后，周到详尽。

鲁肃在《三国演义》中，是一个忠厚长者，其反应之迟慢，与诸葛亮相较，就不是慢半拍的问题了。与《三国志》中的那个深谋远虑的政治家形象，毫无共同之处。"会权得曹公欲东之问，与诸将议，皆劝权迎之，而肃独不言。权起更衣，肃追于宇下，权知其意，执肃手曰：'卿欲何言？'肃对曰：'向察众人之议，专欲误将军，不足与图大事。今肃可迎操耳，如将军，不可也。何以言之？今肃迎操，操当以肃还付乡党，品其名位，犹不失下曹从事，乘犊车，从吏卒，交游士林，累官故不失州郡也。将军迎操，欲安所归？原早定大计，莫用众人之议也。'权叹息曰：'此诸人持议，甚失孤望；今卿廓开大计，正与孤同，此天以卿赐我也。'"敢于在"众士之诺诺"中，发出"一士之谔谔"的不同声音者，必是具大智与大勇者。演义的口头文学家，特别热衷于人物对比中的反差效应，为了映衬诸葛亮的捷智，便把鲁肃写得既善良，又单纯，甚而至于有点迂，有点呆。

在《三国演义》这一回中，鲁肃的形象就离正史太远了。

"众官扶起黄盖，打得皮开肉绽，鲜血迸流，扶归本寨，昏绝几次。动问之人，无不下泪。鲁肃也往看问了，来至孔明船中，谓孔明曰：'今日公瑾怒责公覆，我等皆是他部下，不敢犯颜苦谏；先生是客，何故袖手旁观，不发一语？'孔明笑曰：'子敬欺我。'肃曰：'肃与先生渡江以来，未尝一事相欺。今何出此言？'孔明曰：'子敬岂不知公瑾今日毒打黄公覆，乃其计耶？如何要我劝他？'肃方悟。孔明曰：'不用苦肉计，何能瞒过曹操？今必令黄公覆去诈降，却教蔡中、蔡和报知其事矣。子敬见公瑾时，切勿言亮先知其事，只说亮也埋怨都督便了。"

讲平话的艺人，只要听众爱听，便投其所好，添油加醋，没完没了。同样，写小说的作

三国志像，绣像金批第一才子书，毛声山评点，金圣叹序，大魁堂藏版，清初刊本

家，也容易进入这个误区，为读者写，却被读者牵着鼻子走，而失去作家自我，也是文坛一景。周瑜（当然是演义中的那个周瑜）很浅薄，竟耐不住向鲁肃打探。"肃辞去，入帐见周瑜。瑜邀入帐后。肃曰：'今日何故痛责黄公覆？'瑜曰：'诸将怨否？'肃曰：'多有心中不安者。'瑜曰：'孔明之意若何？'肃曰：'他也埋怨都督忒情薄。'瑜笑曰：'今番须瞒过他也。'肃曰：'何谓也？'瑜曰：'今日痛打黄盖，乃计也。吾欲令他诈降，先须用苦肉计瞒过曹操，就中用火攻之，可以取胜。'肃乃暗思孔明之高见，却不敢明言。"

不仅如此，他还特别戒备提防诸葛亮，时派鲁肃探听，务求胜其一筹。在中国文学作品中，至今还未塑造出一个嫉妒心如此之重的人物超过他。于是，就有了接下来"瑜亮情结"的不停较量。

曹操用人之对魏晋文化

第四十七回（上）：阚泽密献诈降书

这回曹操吃了黄盖假投降的亏，虽然史实并非如此。

但曹操确实用了不少从对方阵营过来的人，一生受益不尽，这是他事业成功的一条很重要的用人之道。在他麾下，谋士如贾诩、袁涣、田畴、王修，将领如张辽、张郃、臧霸、文聘，都是被他降服过来的文臣武将，在曹操建功立业、南征北战中，曾为他立下多少汗马功劳啊！

他的人才政策，在汉献帝建安十五年（210）的《求贤令》中："若必廉士而后可用，则齐桓其何以霸世！今天下得无有被褐怀玉而钓于渭滨者乎？又得无有盗嫂受金而未遇无知者乎？"已经表示出他的独特见解，不同于所谓的什么门第、出身、成分、阶级路线，以及什么立场、态度之类条条框框，他就认准一条，"唯才是举"。

到汉献帝建安二十二年（217），在《举贤勿拘品行令》中，更进一步阐发了他的这种不拘一格的干部路线。"昔伊挚、傅说出于贱人，管仲，桓公贼也，皆用之以兴。萧何、曹参，县吏也，韩信、陈平负污辱之名，有见笑之耻，卒能成就王业，声著千载。吴起贪将，杀妻自信，散金求官，母死不归，然在魏，秦人不敢东向，在楚则三晋不敢南谋。今天下得无有至德之人放在民间，及果勇不顾，临敌力战：若文俗之吏，高才异质，或堪为将守：负污辱之名，见笑之行，或不仁不孝而有治国用兵之术：其各举所知，勿有所遗。"人才济济，这是他在三分天下的局势中，始终兴旺不衰的一个非常重要的原因。

凡一个朝代，用人疑人，猜忌防范，举措不定，百般禁忌，如明代崇祯辄废大臣，换来换去，那气数也就差不多了。同样，以佞己为德而量人用才，在一个国家，必为凡庸无为之君；在一个单位，定是碌碌低能之辈，于是，巧言令色、阿谀奉承之徒，便被他们一脸正经地护之曰立场坚定云云。这些用人之人，非但不敢比之曹操之不拘一格，唯才是用；也不敢比之刘备之真诚相待，推心置腹；甚至不能和刘备的儿子阿斗比，他虽然也近小人，远君子，但至少没有把诸葛亮干掉，这就显得他比某些孤家寡人，多一点容人之量。

清人赵翼说："人才莫盛于三国，亦惟三国之主，各能用人，故得众力相扶，以成鼎足之势。"曹操采取海纳百川，有容乃大的人才政策，因而在三国鼎立状态下，一直处于强势。

挟天子以命诸侯，一直是当时的曹操，和成为历史的曹操，一条铁板钉钉的罪状，其实曹操到了三国鼎立以后，汉献帝已是一张不起作用的牌，但他始终没有迈出篡位这一步。因为，在许都，汉献帝仍旧是一面团结所有人才的旗帜，仍旧有一部分认为自己为汉室效忠，而名义不是为曹操服务的人，在维持着政权运转，这也可以看到曹操的用人政策，确有其独到之处。

三国志像，绣像金批第一才子书，毛声山评点，金圣叹序，清初刊本大魁堂藏版

黄盖诈降，阚泽献书，乃至庞统授计，艨艟连环，当然是不足凭信的演义。中国人是颇为绝对化的，好则好到无可再好，坏则坏到一无是处，赤壁败绩的曹操，和官渡大捷的曹操，在作家笔下，写得判若两人，性格背离，以致像小儿一样轻易地被人愚弄。这就是史和小说的区别，即或如此，无论历史上的，还是小说中的曹操，确是一个非凡人物。曹操一生，发出过三次求贤令，第一次在建安十五年春，第二次在建安十九年十二月，第三次在建安二十二年八月。

陈寅恪在《书世说新语文学类钟会撰四本论始毕条后》认为，"夫曹孟德者，旷世之枭杰也。""读史者于曹孟德之使诈使贪，唯议其私人之过失，而不知此实有转移数百年世局之作用。非仅一时一事之关系也。"

曹操颁此三令，意在破除旧的吏治结构，意在破除门阀士族人才铨选的旧制，其矫枉过正的急迫感，情溢令外，宁肯过犹不及，也要说到做到。在陈寅恪看来，魏晋南北朝的文化灿烂，是和曹操为人才得以萌生，得以成长，得以发展，得以成就的政策大改变分不开的。

两眼瞎和睁眼瞎

第四十七回（下）：庞统巧授连环计

《资治通鉴》汉纪五十七，记赤壁大战："时操军众已有疾疫，初一交战，操军不利，引次江北。瑜等在南岸，瑜部将黄盖曰：'今寇众我寡，难与持久。操军方连船舰，首尾相接，可烧而走也。'乃取艨艟斗舰十艘，载燥荻、枯柴、灌油其中，裹以帷幕，上建旌旗，预备走舸，系于其尾。先以书遗操，诈云欲降。时东南风急，盖以十舰最著前，中江举帆，余船以次俱进。操军吏士皆出营立观，指言盖降。去北军二里余，同时发火，火烈风猛，船往如箭，烧尽北船，延及岸上营落。顷之，烟炎张天，人马烧溺死者甚众。瑜等率轻锐继其后，雷鼓大进，北军大坏。"

看来，《三国演义》中的火攻、诈降、连船舰、东南风，都与史有据，但借东风、苦肉计、连环计，显然，是演义了。

庞统（179—214），在名士会集的荆襄地区，因庞德公和司马徽的看重，与诸葛亮齐名，人称卧龙、凤雏，得其一，天下可治。《三国志》评曰："庞统雅好人流，经学思谋，于时，荆、楚谓之高俊。"认为"拟之魏臣，统其荀彧之仲叔"。说实在的，他对蜀的贡献，不及荀彧在魏之作为远矣。

在那个大动荡的年代里，一个有才华、有才干、有才识的人士，若不甘于寂寂无闻，老死牖下，而想风云际会，出将入相：第一，际遇，很重要。时不我遇，那是命也运也的遗憾，错失机遇，那就更是后悔终生；第二，人脉，也很重要。只有让人知道你、了解你，才有重视你、推广你的可能；第三，形象，这一点，似乎是庞统的软肋。那是一个主择臣，臣亦择主的自由选择，两相情愿的开放年代，庞统系南人，生活在南人的圈子里，东吴自然是他第一选择，但孙权对他不感兴趣。

"于是鲁肃邀请庞统入见孙权。施礼毕。权见其人浓眉掀鼻，黑面短髯，形容古怪，心中不喜。乃问曰：'公平生所学，以何为主？'统曰：'不必拘执，随机应变。'权曰：'公之才学，比公瑾如何？'统笑曰：'某之所学，与公瑾大不相同。'权平生最喜周瑜，见统轻之，心中愈不乐，乃谓统曰：'公且退。待有用公之时，却来相请。'统长叹一声而出。鲁肃曰：'主公何不用庞士元？'权曰：'狂士也，用之何益！'肃曰：'赤壁鏖兵之时，此人曾献连环策，成第一功。主公想必知之。'权曰：'此时乃曹操自欲钉船，未必此人之功也，吾誓不用之。'"

以貌取人，这种最表面化的观察，多不为政治家所取，但同在这一回，庞统仕吴不成，鲁肃过意不去，特修书一封，将庞统推荐给刘备，但刘备并不比孙权高明多少。

"门吏传报：'江南名士庞统，特来相投。'玄德久闻统名，便教请入相见。统见玄德，长揖不拜。玄德见统貌陋，心中亦不悦，乃问统曰：'足下远来不易？'统不拿出鲁肃、孔明书投呈，但答曰：'闻皇叔招贤纳士，特来相投。'玄德曰：'荆

三国志像，绣像金
批第一才子书，毛
声山评点，金圣叹
序，清初刊本大魁
堂藏版

楚稍定，苦无闲职。此去东北一百三十里，有
一县名耒阳县，缺一县宰，屈公任之，如后有
缺，却当重用。'统思：'玄德待我何薄！'欲以
才学动之，见孔明不在，只得勉强相辞而去。"

　　没想到刘备与孙权同样表现，一个为"心
中不喜"，一个为"心中亦不悦"。曹操就大不同了，这才是英雄气概、豪杰风度，"操闻凤雏先生来，亲自出帐迎入，分宾主坐定，问曰：'周瑜年幼，恃才欺众，不用良谋。操久闻先生大名，今得惠顾，乞不吝教诲。'""操大喜。回寨，请入帐中，置酒共饮，同说兵机。统高谈雄辩，应答如流。操深敬服，殷勤相待。"

慕其大名久矣，说明曹操不像那两位领袖闭目塞听，显然，他对当今天下的才智之士，心中有数，不像孙权两眼瞎，庞统就在东吴，竟一无所知，也不像刘备睁眼瞎，分明知道庞统何许人也，却怠慢待之。看曹操"亲自出帐迎入"的尊重，"置酒共饮"的推心置腹，这才是大政治家的风度。聪明如曹操者，他会不防备大战前夕，突然出现的这位不速之客吗？正史上没有庞统献连环计一说，黄盖说"操军方连船舰"，可证系曹营自为。

如果确如《三国演义》所说，连环计为庞统所献，倘若没有那场东南风的话，那他就是曹营的立功之臣，也许用不着投奔刘备了。

曹操头顶上的奸雄帽子

第四十八回（上）：宴长江曹操赋诗

在帝王级的人物中间，真正称得上诗人的，曹操得算一个，在排行榜里，应该在前几名，更有人认为，他甚至可以说是最棒的。即使这样的评价，撇开对曹操的偏见，不算过分。

历史学家吕思勉说过："举世都说魏武帝是奸臣，这话不知从何而来？固然，这是受《演义》的影响，然而《演义》亦必有所本。《演义》的前身是说书，说书的人是不会有什么特别的见解的，总不过迎合社会的心理；而且一种见解，不是和大多数人的心理相合，也绝不会流行到如此之广的；所以对魏武帝的不正当的批评，我们只能认为社会的程度低下，不足以认识英雄。"要是大多数人为质素低下的一群，那群众舆论，那社会心理，未必足以采信，然而一旦形成了，再想起来扭转，那就加倍的困难。曾经被看成正确的悖谬，而回归到原来的位置，一定要等到足够的时间以后，有无数事实证明其为悖谬，其为错误，才能使原本正确的东西为正确，而且，最根本之点，还得人的思想认识水平有了进步以后，才有可能。曹操头顶上的这顶奸雄帽子，总会有一天得到公正客观的对待。时下很多有头脑，有思想，而且有一点历史知识的读者，大多能够正确评断历史上的曹操，和《三国演义》里的曹操，根本是两回事。

《三国演义》最早形成于"说三分"的年代为宋。从有大宋王朝这一天起，就丢了燕云十六州，地非完璧。到了南宋，半壁江山，国土日蹙，中国人从上到下，因大片土地沦为异国他乡，在此生死存亡危机之际，心防便成为中国人唯一可以做到的抵抗，所以，"汉贼不两立"的三国故事，从南宋起，便应运而生。曹操的奸雄说，虽起自许劭的预言，但至晋，至南北朝，至隋、唐，曹操还不完全是个负面人物。

《资治通鉴》贞观十九年，"上（李世民）至邺，自为文祭魏武帝曰：'临机应变，料敌设奇，一将之智有余，万乘之才不足。'"这就是李世民的自大了，他哪里想到，他的这次东征高句丽，被打得灰头土脸而归。从历史的长远眼光看，中国之患，患在虎视眈眈的北部强虏，而曹操千里驰骋，追击乌桓，逞不世之威，保边境安宁，数十年间，那些以骑射为生的民族，少有内扰。唐太宗做不到这一点，凭什么笑话曹操？李只是说曹操"万乘之才不足"，而到了宋朝，大文学家苏轼，在《前赤壁赋》里，"方其破荆州，下江陵，顺流而东也，舳舻千里，旌旗蔽空，酾酒临江，横槊赋诗，固一世之雄也"；在《孔北海赞并序》里，"平生奸伪，死见真情。无以成败论英雄，故操得在英雄之列"，而到了《东坡志林》里，"其视曹操贼子，真斗筲穿窬而已"。虽然是借他人之嘴，视曹操为"斗筲穿窬"之徒，说明这位大文学家也不能摆脱沦丧时代的影响，危殆风气的传染，而从众从俗。

所以说，唐和宋，在中国历史上，是一个在思想上是放，

据传为曹操手迹。原刻在汉中石门南约半里的褒河水中的一巨石上，右行横书，字径四十五厘米。现存汉中博物馆内

遗香堂绘像三国志，明末安徽新安黄氏刻本

还是收的分界线。

自汉至唐，中国人的基本主张，为放，向外看。自宋至清，中国人的大政方针，是收，向内看。虽然，元曾地跨欧亚，明曾屡越重洋，清曾大拓疆界，但绝无汉唐时中国人精神上的盛世气度。一个男人，有这分气度，显得豪迈；一个女人，有这分气度，显得美丽；一个民族，有这分气度，显得宽容；而一个国家，有这分气度，必定显得气象万千地发达。汉以这分气度，做大事业；唐以这分气度，有大格局。然而，到了宋朝，乃至以后，休想再有这等大作为、大手笔了。

中国人后来的全部不幸，与朱熹的理学，与二程的道学，有相当大的关联。我们看到《三国演义》中的赵子龙，他拒绝一桩婚姻时，所说的一也、二也、三也，满口道学的陈词滥调，很难把这样一位礼教之徒，放在三国那个大环境里，与关、张、马、黄并列五虎上将。相反，他倒应该与朱熹、二程一党，提倡"一女不嫁二夫"，提倡"饿死事小，失节事大"，才显得更为合适。

文学最忌讳越俎代庖，《三国演义》出自宋以后人手，便将古人按自己的模子来塑造，是不足为训的。

假如没有东风

第四十八回（下）：锁战船北军用武

有五千年历史的中国，至少有三分之一，或四分之一的年代里，发生着大大小小的战争。死掉了无数的人，当然也不能白死，遂促成了中国的战争学，也就是从孙武的《孙子兵法》到曹操的《兵书要略》《孙子注》，一直到毛泽东的《论持久战》等兵书的特别发达，在世界上占领先位置。然而，中国的战争文学却十分地不景气，除了司马迁的《史记》，罗贯中的《三国演义》，还找不出其他能与荷马史诗《伊利亚特》《奥德赛》相颉颃的作品，甚至连雨果的《九三年》、托尔斯泰的《战争与和平》这样写战争的长篇小说，也难寻难觅。

用白话文来写战争，也就这部《三国演义》，称得上为佼佼之作、巅峰之作，至今无人超越，甚至连望其项背者也没有。

在罗贯中笔下，无论具有战略意义的战争，如官渡大捷、赤壁鏖战、六出祁山、火烧连营的千军万马，铁蹄千里，血流成河，积尸盈野；无论具有战术意义的战争，如长驱乌桓、水淹七军、潼关厮杀、七擒孟获的穷追猛打，生死决斗，金戈铁马，拼搏沙场；以战争之神曹操为例，问鼎中原时，败吕布于下邳，溃袁术于寿春，破刘备于江陵，阻孙权于合淝的干戈相向，剑及履及，无不写得有声有色，绘神绘影，有若目睹耳闻，身临其境。其山河血染，日月无光之惊心动魄；其诡谲奇特，瞬息万变之胜负无常；其强者转弱，输家反赢之战无定局；其伏尸沙场，英雄饮恨之死不瞑目……军事

三国志像，绣像金批第一才子书，毛声山评点，金圣叹序，清初刊本大魁堂藏版

文学能写到如此力出刀锋，意在刃间，张扬兵法，强调术数，使得这部演义，不仅是权谋的教科书，也是军家求胜的必备读物，不能不说是中国军事文学的一朵奇葩。

据说，清军进关以前，识汉字者少，能读懂《孙子兵法》者犹少，因此，这部《三国演义》，是他们高级指挥员唯一的战争教科书。

在战争中采用火攻手段，在《三国演义》里，就有官渡之战中火烧乌巢、新野之战的火烧博望、彝陵之战的火烧连营、七擒孟获的火烧藤甲兵、六出祁山的火烧上方谷，等等，看来，这是兵家常用的克敌制胜之法。在赤壁之战中，火攻为黄盖最早向周瑜提出，但在《三国演义》中，却成为一次猜谜游戏，诸葛亮、周瑜、庞统都不约而同地想到了火攻一策，其实，曹操也不是没有估计到会被火攻的可能性。应该说，双方统帅在指挥艺术、谋略水平差不多的情况下，对于彼此将会采取什么动作，基本上是能够掌握的。

曹操那时头脑有点膨胀，是事实，但士兵多疫病，在船舰上行动不便，也是事实，于是，才有船舰连环相扣的措施。战争，永远是一个不停变化的过程，你只要有一点疏失，报复马上会来。

为了火攻得以取得大效果的这个目标，周瑜派庞统到曹操那儿，诱敌上当，设计了铁索连舟的阴谋。当时，这两位大谋家，并未考虑到风势和风向这个事关紧要的问题。曹操所以排除了火攻的可能性，是根据冬天多西北风的判断。这不能不说是曹操要比周瑜、庞统想得远些，而周瑜终于觉悟到东南风对于火攻的重要性，急得口吐鲜血，庞统却始终未意识到，表明周瑜的思虑更为全面。当然，能借来东风的诸葛亮，则更胜一筹了。苏东坡那首脍炙人口的《念奴娇》，其中一句"人道是，三国周郎赤壁"，说出了一个无可辩驳的事实：赤壁之战是"小乔初嫁了，雄姿英发"的周瑜，把号称八十三万人马的曹操打败的。

所谓"天助我也"，也就是善于捉住整个战争过程中，难得一现的偶然性。

设法认识并利用这种偶然性，不遗余力地扩大这种偶然性的效果，便看指挥战争者的能耐了。

假如没有东风这样一个气象因素，应该说是一次非常偶然的机遇，周瑜火攻不成的话，那么，曹操采用了庞统的连环计，对于来自中原的主力部队，不谙水上作战的将领兵员，如履平地地向长江南岸推进，那庞统对魏是功臣，对吴则恐怕是大罪人了。

所以，诸葛亮对这个连环计没有表态，不予置评，想必有他自己独特的考虑。

周瑜的病源

第四十九回（上）：七星坛诸葛祭风

　　诸葛亮亦儒亦道，此处，他更像一位太乙真人了。作者赋予他浓厚的道教色彩，可能因为道教更符合中国人的文化心理。所以儒、道能够相通，因为都是国货的缘故。从他初出场那首"大梦谁先觉"的诗起，就在一步步地用写神仙的笔墨来美化他，结果，使他成为一个和别人不一样的未卜先知的，也就是鲁迅先生说的"欲状其多智而近妖"的半仙之体。

　　对这种神话，既不必为诸葛亮寻找什么科学依据，也不必斥之为邪术妖道、无稽之谈。这是中国文学传统中一脉相传的与现实主义相伴而不悖的超现实主义，如《西游记》，如《封神榜》，如《红楼梦》中的太虚幻境，以及天命、运数、幻异、梦变、怪奇、神仙、鬼魅、魔法等，甚至《水浒传》楔子里"洪太尉误走妖魔"，都是中国人对于不可知的命运背后那个虚幻世界的想象，在文学中的表达。在中国人的审美观中，可以不相信它无，也可以不认为它有；你感到它有就有，你觉得它无就无，但那种意境对于植根中国文化传统的读者来说，在心灵上毫无疑义地会呼应沟通，而得到完整的审美享受。

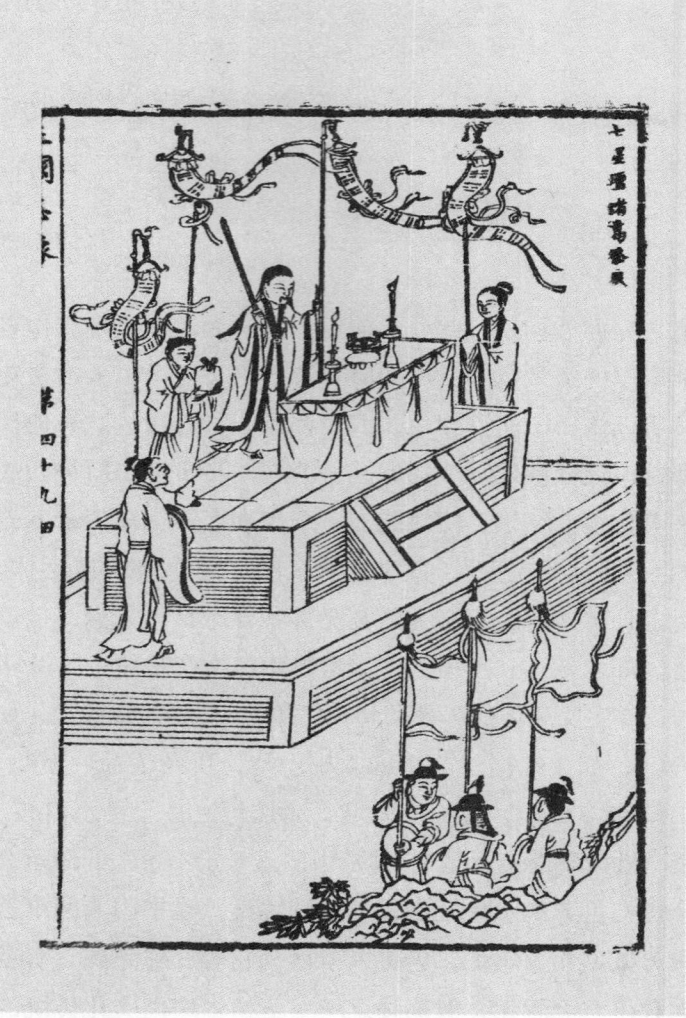

三国志像，绣像金批第一才子书，毛声山评点，金圣叹序，清初刊本大魁堂藏版

　　五四新文学运动最大的缺失，就是将最绚丽，最出彩，最富想象力，最具神秘性，最引人入胜，最丰富人们精神世界的志异体文学，打入十八层地狱，因而白话文的新文学，将近百年，只有正，而无异，只有实，而无虚，始终处于一种不完全，不完善，不完备，因而也就不完美的跛足状态之中。在世界文学之林中，至今无法成为一种强势文学，不能不为之遗憾。文学要发达，要崛起，一是正和异的契合，二是虚和实的交结，三是今与古的混同，四是新与旧的碰撞，这种复合多元的文学，远比我们近数十年平面而且片面的现实主义或写实主义，来得浑厚深邃，丰富多彩，这才能产生出爆炸性的文学魅力。

　　周瑜"口吐鲜血"之后，诸葛亮去看他，"孔明曰：'连日不晤君颜，何期贵体不安！'瑜曰：'人有旦夕祸福，岂能自保？'孔明笑曰：'天有不测风云，人又岂能料乎？'瑜闻失色，乃作呻吟之声。"接下来，"瑜料孔明必知其意，乃以言挑之曰：'欲得顺气，当服何药？'孔明笑曰：'亮有一方，便教都督气顺。'瑜曰：'愿先生赐教。'孔明索纸笔，屏退左右，密书十六字曰：'欲破曹公，宜用火攻；万事俱备，只欠东风。'写毕，递与周瑜曰：'此都督病源也。'"

　　火攻，必须东风，唐代诗人杜牧写了一首《赤壁》七绝，"折戟沉沙铁未销，自将磨洗认前朝。东风不与周郎便，铜雀春深锁二乔。"就从没有东风，则火攻不成，而火攻不成，东吴两位美人，就要成为曹操的女俘，反面取意，别有创新，遂成一首传唱不绝的佳作。其实这把火谁烧的，连事主曹操也插一脚，他说是他自己烧的，这也未必没有道理。他不会把大量舰船和军事物资留给周瑜，从他事后给孙权写的信，"赤壁之役，值有疾病，孤烧船自退，横使周瑜虚获此名。"曹操当然不会对孙权说实话，"孤烧船自退"，肯定是自我粉饰，但"值有疾病"，使部队大量减员，大概是不争的事实。

有人说，因为血吸虫病作祟，但为什么同一水域，只有士兵受到传染，而无军官或更高层人士染病？后来的合淝战役，遇到了瘟疫，死人很多，建安七子中的陈琳、王粲，也未能幸免。由此可知，曹军赤壁之败，败在连续作战，败在兵将之不服水土，更败在流行性的肠道传染病上。所以宋人洪迈在《容斋随笔》里深信："周瑜拒曹公于赤壁，部将黄盖献火攻之策，会东南风急，悉烧操船，军遂败。使天无大风，黄盖不进计，则瑜未必胜。是二说者，皆不善观人者也。"他认为，周瑜有必胜之把握："方孙权问计于周瑜，瑜已言操冒行四患，将军擒之宜在今日。刘备见瑜，恨其兵少。瑜曰：'此自足用，豫州但观瑜破之。'正史无火攻之说，其必有以制胜之术矣，不然，何以为信、瑜？"

其实，周瑜对孙权表态："将军擒操，宜在今日。瑜请得精兵三万人，进住夏口，保为将军破之。"只要控制上游咽喉夏口，不让曹军登陆进入腹地，使其步、骑兵得逞，那么，陷于大江之中船舰上的曹军，只有挨打的份儿，而无回手之力。所以，洪迈才这样看吧？

比曹操更危险的敌人

第四十九回（下）：三江口周瑜纵火

史实是一回事，就小说而言，从诸葛亮到东吴当说客，孙权和、战不定时，周瑜由鄱阳赶回柴桑议事起，他们就是在一种既合作又斗争，既共同御侮又针锋相对的矛盾之中共事。没有诸葛亮，周瑜未必能大获全胜；没有周瑜，诸葛亮的奇才大略也无法施展。虽然形成了孙、刘联盟，协调了双方的军事行动，打退了曹操的攻势，取得了空前的胜利，奠定了三分天下的局面。但周瑜为东吴计，认为诸葛亮辅佐刘备，是比曹操还要危险的敌人。

因此，他的具体措施是：一、争取诸葛亮为东吴效力；二、若不成，便用名正言顺的名目杀；三、若再不成，索性用非法手段杀，想尽一切办法把诸葛亮消灭掉。杀，是主要的。争取是次要的，诸葛瑾不弱其弟，自然明白这是无用功。《太平御览·人事部·品藻中》记载："诸葛瑾弟亮，及从弟诞，并有盛名，各在一国。于时以为蜀得其龙，吴得其虎，魏得其狗。诞在魏，与夏侯玄齐名。瑾在吴，吴朝服其弘雅。"所以，诸葛瑾很清楚，对周瑜，不奉命走走过场不行，对诸葛亮，说什么也等于白说，所以，第一招，劝降失败。接着，

三国志像，绣像金批
第一才子书，毛声山
评点，金圣叹序，清
初刊本大魁堂藏版

借三万支箭的军令状，孔明眼也不窦一下接了，
周瑜心中窃喜，这下子我可以按违反军令，砍
你的头。结果，草船借箭，完成任务，周瑜第
二招失灵，这才有借到东风以后，下狠心杀他
的第三招。

"是日，看看近夜，天色清明，微风不动。瑜谓鲁肃曰：'孔明之言谬矣。隆冬之时，怎得东南风乎？'肃曰：'吾料孔明必不谬谈。'将近三更时分，忽听风声响，旗幡转动。瑜出帐看时，旗脚竟飘西北。霎时间东南风大起，瑜骇然曰：'此人有夺天地造化之法、鬼神不测之术！若留此人，乃东吴祸根也。及早杀却，免生他日之忧。'"

为什么周瑜更倾向于杀呢？这就是中国人的性格特点了。

嫉妒是人类的必有的情感之一，要取得心理平衡：一种办法，是处于弱势地位的，使自己强起来，超过原来的强者；一种办法，是使处于优势地位的，削弱到比处于弱势地位的还要弱，甚至不存在；由于失去竞争对手，再弱之势，也是强势了。

因为在长期封建等级社会中，中国人缺乏公平竞争的客观条件和心理机制，容不得别人比自己强的人，通常采用后一种办法者多。正当周瑜派去的杀手丁奉、徐盛，赶上诸葛亮的快船时，赵子龙出现了。"赵云拈弓搭箭，立于船尾大叫曰：'吾乃常山赵子龙也！奉令特来接军师。你如何来追赶？本待一箭射死你来，显得两家失了和气。——教你知我手段！'言讫，箭到处，射断徐盛船上篷索。那篷堕落下水，其船便横。赵云却教自己船上拽起满帆，乘顺风而去。其船如飞，追之不及。岸上丁奉唤徐盛船近岸，言曰：'诸葛亮神机妙算，人不可及。更兼赵云有万夫不当之勇，汝知他当阳长坂时否？吾等只索回报便了。'于是二人回见周瑜，言孔明预先约赵云迎接去了。周瑜大惊曰：'此人如此多谋，使我晓夜不安矣！'鲁肃曰：'且待破曹之后，却再图之。'"

鲁肃在《三国演义》中扮演着一个忠厚长者的角色，其实，他不是和稀泥。孙、刘联盟，团结一致，是保证赤壁之战获胜的关键，在这样的大前提下，他没有理由顺着周瑜的想法行事。所以，一事当前，独立思考，做一个有主见的人，一个有原则的人，是十分重要的。

　　所以，周瑜从此成为不仅在文学中，甚至是家喻户晓的，无丝毫容人之量的典型人物。"既生瑜，何生亮"，这六个字，写尽了天下所有的鼠肚鸡肠、不能容人之辈的嫉妒心胸。

人尽其才的美好理想

第五十回（上）：诸葛亮智算华容

　　大战即将开始，孔明回到夏口，升帐坐定，一一发布军令。"时云长在侧，孔明全然不睬，云长忍耐不住，乃高声曰：'今日逢大敌，军师却不委用，此是何意？'"接下来孔明说有一重要隘口，只是有些违碍处，不敢委派。"孔明曰：'昔日曹操待足下甚厚，足下当有以报之。今日操兵败，必走华容道；若令足下去时，必然放他过去。因此不敢教去。'云长曰：'军师好心多！当日曹操果是重待某，某已斩颜良，诛文丑，解白马之围，报过他了。今日撞见，岂肯放过！'孔明曰：'倘若放了时，却如何？'云长曰：'愿依军法！'孔明曰：'如此，立下文书。'云长便与了军令状。云长曰：'若曹操不从那条路上来，如何？'孔明曰：'我亦与你军令状。'云长大喜。"

　　读《三国演义》至此，你就不禁疑惑，任何一支军队，有这样不讲规矩的吗？到底诸葛亮指挥关羽，还是关羽指挥诸葛亮？难道拜把子兄弟，便有这份与军师要军令状，平起平坐的特权？

　　文学作品的渲染夸张，常常使读者产生出来错觉。在人们印象里，自三顾茅庐，诸葛亮走出南阳以后，为刘备军师，从那以后，好像从来就定位在第二把手这个角色上。

其实不然，最初，刘备取得部分荆州，关羽为襄阳太守、荡寇将军，张飞为宜都太守、征虏将军。而诸葛亮则为军师中郎将，官阶在关张之下。只是"督零陵，桂阳，长沙三郡，调其赋税，以充军实"，辖区小于那两位多多。其后，刘备自号汉中王，关羽为前将军、假节，张飞为右将军、假节。诸葛亮安排为军师将军，署左将军府事，相当于大内总管，事情很多，职位很低。一直到蜀汉昭烈帝章武元年（221），刘备称帝，这时，关、张已死，才被任为丞相录尚书事、假节，兼司隶校尉。所谓"假节"，就是获得最高统治者特命全权代表的资格。这时的诸葛亮，才真正称得上是一人之下，万人之上。而等刘备死后，才成为国家领导人。"建兴元年，封亮武乡侯，开府治事，顷之，又领益州牧，政事无巨细，咸决于亮。"

所以王夫之感慨系之："于是知先主之知人而能任，不及仲谋远矣！"

他说："关羽，可用之材也，失其可用而卒至于败亡，昭烈之骄之也，私之也。"王夫之说刘备不是一个"善将将者"，是很有道理的。处置国与国之间的关系，绝非战场上枪来刀往，胜负立决的事，刘备把这样一员能"于百万军中取上将之头，如探囊取物耳"的战神，派到魏、蜀、吴相峙的敏感地区，主持全面工作，太失当了。他跟你是哥儿们，你信得过他，但他干得了，干不了，并不取决于你对他的信任，和他对你的忠诚。对既无战略远见，更无政治头脑，谈不到高瞻远瞩，更无所谓通盘谋划、长治久安的打算，骄傲自大、

三国志像，绣像金批第一才子书，毛声山评点，金圣叹序，清初刊本大魁堂藏版

好大喜功、攀比好胜、乱争高低的关羽，感情用事时多，冷静思考时少，出头露面时多，踏实工作时少，更何况一介武夫，不知天高地厚，以为能读几篇《春秋》，就有治国理政的本领？荆州，根本是他挑不动的担子，将他安排在这里，不砸你刘备的锅才怪。

就看这位关老爷，拒婚孙权，激怒东吴的缺心眼；谢爵辞封，目中无人的自大狂；罚糜惩傅，遗患后来的非理性；任命潘濬，不识良莠的乱拍板；水淹七军，胜利冲昏头脑；曹操迁都，更加自鸣得意。骄加之躁，埋下了日后败师的种子。其实，在这个世界上，人尽其才，只是一个美好的理想，有本事的人，不一定能得到一份好工作。同样，没有什么才干的人，却能得到一份好差使。关羽，绝非帅才，正如刘备，当不了一国之主那样，二三流演员，担纲主角，是相当吃力的。关羽，打仗是一把好手，偏要他在这举足轻重的关键地区、关键时期，担当这个关键职务，加之他很不谦虚，加之他头脑顽固，加之他满脑袋个人英雄主义，加之背着过五关斩六将的包袱，不败何待？

尴尬华容道

第五十回（下）：关云长义释曹操

关羽一生，过五关也好，走麦城也好，单刀赴会也好，水淹七军也好，后来人的看法，大致能取得共识。独有降操、释操这两件事，众说纷纭，评价不一。褒者褒他的义，义薄云天，义重如山，便义无反顾。因此，降操是光荣的，释操则是高尚的。贬者贬他，无论如何臣服了曹操，失了大节；华容道留曹操一条生路，失了大职，都是不可饶恕的罪过。

对关羽降操、释操，看法如此分歧，和中国人好绝对化的性格分不开，好则全好，坏则全坏。伟人一无瑕疵，连放个屁也是香的，那错，当然也就错得正确。而绑在耻辱柱上的人，肯定是头顶生疮，脚底流脓，坏透了的货色，一无是处。

而过犹不及者，则容不下别人说"不"，钳制对方口舌，实现舆论一律。但事与愿违，弄巧成拙，欲张大者结果很掉价，欲贬低者反而价更高。回看历史，我们看到多少头顶光环的神，一下子变成众所唾弃的鬼，又有多少被荡涤清除的破烂货，重新捡回来成香饽饽，这类碧落黄泉的反差，所以层出不穷，原因就在于总走极端。

偏激，缘于心质的虚弱，包容，体现胸襟的开阔。若是两方都能厚德致远的话，也许更接近于关羽本来的真实状态。

每个人都有他性格上的弱点和在感情上的致命伤，若能把握住对方这些软弱的关键部位，也是击倒取胜的一法。一个进攻者，应该找到每个足以出拳击中的点；同样，作为防守者，也应尽量使自己无懈可击。《江表传》载："羽好《左氏传》，讽诵略皆上口。"《三国志》载："羽闻马超来降，但非故人，羽书与诸葛亮，问超人才可谁比类。"看来，"刚而自矜"的关羽，事事处处，端着架子，人前人后，摆出派头，做知识分子状，内心深处，看不大起作为军师的诸葛亮。然而，这位骄傲的关老爷，想不到自己如此丢脸地败倒在军师的算计中。

在我们所生活的人群中，最害怕的就是这种半瓶子醋，你说他懂吧，其实不懂，你说他不懂吧，他又懂一点。不懂要装懂，装懂又不懂，结果，必然是将好事办坏，坏事办得更坏。

华容道上，让他强烈自尊心受到莫大伤害的，就是这时他最怕看到曹阿瞒，一步不差地按照军师所预计的战争程序，依着导演剧本来到了华容道，丝丝入扣，步步合拍。被他绝对说不上尊重，更谈不到佩服的诸葛亮，掐算得定定的，拿捏得妥妥的，如果有个地洞，他会恨不能钻进去。

而尤其令他尴尬万状、颜面全失的场面，果如军师预想，马上出现。他想起他说过的话，"军师好心多！当日曹操果是重待某，某已斩颜良，诛文丑，解白马之围，报过他了。今日撞见，岂肯放过！"而签下军令状的这位亚领袖，偏偏碰上一个服输认软的曹操，内心翻江倒海，肯定在那一刻，顿时会产生被诸葛亮绑架并加以羞辱的感觉，所以从此结下对这位军师的隐恨。

更厉害的是曹操，采程昱之言，放下身段，感情攻势，这才是能屈能伸的大丈夫。他吃透关羽，"义薄云天"的"义"，支撑他的同时也束缚住他，"情重如山"的"情"，使他赴汤蹈火的同时也敢不怕丢掉原则。如果不是他刚愎自用的性格，骄傲自大的脾气，以及他对诸葛亮的不买账，和使他陷于极其难堪遭遇的反弹，纵有多大的"义"和"情"，关羽决不会放走曹操的。

正史无此一说，《资治通鉴》汉纪五十七："操引军从华容道步走，遇泥泞，道不通，天又大风，悉使羸兵负草填之，骑乃得过，羸兵为人马所蹈藉，陷在泥中，死者甚众。"《山阳公载记》与此同，只是通过华容故道后，"军既得出，公大喜，诸将问之，公曰：'刘备，吾俦也。但得计少晚，向使早放火，吾徒无类矣。'备寻亦放火而无所及。"

赤壁之战后的交锋

第五十一回（上）：曹仁大战东吴兵

　　这个世界上本无绝对公平的竞争，因为竞争双方的实力，很难绝对相等。既然不相等，这竞争的结果，自然由强弱来决定胜负。但实力强的一方，未必就是最后的胜者，弱的一方，未必就是注定的败者，这都是赤壁之战证实了的。

　　现在大仗打完了，坐下来盘点，你会发现，曹操并非完全的输家，表面上他输了，可他的主力部队仍保存着基本实力。在赤壁损失的不过是蔡瑁的水师、刘表的降兵而已。他得到了荆州的一部分，也不算怎么赔本，拥有襄阳、樊城，使南阳、许昌有了外部屏障。孙权、周瑜当然大赚一把，溯江而上，向西扩展，江东六郡得以巩固，现在又要将南郡、荆州纳入囊中。这个时期的刘备，比较尴尬，孙、刘联盟的旗子不能丢，因为没本钱与东吴翻脸，若是靠自己的力量，单挑曹操，夺得再多地盘，恐怕也不是那个奸雄的对手。所以，本无立足之地的弱势刘备，只有寄希望于在两强的竞争中，等到他们力量相互消长到一定时机，坐收渔翁之利。胃口不能太大，期望值别定太高，诸葛亮的聪明，在于求实，在于稳健。而刘备，这个小本经营者，明白守多大的碗，吃多少的饭这种最起码的存身之道，特别赞赏军师坐山看虎斗的政策。

南郡的争夺战，就是这三个竞争对手在赤壁之战后接下来的交锋。

孙权此刻最强势，最嚣张；曹操此刻最憋气，最反抗；刘备此刻最奸滑，最冷静。强者易骄，这是曹操在赤壁犯下的错误。周瑜之失，基本上是重蹈覆辙。第一，失在轻敌上，曹操可不是等着挨打的落水狗；第二，失在紧追穷寇上，输急了的人，反扑过来，那是豁出命拼的；第三，失在对盟友的踌躇不定、主意不定上，既怕刘备和诸葛亮来摘桃，又怕联盟破裂，无力独对强敌。左手推着，右手拉着，这个姿势很不好把握。你以虚情假意对待友军，也就不要指望友军真心实意地回报。

周瑜所犯的最大错误，就是轻敌。一个失败了的，可并不等于完全丧失战斗力的对手，是绝不可掉以轻心的。鲁肃主张痛打落水狗，因为你若疏于防范，它会抽冷子抖你一身水。特别是实力较强、暂时受挫的对手，尤其不可小觑。若被反咬一口，往往倒是致命的。失败者的报复，要比成功者的报复更毒，这也是一个必然的规律。周瑜恃赤壁之胜，藐视曹操，在南郡吃了这次大亏，人地两失，身负重创，就是缺乏这种清醒所致。

结果，他哪里想到，东吴水军，堪称精锐，但登岸作战，以短击长，不堪曹军步骑兵之转移急速，来去自如。两条腿终究不及四条腿，周瑜水军哪经得起骑在马上用长兵器的中原之兵，加之战线拉得太长，补给困难，战斗力大为削弱。

三国志像，绣像金批第一才子书，毛声山评点，金圣叹序，清初刊本大魁堂藏版

于是，眼看着如意算盘——落空，倒让刘备捡了个便宜，坐收渔翁之利。这就是说，强者的优势并非永久牌的，会因时、因地、因人、因性格、因情绪而发生变化。一旦发生变化，又不及时阻止，那就要出大问题了。

曹仁，是曹操子弟兵中相当出色的战将，曹操华容道脱险之后回许都去了，江陵保卫战便留给曹仁。《资治通鉴》称，"周瑜、程普将数万众，与曹仁隔江未战。甘宁请先径过取夷陵，往，即得其城。曹仁遣兵围甘宁，宁困急，求救于周瑜，诸将以为兵少不足分，吕蒙谓周瑜、程普曰：'留凌公绩于江陵，蒙随君行，解围释急，势亦不久。蒙保公绩能十日守也。'瑜从之，大破仁兵于夷陵，获马三百匹而还。"

实际上，第一，周瑜的对手，是曹仁，而非曹操。"瑜乃渡江，屯北岸，与仁相拒。"第二，曹仁不弱，与周瑜对阵一月多，作为主帅的周瑜还受了箭伤。

乘胜追击，扩大战果，获得赤壁之胜的东吴，自然要倾全力一举控制长江险要，荆州重镇。虽然《三国演义》写成最后蜀将赵云袭击江陵，取了南郡，《三国志》却是周瑜与曹仁旷日持久地苦战以后，夺得南郡。而在这场鏖战中，周瑜"会流矢中右肋，疮甚，便还。后仁闻瑜卧未起，勒兵就陈，瑜乃自兴，案行军营，激扬吏士，仁由是遂退。"在南郡之战中，周瑜不但指挥出色，而且负伤不下火线，不愧是个"雄姿英发"的军事家。

周瑜知其一，曹操知其二，诸葛亮知其三

第五十一回（下）：孔明一气周公瑾

　　在南郡争夺战中，周瑜中箭，"医者曰：'此箭头上有毒，急切不能痊可。若怒气冲激，其疮复发。'"曹仁再三搦战，程普拒住不出。被周瑜一再追问，才说："众将皆欲收兵暂回江东。待公箭疮平复，再作区处。"周瑜到底是条汉子，"于床上奋然跃起曰：'大丈夫既食君禄，当死于战场，以马革裹尸还，幸也！岂可为我一人，而废国家大事乎？'言讫，即披甲上马。诸军众将，无不骇然。遂引数百骑出营前。望见曹兵已布成阵势，曹仁自立马于门旗下，扬鞭大骂曰：'周瑜孺子，料必横夭，再不敢正觑我兵！'骂犹未绝，瑜从群骑内突然出曰：'曹仁匹夫！见周郎否！'曹军看见，尽皆惊骇。"

　　就在这场战斗中，周瑜心生一计。曹操一向以诈取胜，但在赤壁之战中，他的诈，屡败于周瑜的诈，于是也就不诈了。但这一次夷陵之战，他不在场，却留下锦囊妙计，仍是一个"诈"字，周瑜到底上了曹操的当，吃了一箭。好，将计就计，"大叫一声，口中喷血"，装死过去，然后制造假象，全军挂孝，诱使曹军偷袭。虽然韩非说过，"战阵之间，不厌诈伪"，但《三国演义》一书中，这种诈降手法，太多太滥，基本上千篇一律，

三国志像，绣
像金批第一才
子书，毛声山
评点，金圣叹
序，清初刊本
大魁堂藏版

诱敌上当，百试不爽，也令人难以置信。第一，
古代的战场交锋，获得对手的信息，其手段不
一定比后来少；第二，古人的思维方式，不一
定要比今人简单、直接，更容易受骗。问题出
在演义这种民间文本上，对那些饭后茶余来听

你说书的听众，就不得不以市井百姓的智商想当然了。

周瑜身为联军统帅，完全应该邀请刘备同攻南郡，怎么能答应刘备"你先打，打不赢我再打"的君子协定呢？即使周瑜有百分之一千的把握，也无妨邀其同战，使其在自己的辖制之下，主动权在手中掌握，何其从容自如。但他独吞胜利果实之心，加上嫉贤妒能，要出一番风头的狭窄心胸，使他犯了一个不可饶恕的错误。结果就是，一、他得独自去和犹有余力的曹操余部角力。曹仁何许人也，周瑜把他小看了，蒋钦岂是他的对手。首战失利，打乱了周瑜部署事小，影响了周瑜情绪事大，在急怒中处理问题，就难免要出岔子了。二、给刘备、诸葛亮乘虚而入的机会，虽然正史上并不是这个样子的，但《三国演义》写赵子龙南郡城楼露面，周瑜难道要跟刘备撕破脸吗？

双方联合攻下南郡，如果按刘备的一贯言行看，仁义为先，周瑜可以毫不客气地坐领南郡，让诸葛亮气得干瞪眼；反之，如果刘备这一回不那么仁义，也是有可能的，因为孔明不肯放弃这难得的机遇。至少，双方平分南郡，还有周瑜百分之五十的机会。可他却轻骑出征，渡江远击，中了曹操的伏兵之计。

由此可以看出，周瑜只知其一，刘备有窥伺南郡之心，决不能让他得手。曹操但知其二，孙或刘的追兵必袭南郡，而且预留锦囊妙计，以期转败为胜。诸葛亮却能知其三，利用周瑜来抵挡曹操败退途中的疯狂反扑，坐享其成。"尽着周瑜去厮杀，早晚教主公在南郡城中高坐"这句话，深得军家奥妙，消耗有生力量，乃是削弱对方的要义。战场如此，非战场上的交手，也应如此。诸葛亮让东吴先取南郡，自有他的盘算。曹操虽败，"瘦死的骆驼也比马大"，周瑜虽胜，"数战民劳，久师则兵敝"。让他们先消耗一阵，然后，乘虚而入，当收事半功倍之效。这当然是小说家的演义了，在战场上，这点点狡诈，不过家常便饭。

反过来，也等于依靠曹操去遏制周瑜得胜之师的骄纵气势。然后，在双方较量的空隙中间，矫诏发令，取得了荆州、襄阳，付了极小代价，获得极大成果。高低之分，也就一目了然了。这虽是《三国演义》所写，但在实际生活中，这种鹬蚌相争，渔翁得利，或者努力奋斗之后，好容易有了成果，别人趁机摘桃之事，是不可不提防的。

战争有时像捉迷藏一样，已知数和未知数几乎是同样的多，所以，知己知彼，方能百战不殆。"虚则实之，实则虚之"，兵书是这样写的，但那不过是研究一般军事作战规律的著作。它适用于普遍性，但不一定适用于特殊性。对于军事家来讲，普遍中有特殊，特殊中又有普遍的辩证法，是绝不能本本主义的。在此决策关键时刻，作为统帅，保持感情的零状态，十分十分重要。

好下属的献策艺术

第五十二回（上）：诸葛亮智辞鲁肃

《资治通鉴》汉纪五十七是这样写的："刘备表刘琦为荆州刺史，引兵南徇四郡，武陵太守金旋、长沙太守韩玄、桂阳太守赵范、零陵太守刘度皆降。庐江营帅雷绪率部曲数万口归备。备以诸葛亮为军师中郎将，使督零陵、桂阳、长沙三郡，调其赋税以充军实；以偏将军赵云领桂阳太守。"事件并不复杂，但在《三国演义》里，却衍生出大段精彩文字。

周瑜见孔明袭了南郡，又取荆襄，气伤箭疮，半晌方苏，于是就有鲁子敬第一次讨荆州之行。

鲁肃说："幸得东吴杀退曹兵，救了皇叔，所有荆州九郡，合当归于东吴。"孔明说："子敬乃高明之士，何故亦出此言？常言道：物必归主。荆襄九郡，非东吴之地，乃刘景升之基业。吾主固景升之弟也。景升虽亡，其子尚在；以叔辅侄，而取荆州，有何不可？"鲁肃一时语塞，不过，老实人也不是好欺负的，他要见一见公子。"孔明曰：'子敬欲见公子乎？'便命左右：'请公子出来。'只见两从者从屏风后扶出刘琦。"产生如此"大变活人"的魔术效果，自然属于说书人的编造。这样一次礼节性会见，已为荆州刺史的刘琦，竟然躲在屏风后

三国志像，绣像金批第一才子书，毛声山评点，金圣叹序，清初刊本大魁堂藏版

面不出来，成何体统？

鲁肃两手空空回到东吴，说刘琦一死，就还荆州，周瑜急了，"刘琦正青春年少，如何便得他死？"鲁肃向他保证，不出半年，此人必死。他的话还很是灵验，可诸葛亮拿什么还呢？荆州从此便是诸葛亮的一块心病。若丢则无立足之地，若守则无坚固后方，若赖着不还则东吴不会放手，若彻底放弃则隆中对便是一纸空话。难矣哉！

曹操、刘备、孙权三人，此时，有囊括天下之心者，为曹操。但求自保，小有拓展，便满足的，为孙权。曹操是枭雄，孙权为虎子，都是进攻型的性格，是做得大事的领袖。刘备既无曹操的力量，也无东吴的根基，虽然打着光复汉室的旗帜，那不过是个遥远的政治目标。若无良臣勇将，他与刘表、刘璋相比，除去仁义的感召力外，并无太大的差别。所以，他得了荆州、南郡、襄阳以后，出于小手工业者的容易满足，准备在此安家立业了。这种心满意足的表现，充分说明了他是一个口头上的胸怀大志者，而实际上是很容易知足求安的人物。有了这块地盘比之周旋于下邳、小沛，亡命于新野、樊城，日子要好过得多了。当年，如果曹操不跟他过不去，他也会先在小沛，后在新野安身立命，并努力安分守己的。

与这类口头革命派，心中无大方向的人共事，倘不能辖制住他，推动他往前走，便要谨慎你的进取之心，不要使他认为是对他的威胁。在中国，越是这类无能的皇帝，越是害怕比他能干的大臣；而越是治国有方，功高盖主，那危险性（包括掉脑袋）也越来越大。所以，中国自古以来，只有一个诸葛亮，原因就在这里。

南征武陵、长沙、桂阳、零陵四郡，自然是诸葛亮之策，万一保不住荆、襄，至少也有一块立足之地啊，更何况赤壁之战，得以占有荆州的很大部分，但若不往外拓展，没有足够空间，可供周旋，终究不是长久之计。但是，一个领袖人物，先有大心胸，才有大志向；有了大志向，才有大作为。小富即安，容易满足的刘备，这种人，泼冷水，往往适得其反，孔明便建议由伊籍出面，趁他得到荆州、南郡、襄阳心中大喜之际，商议久远之计。伊籍原是刘表旧部，因不得意，遂与寄居刘表处的刘备交好，刘表死，遂投刘备。但伊籍也不具体地出谋划策，这是个聪明人，说出来效果好，有掠人之美的嫌疑；说出来效果不好，得罪了人犯不着，于是，他建议招贤纳士，通过一个在野之人马良，把这南征意思表达出来。这就是在中国古代这样一个国情下，聪明的谋士必须要绕着弯子，让领导人明白，而又不使他难堪的标准做法了。否则，"荆襄四面受敌之地，恐不可久守"这句话，出自诸葛亮之口，此刻心中大喜的刘备，将会是怎样的反应，那就是未知之数了。即或有的领导人还不至于那么糟糕，这样回转一下，使他们相信自己不是白痴，也是有益无害的。

文学最忌越俎代庖

第五十二回（下）：赵子龙计取桂阳

赵子龙拒婚事，见《三国志》裴松之注《云别传》："从平江南，以为偏将军，领桂阳太守，代赵范。范寡嫂曰樊氏，有国色，范欲以配云。云辞曰：'相与同姓，卿兄犹我兄。'固辞不许。时有人劝云纳之，云曰：'范迫降耳，心未可测；天下女不少。'遂不取。范果逃走，云无纤介。"

到了《三国演义》里，"云闻言大怒而起，厉声曰：'吾既与汝结为兄弟，汝嫂即吾嫂也，岂可作此乱人伦之事乎！'""孔明谓云曰：'此亦美事，公何如此？'云曰：'赵范既与某结为兄弟，今若娶其嫂，惹人唾骂，一也；其妇再嫁，使失大节，二也；赵范初降，其心难测，三也。主公新定江汉，枕席未安，云安敢以一妇人而废主公之大事？'玄德曰：'今日大事已定，与汝娶之，若何？'云吾：'天下女子不少，但恐名誉不立，何患无妻子乎？'玄德曰：'子龙真丈夫也！'"正史中的赵子龙，出于政治上的警惕，才拒绝这门婚事，后来赵范果然背叛，说明赵之头脑清醒。而演义中的赵子龙，则是一副道学先生的腔调，很是可笑了。

三国时期，寡妇再婚，与名节无关，无人非议。曹操娶

过何进的儿媳尹氏，娶过张济的寡妻，刘备娶
过刘璋之兄刘瑁的寡妻，孙权还娶过表兄徐琨
的寡居女儿呢，连辈分都差错着，本人觉得无
所谓，大家也都觉得无所谓。据《世说新语·惑
溺》："魏甄后惠而有色，先为袁熙妻，甚获宠，

三国志像，绣像金批
第一才子书，毛声山
评点，金圣叹序，清
初刊本大魁堂藏版

曹公之屠邺也，令疾召甄，左右曰：'五官中郎将已将去。'公曰：'今年破贼，正为奴。'"若据此，曹操那句"正为奴"的奴，他早就惦记上了，至于她是否嫁人，已为人妻，是毫不介意的。只是他儿子先他得手，他不好意思抢回来，便假装慷慨地赐他为妻。他儿子曹丕比他更不在乎，非理邪行，同样出于《世说新语·贤媛》："魏武帝崩，文帝悉取武帝宫人自侍。及帝病困，卞后出看疾。太后入户，见直侍并是昔日（曹操）所爱幸者。太后问：'何时来邪？'云：'正伏魄时过。'因不复前而叹曰：'狗鼠不食汝余，死故应尔！'"

这一切，说明三国时期的社会风气，对于女人的改嫁再醮，视为再正常不过的事情。曹操的好友蔡邕，其女蔡琰，即蔡文姬，初嫁卫仲道，未几夫死，回娘家，适匈奴左贤王入侵，被掳走，嫁匈奴人，生二子，后曹操收到她的求援信，用重金赎回老朋友的女儿，回到中国后，她再嫁董祀。因此，赵云这件婚事，女主角樊氏如此看，二次投降的赵范如此看，刘备、诸葛亮也如此看，这岂不是很圆满的事情吗？赵云也未免太扫兴了些。所以《三国演义》就此将赵云树立成一个礼教典型，那是南宋以后的政治需要。看他拒婚的那番说辞，一也，二也，三也，满口样板戏的腔调，一副高大全的模样，很难把这样一位绝对三突出的形象，放在三国那个大环境里，与关、张、马、黄并列五虎上将，成为浑身是胆、勇冠三军的英雄。

尤其那句"其妇再嫁，使失大节"，三国时的赵子龙是说不来如此话语的，因为他闻所未闻，听所未听。每个时代都有体现其特色的语言，只要一提"饿死事小，失节事大"这八个字，就会想到南宋那命悬一线的危局，苟延残喘的王朝，铁蹄蹂躏的河山，存亡未卜的明天；就会想到宋高宗怕亡国，老百姓怕灭种，知识分子怕中华文化的火种从此熄灭，在这种危乎殆哉的气氛下，极端分子如程颐，如朱熹，便以理学、礼教，对人的精神加以束缚，对人的思想加以钳制。清初思想家颜元，有过一针见血的说法："千余年来，率天下入故纸中，耗尽身心气力，作弱人，病人，无用人者，皆晦庵为之也。"

生在汉末的赵子龙，在说书人的演义下，竟与南宋时期的朱熹、二程一党，提倡"一女不嫁二夫"，提倡"饿死事小，失节事大"，文学最忌讳越俎代庖，《三国演义》出自宋以后人手，便将古人按自己的模子来塑造，是不足为训的。写历史小说，最为下乘者，便是不谙史实，将后来的观点，强加给前人。让古人按今人的拍子跳舞，热闹是有的了，可历史的真实却没有了。

关羽的面子

第五十三回（上）：关云长义释黄汉升

　　黄忠，五虎将之一，按照《三国志》，五虎将为关、张、马、黄、赵。而在《三国演义》中，五虎将的排名，略有改变，为关、张、赵、马、黄。前者为官方的，后者是非官方的。

　　刘备自封汉中王，为什么自封？很简单，汉献帝在曹操手里，曹让封才封，曹不让封就没门。当然，刘、孙也并不买账，你曹操不让封，我自己封，封完了，将文书送到许都，就算走完形式，管你认账不认账？刘备就这样自封汉中王，然后，他来封文武百官。武将方面，一口气封了关、张、马、黄、赵，为前、右、左、后将军，因为关、张与刘备的关系，最为亲密，因而名列第一、第二；马超，公侯世家出身，名列第三；黄忠，本来就是将军，名列第四。所以，赵云得到一个偏将军，名列第五，魏延只是安排为汉中太守，算不得武将了。那时候，看重门阀，寒族子弟要想出人头地，是很难的。正史是官方授权编撰，就得以官方标准衡人，赵子龙排位第五，魏延更后，这其中的奥妙，就因为这两位都是平民出身。

　　自古，大多数中国人之好当官，就由于历来中国皇帝陛

三国志像，绣像金批第一才子书，毛声山评点，金圣叹序，清初刊本大魁堂藏版

下的官，终于把老百姓压迫得明白起来，若不当官，永无出头之日；中国旧时农民之好官，因为小农经济靠天吃饭，极不可靠，唯有当官，才能捞到土地里种不出来的好处；中国旧时文人之好官，因为攥有权力在手，文章写得再屁再水，也有抬轿子吹喇叭者叫好不绝。关老爷，第一是农民，第二是爱读《春秋》的半知识分子，所以，在官本位的社会里，关羽的官瘾最重，在乎他的爵位，也属理所当然。不过，一张嘴，不谈兵家大事，先问封我何官，不免显得龌龊。但大家都龌龊，如入鲍鱼之肆，也就不以龌龊为龌龊了。

《三国志》称："羽闻马超来降，旧非故人，羽书与诸葛亮，问超人才可谁比类。亮知羽护前，乃答之曰：'孟起兼资文武，雄烈过人，一世之杰，黥、彭之徒，当与益德并驱争先，犹未及髯之绝伦逸群也。'羽美须髯，故亮谓之髯。羽省书大悦，以示宾客。"

在《三国演义》中，被捧得最高的，一是诸葛亮，一是关云长，但他们最后都失败在非等量级的对手手里。孔明还能得到"出师未捷身先死，长使英雄泪满襟"的同情，而关云长虽然被后世人敬之为神，尊之为帝，但他死在陆逊、吕蒙手里，输得非常之惨，从此落下个"只提过五关斩六将，不提走麦城"的经常被引用的讥诮之语，可见后来人敬重之余，对他的失败，多少认为是他老人家咎由自取，属于活该的了。

关羽一生，傲敌好强，目中无人，自我感觉永远良好，胜如此，败亦如此。什么事不把他尊在前面，不行。华容道，没能风光，战长沙，焉肯落后？

关羽坚信自己在战场上，是强者，张飞、赵云，都各得一郡，他一生好强，便提出来要攻打长沙，"量一老卒，何足道哉？"没把黄忠放在眼里，打了一百回合，不分胜负。行，老汉，有你的，咱们明天见。第二天，接着鸣锣开打，关羽知道自己没力量在武功上取胜，用拖刀之计，黄忠不慎，马失前蹄，摔下马来。关羽来劲了，老汉，你且回去，咱们继续明天见。第三天，黄忠老是老，头脑不老，也施一计，假装不敌，掉转马头，等关羽追得近时，猛回身，拈弓搭箭，一箭射在关老爷的头盔缨根上，带箭回营，着实伤了他的脸面。

所以，后来，刘备自封汉中王，派费诗到荆州来送委任状，关羽就记起这一箭之恨，认为这个黄忠怎能与己并列，要让费诗把委任状带回汉中。幸亏费诗那张嘴，不亚于孔明那封信，说服关羽，才没做出蠢事。

赵云取桂阳，张飞取武陵，关羽取长沙，都有类似的情节重复。因为话本，本是说书人的一个提纲，一、说书人并非一口气将一部三国说完；二、听书人也不可能天天坐在那里直到听完。因此，重复作为口头文学的一种反复灌输，加深记忆的手法，成书以后，便残留下来。

左右战局的"感情戏"

第五十三回（下）：孙仲谋大战张文远

任何形式的战争，必有胜负之分。即或打个平手，也会有小胜或小负的区别。于是，胜负得失，输赢赔赚，必然要把战争参与者感情中的恶潜质，充分煽动起来。这也是人类至今争斗不已、流血不止的原因。

败者不择手段地复仇，做梦也想着东山再起，雪耻除恨。胜者赶尽杀绝地追求一个干净彻底全歼的境地，以防对方卷土重来。表现在战场上，便是尸陈遍野，血流成河。表现在政治上，便是君诛国灭，成王败寇。表现在经济上，便是火并鲸吞，你死我活……在理念被抑制、明智被封杀、心态失常的情况下，这种不可遏制的欲望，强烈者，歇斯底里，成为战争狂人；差一点的，也是耿耿于怀，不使敌手趴下，坐卧也不安的。而恶的结果，必然是无所不用其极，由于无所不用其极，惩罚也就随之而来。

这就是赤壁之战以后，孙权、周瑜不肯罢休，西取荆襄、北战合淝的决策由来。曹操当然也不甘心他号称的八十三万兵马，轻易地败在东吴手下，自然要寻机报复，转败为胜。从他后来与孙权书中说："赤壁之役，值有疾病，孤烧船自退，

三国志像，绣
像金批第一才
子书，毛声山
评点，金圣叹
序，清初刊本
大魁堂藏版

横使周瑜虚获此名"看，也是不认输的。

结果，毕其功于一役的急躁心理，全军求
战心切。太史慈是个何等精细之人，一招一式，
十分地道，居然能把一场偷袭，寄托于两个喂
马的饲养员身上。也许太史慈缺乏大战经验，

轻率冒险行事，以致败死合淝，享年 41 岁，真是可惜。棋高一着的张辽，到底经过太多太多的战争，见乱不惊，从容处变，得以消弭战乱，获得胜利。

所以，鲁肃劝谕周瑜回师柴桑，是一种冷静；东吴长史张纮诚告孙权，勿逞匹夫之勇，则更是一种难得的清醒。而张辽的"勿以胜为喜，勿以败为忧"的为将之道，恐怕是所有战争参与者的必不可少的一剂良药，不激，不乱，把感情因素压至最低程度，方为上策。

张辽（169—222），先从丁原，后属何进，再归董卓，后从吕布，白门楼吕布殒命的下邳之战中，被俘，降操。他应该算得上是三国时期最有头脑、最具武艺，也是最有人情味的武将。

《三国志》称："初，曹公壮羽为人，而察其心神无久留之意，谓张辽曰：'卿试以情问之。'既而辽以问羽，羽叹曰：'吾极知曹公待我厚，然吾受刘将军厚恩，誓以共死，不可背之。吾终不留，吾要当立效以报曹公乃去。'辽以羽言报曹公，曹公义之。及羽杀颜良，曹公知其必去，重加赏赐。羽尽封其所赐，拜书告辞，而奔先主于袁军。左右欲追之，曹公曰：'彼各为其主，勿追也。'"裴注引《傅子》曰："辽欲白太祖，恐太祖杀羽，不白，非事君之道，乃叹曰：'公，君父也，羽，兄弟耳。'遂白之。太祖曰：'事君不忘其本，天下义士也。度何时能去？'辽曰：'羽受公恩，必立效报公而后去也。'"

从这一段记事中，我们既看到张辽对关羽情谊之厚，也看到张辽对曹操尽职之忠，同时，我们也看到关羽对张辽毫无保留之真，也看到曹操对张辽推心置腹之诚。

在《三国演义》中，"关云长义释曹操"有一段常为读者忽略的，"云长是个义重如山之人，想起当日曹操许多恩义，与后来五关斩将之事，如何不动心？又见曹军惶惶，皆欲垂泪，一发心中不忍。于是把马头勒回，谓众军曰：'四散摆开。'这个分明是放曹操的意思。操见云长回马，便和众将一齐冲将过去。云长回身时，曹操已与众将过去了。云长大喝一声，众军皆下马，哭拜于地。云长愈加不忍。正犹豫间，张辽纵马而至。云长见了，又动故旧之情，长叹一声，并皆放去。"

还记得过五关斩六将碰上夏侯惇，别看他是个独眼龙，识见却是不差，他就死抠一条，丞相知道他沿途杀人吗？一骑飞来，不行，再一骑飞来，仍不行，就在两个正欲交锋之际，"阵后一人飞马而来，大叫，'云长、元让休得争战！'众视之，乃张辽也。"

所以，关羽放了曹操以后，"众军皆下马，哭拜于地"时，张辽纵马而至，关云长想到当年那夏侯惇死活不让他过关，要不是张辽，还能有今天吗？

感情和理智，是一对魔鬼，永远在不停地磨合之中，因此，也永远不停地折磨着你的心。

舍不得孩子，套不着狼

第五十四回（上）：吴国太佛寺看新郎

　　史实是这样的：周瑜建议孙权用宫室车马，声色美女，将刘备羁縻在东吴。孙权没有采纳，因为曹操在北方，实力强大，应该让刘备发挥他应有的作用，牵制策应，互保联防，使东吴不致单独扮演抗拒曹操的角色，以减轻压力。为此，孙权还曾将一部分土地划归刘备治理，借此来巩固孙、刘联盟。所以，深知孙、刘联盟对其不利的曹操，在听到这个消息后，手中的笔都跌落在地，是一点也不奇怪的。

　　由此来看，孙、刘联姻，是政治上的需要，也是面对强敌的一种必然选择。这个决策固然是诸葛亮"隆中对"中的一个极重要的战略部分，其实更是东吴孙权的大政方针。在历史上，击败刘表后的曹操，并不把残兵败卒、千里流亡的刘备放在眼里，而是一心一意要来收拾羽毛丰满的孙权。因此，孙权需要刘备的迫切性、求盟的主动性，更强烈些。

　　但是荆州这块地盘，却是孙、刘联盟中的一个不和的根源，也是诸葛亮一生中，以他的才智聪明应该妥善处理，而并没有得到很好安排的隐患。当刘表逊让交权，诸葛亮建议刘备取而不取，当蔡氏兄弟作乱，诸葛亮建议刘备夺而不夺，一再贻误时机，那么在落入曹操手中后，谁打败曹操，谁是这块土地的所有者，是理所当然的事，刘备没有任何借口成为荆州的主人。

诸葛亮明知这一点，只能采取拖、赖、借的办法。

刘琦一死，周瑜打发鲁肃第二次来讨荆州，诸葛亮虽然强词夺理，但无论如何改变不了理屈词穷的局面，于是上次说的"公子不在，即还荆州"，这一次改为"图得西川，那时便还"。政治家背弃自己的承诺，不是一件很稀奇的事情，不过，应该看到，凡理亏者，总是不停地寻找借口，也是一个规律。从这里也可看出，无论刘备、诸葛亮，还是基本良善之辈，非如周瑜所说："刘备枭雄之辈，诸葛亮奸猾之徒"。周瑜对这两个对手的看法，有些高抬了。这两句评语，更适合曹操。刘备称得上"雄"，但"枭"远远不足。诸葛亮有点"滑"，而"奸"是说不上的。因为，这两个人，一为手工业者，一为读书之人，前者有朴实敦厚的一面，后者有斯文儒雅的一面，这种良善的本质，也就注定了他们难以"枭"，难以"奸"的一生。鲁肃看来好哄，那只是此人的表面，其实他了解孙权需要刘备，大于需要荆州这块地盘，于是，双方签字画押。这似是儿戏的行为，在古今中外的国际关系中，倒也常见。

诸葛亮当然明白，孙权一旦强大到不需要刘备时，继续采取拖、赖、借这种在道义上不利，在政治上被动的招数，终究不是办法。所以，《三国演义》中，无论怎样渲染诸葛亮之哄骗鲁肃，三气周瑜，锦囊妙计，赔了夫人又折兵，实际上这一串似乎成功的战果，却埋下了吴、蜀分裂的根由。古时国人最热衷于虚假的表面繁荣，做起这样让皇帝老子开心，同时又可糊弄老百姓的文章，是一套一套，极其有办法的。哪怕明知道内瓤早尽了的隐患所在，也面不改色心不跳地照吹不误。但吹，并不解决实际问题，所以，一涉及荆州的归属，诸葛亮便捉襟见肘了。

曹操曾经感叹过，"生子当如孙仲谋"，他未必欣赏得惯孙权的碧眼紫髯，而是认为他不仅在军事上指挥得当，在用人上广纳贤能，在政治上纵横捭阖，在疆土上南下拓展，而且还是一个敢出怪牌的好手。这一次是结亲刘备，下一次还要聘女关羽，孙权深谙"舍不得孩子，套不着狼"的"欲取先予"之术，是个肯下大本钱的主儿，于是，就有了"甘露寺国太看新郎"的好戏。

赔了夫人又折兵

第五十四回（下）：刘皇叔洞房续佳偶

　　孙权嫁妹，史有记载，按周瑜想法，羁縻刘备是主要的，因为这位贵族子弟吃准了这位小手工业者，获得权力后，最迫切要得到满足的，一是财宝，一是女人。所以，他建议孙权："徙备置吴，盛为筑宫室，多其美女玩好，以娱其耳目。使分开关、张之情，隔远诸葛之契，各置一方，然后再以兵击之，大事可定矣！"但并没有杀他头的意思。后来，孙权并未照办，还把荆州借给他，以联合抗曹。但《三国演义》把孙权这样一位政治家，写得太不堪了些。嫁妹，聘女，要说孙权没有一点功利主义，也不允当。但孙权一心构筑孙、刘联盟，加强之，巩固之，也非权宜之计。因为，赤壁之战后，三足鼎立的局面，已经形成。孙权和刘备只求自保，没有一统天下的雄心，而还想南征西伐，成王霸之业，名垂青史者，只有曹孟德，所以，他是真心想与刘备结盟，共同对付北方强邻。

　　刘皇叔东吴招亲，因其极富戏剧冲突，遂被搬上舞台，成为经久不衰的上演节目。本来，吴侯嫁妹，是为巩固联盟大局着想，这是历史，在《三国志·先主传》里，只有八个字："权稍畏之，进妹固好。"但一到了小说里，变成了一出美人计。《三国演义》是一千多年来大众的集体创作，于是，就得按一般人的胃口，来点随意性了。甚至美人计也说不上，孙夫人只是作为一种钓鱼上钩的饵。对孙权这样的政治家来说，会不会采取这类只有市井百姓才能想象出来的

遗香堂绘像三国志，明末安徽新安黄氏刻本

手段，大有疑问。曹操将他三个女儿，统统嫁给汉献帝刘协，如果这三姐妹三班倒，轮流值班，一天二十四小时，刘协总在曹家人的监视下，那简直太折磨也太痛苦了。

为什么中国人的欣赏习惯，喜欢这类"龙凤呈祥"式的大团圆呢？因为中国人经历了太多的天灾人祸，兵荒马乱，妻离子散，背井离乡，尝够了不团圆之苦，哪怕是舞台上这种虚幻的满足，也是一种精神上的享受。虽然这不过是梦，但对老百姓来说，无论如何，有这个聊胜于无的梦，总比没有梦强。

自古迄今，刘备与孙夫人的纯粹为政治服务的婚姻，既不是第一对，也不是最后一对。本是一门政治婚姻，周瑜竟在庙里安排下刀斧手，只要吴国太哼的一声，摇头否决，刘备即使穿防弹背心，也无济于事。是祖腹东床，还是上断头台，全在老太太的一转念间，谁知吴国太十分满意，乔国老跟着祝贺，老实人鲁肃应声称好。按照《三国演义》的描述，孙权始料不及，周瑜猝不及防，生米煮成熟饭，于是，孙尚香便成为政治牺牲品，进入新婚燕尔的生活之中。会幸福吗？这问题恐怕连她自己也答复不了。

在甘露寺，赵云发现埋伏的刀斧手，报告刘备，"玄德乃跪于国太席前，泣而告曰：'若杀刘备，就此请诛。'国太曰：'何出此言？'玄德曰：'廊下暗伏刀斧手，非杀备而何？'国太大怒，责骂孙权：'今日玄德既为我婿，即我之儿女也。何故伏刀斧手于廊下！'权推不知，唤吕范问之；范推贾华；国太唤贾华责骂，华默然无言。国太喝令斩之。玄德告曰：'若斩大将，于亲不利，备难久居膝下矣。'乔国老也相劝。国太方叱退贾华。刀斧手皆抱头鼠窜而去。"

接下来，刘备更想不到，进入洞房，"两边枪刀森列，侍婢皆佩剑，不觉失色。管家婆进曰：'贵人休得惊惧。夫人自幼好观武事，居常令侍婢击剑为乐，故尔如此。'玄德曰：'非夫人所观之事，吾甚心寒，可命暂去。'管家婆禀复孙夫人曰：'房中摆列兵器，娇客不安，今且去之。'孙夫人笑曰：'厮杀半生，尚惧兵器乎？'命尽撤去，令侍婢解剑伏侍。"刘备为他的脑袋安全计，刀枪还是远离得好。最后，孙夫人终于跟刘备回婆家去了，这大概是孙权始料不及的，人是有感情的动物，你把妹妹嫁给了刘备，他们就成了一家人了。感情这东西，一旦介入政治纷争之中，就会有一方要坏事的。

政治婚姻之千古模式

第五十五回（上）：玄德智激孙夫人

　　羁縻，是中国政治中，对付高层异己分子的一种经常使用的手段。

　　凡执掌权柄的人周围，有一类人是用不得，又甩不得的；有一类人是碰不得，又罚不得的；有一类人是杀不得，又放不得的；有一类人是近不得，又远不得的……这些可能成为明天的敌手，未来的叛逆，以及第三种势力的隐患，虽目前仍在可控状态之中，但离心离德，不很合作，也不肯合作的代表人物，即使不是危险因素，至少也是不安定因素。

　　通常有三种处置办法：一、借一个什么名目，一网打尽，或逐个消灭。但杀人绝非万全之计，有碍观瞻不说，而且不同政见者，历朝历代，总是层出不穷的。除独夫民贼，这一招较不常使用。二、礼送出境，要是掌权者绝对强大，而且对手除一张嘴巴外，别无实力，也无妨一试。一般情况下，放虎归山，迟早要构成对自己的正面直接威胁，有远见者，并不喜欢这个措施。三、采用比软禁还要宽泛的羁縻政策，饵以高官厚禄，养尊处优，诱以声色犬马，丧其心志，是最为稳妥的了。只要安排好足够盯梢的眼睛，随时知道动静即

遗香堂绘像三国志，明末安徽新安黄氏刻本

可。

其实，刘备若不是有赵云揣着军师的锦囊妙计，在东吴当驸马爷，和他那个宝贝儿子阿斗入晋后"乐不思蜀"一样，也会"乐不思荆"的。

所谓"穷棒子精神"，通常都是在依然贫穷的农村里，容易保持不变。一旦进了城，声色犬马，花天酒地，那些经不起物质诱惑的人，目迷五色，走向反面者，也是不少的。周瑜、孙权、张昭这一招，对那些乐不思蜀者，相当管用。甚至糖衣炮弹尚未上膛，这班人早就袒胸露怀，迎着炮口堵上去了。《三国演义》写道，刘玄德与孙夫人一行人，离柴桑渐远，来到刘郎浦，赵云说，已近本界，"玄德听罢，蓦然想起在吴繁华之事，不觉凄然泪下"。虽然这几滴眼泪，掉得挺没出息的，不过倒也说明他是性情中人，比起那些心里这样想，嘴上却一套一套大道理的伪君子，要强得多。

《三国志》裴松之注中，对这位孙夫人有段记载。刘备进益州后，她留在荆州未随同前去，刘备考虑到"权妹骄豪，多将吴吏兵，纵横不法"。只好委赵云为"特任掌内事"来监护约束她。可见这位公主嫁给刘备后，也仍是一位任性跋扈，不可一世的金枝玉叶，连她的先生也无可奈何她的。《三国志·法正传》载诸葛亮对刘备的一席话："主公之在公安也，北畏曹公之强，东惮孙权之逼，近则惧孙夫人生变于肘腋之下。"这位巾帼夫人，"才捷刚猛，有诸兄之风，侍婢百余人，皆亲执刀侍立，先主每入，衷心常凛凛"。说明娶了年轻媳妇的刘皇叔，这二人世界的日子不怎么好过，很害怕发生家庭暴力呢！

据《三国志》："（刘）琦病死，群下推先主为荆州牧，治公安。"因此，公安，是距东吴边界较近的城池，可以断定孙夫人随刘备离开东吴后，就落脚公安，或许这位公主确实考虑到交通方便。当然，这是刘备无法奈何她的性格了。她可以顶住其兄孙权的压力，随刘备西行，可刘备也不能任意摆布她，所以，刘备取益州，这位公主没有兴趣，而留在公安，随后，竟然带着刘备的儿子阿斗回东吴娘家。如果，阿斗是你生的，你带走，情有可原，阿斗非你所生，这就是很不小的政治事件了。于是，这段从汉献帝建安十四年（209）维系到汉献帝建安十六年（211）的政治婚姻，也就结束了。

政治婚姻，始于政治，终亦政治，成于政治，败亦政治。与感情无关，与爱情更无关，而是与使命有关，与利益有关。孙、刘联盟牢固，孙夫人走不了，走了也会回来。孙、刘相互敌对，孙夫人必然走，再也不会回头。

《左传·文公十八年》："夫人姜氏归于齐，大归也。"《诗经·邶风·燕燕》孔颖达疏："言大归者，不返之辞。以归宁者有时而反，此即归不复来，故谓之大归也。"还有一种解释，妇女被休，回到娘家，曰大归。陈寿著《三国志》，不为她立传，或因此。

刘备的市场适应力

第五十五回（下）：孔明二气周公瑾

小康不是革命的终结目标，但小康状态，却能使原先为贫穷者的革命斗士，产生一种满足感。由于满足，便精神懈怠，由于懈怠，便意志衰退。

一个农民，在播种的时候，由于天有不测风云，并不十分把握收获。因此，靠天吃饭的小农经济状态下，农民心理的基本特征，便是无长谋远虑的短期行为，只顾眼前，哪管身后。所以，几千年来的小农经济思想，形成了中国的发展和进步。

织席贩屦的刘备，一个手工业的劳动农民而已，虽然被汉献帝封为皇叔，但他提供的源出中山靖王的谱系，来历存疑，不大禁得起推敲。如今与江东世家结姻，获得正式贵族身份，当然心满意足，当然优哉游哉。《三国志》卷三十二，说刘备"喜狗马，音乐，美衣服"，但到《三国演义》里，为了突出正面人物形象，把他的这方面的爱好给抹掉了。他从汉献帝建安十四年冬十月，去东吴结亲，洞房花烛，一住就是一年，吃喝玩乐，声色犬马，把荆州忘得干干净净，说明正史《三国志》对他的描述，应是真实的。

三国志像，绣像金批
第一才子书，毛声山
评点，金圣叹序，清
初刊本大魁堂藏版

刘备就是这样一个没有多大出息，很容
易知足的人物，当几天驸马爷，便不想革命
了，未富先腐，注定成不了事，成了事还会
再坏事的。

当初，刘、关、张起事时，按社会、经济
地位，以张飞最殷实富饶，"世居涿郡，颇有庄田"，是个有产有业的庄园主。刘备不过是个"织席贩屦"之辈，尽管自称皇室后裔，早衰落无考，和阿Q"老子先前也阔过"差不离。后来，汉献帝刘协叫了他一声"皇叔"，不过是政治需要罢了。历代皇帝为了笼络人心，还有赐姓一说，所以，不必当真。但对刘备来说，刘协称他皇叔，便成名正言顺的皇室了，吴国太愿意将女儿许给他，皇叔这正式身份，至关紧要。

而关羽，充其量，一个推车的运输专业户而已。不过，此人感觉好，而且总好，特别封了汉寿亭侯以后，就渐渐地感觉错位了，待独挑大梁，驻守荆州时，到了目中无人的程度。这也是从草根阶层，陡得大位，暴得富贵，浪得大名以后，那种不由自主的傻狂。但本质上的虚弱，根基上的松软，灵魂上的无着无落，祖坟上的蒿子不给他提气，就不得不黑夜行路，吹口哨壮胆那样，用自傲自矜，自大自是，自我扩张，自我膨化，来掩饰"高处不胜寒"的心理怯懦。

其实，刘备自称中山靖王之后，司马光编史，不买账刘协口封的"皇叔"，而认为"其世不可数"，一个冒充的贵族而已。刘、关二人所以很合得来，因为有其草根情缘的同声共气之处吧？

《江表传》曰："备从鲁肃计，进住鄂县之樊口，诸葛亮诣吴未还，备闻曹公军下，恐惧，日遣逻吏于水次候望权军。吏望见瑜船，驰往白备，备曰：'何以知之非青徐军邪？'吏对曰：'以船知之。'备遣人慰劳之。瑜曰：'有军任，不可得委署，倘能屈威，诚副其所望。'备谓关羽、张飞曰：'彼欲致我，我今自结托于东而不往，非同盟之意也。'乃乘单舸往见瑜,问曰:'今拒曹公,深为得计,战卒有几?'瑜曰:'三万人。'备曰:'恨少。'瑜曰:'此自足用,豫州但观瑜破之。'备欲呼鲁肃等共会语,瑜曰:'受命不得妄委署,若欲见子敬,可别过之。'"

周瑜两次拒绝刘备的要求,都打同一官腔,军令在身,不得擅离职守,很让人下不了台,其傲慢之意,溢于情表。刘备不麻木,只不过有时装麻木,他不得不对关、张解释,看在团结大局上,我要不屈就一下,恐怕就不利于这次合作了。那哥儿俩心里正不痛快,你周瑜敢对孙权这样拿腔作势吗?装什么孙子,应该是你上岸来给我们大哥拜码头,哪有我大哥一叶扁舟,到江心里去看你的道理?连史家孙盛,也看不下去:"《江表传》之言,当系吴人欲专美之辞。"

不能不承认,"乃乘单舸往见瑜"的小手工业者刘备,对于市场的适应能力,要比小庄园主张飞、个体运输户关羽,强上许多,在能屈能伸、应时而变上,不那么偏执。让一点步,得较多的利益,舍一点脸,求些许的实惠,何乐而不为呢?

曹操笑与刘备哭

第五十六回（上）：曹操大宴铜雀台

　　读《三国演义》，我们都知道刘备好哭，遂有刘备的江山是哭出来的这一说。书中，至少有二十余处写了此公的哭。看起来，他倒深知人类有同情弱者的本性，常常一哭，倒解决了问题。此次鲁肃三讨荆州这块地皮，那就更该哭出个水平来了。大家都看到刘备的哭，却放过了曹操的笑，此公之笑，其演技堪称一流。曹操的笑，一方面一筹莫展，一方面假作镇静，总是在相当尴尬状态下。说失败，却并未伤筋动骨；说胜利，结果是丢盔卸甲，接着打下去，又怕丢掉得更多，那就认输拉倒，可是找不到台阶下，他就会夸张地大笑。所以，赤壁大败之后，他必须笑，此时不笑，难道哭吗，古代开国皇帝，少有几个不带一点流氓气的。

　　我们通常忽略曹操会笑的这个性格特征，赤壁败后，曹操率残部，来到乌林以西，宜都之北，"操见树木丛杂，山川险峻，乃于马上仰面大笑不止"。乐观主义，对于身处劣境之人，是一贴补心之剂，曹操深明此道，哪怕是阿Q式的精神胜利法，也比雪上加霜地折磨自己好。这第一笑，笑出了常山赵子龙。接着，行到葫芦口，军皆饥馁，埋锅造饭，操坐于树林之下，仰面大笑。这第二笑，笑出了燕人张翼德。来到华容道，"操在马上扬鞭大笑"，这第三笑，笑出了关云长。《三国演义》绝不怕情节重复，曹操一笑，二笑，乃至三笑，都是那么几句话，更不讲究文字变化，可读者和听众却毫不厌倦。

正如刘备的哭，不是出于真情，那么曹操的笑，就绝对是其奸诈的表演了。他的笑，一显示其老神在在，镇定自若；二显示其胸有成竹，指挥若定；三显示其鼓舞士气，振作民心。其实，他真正想笑的时候，往往作诗。《魏书》这样评价曹操："文武并施，御军三十余年，手不舍书，昼则讲武策，夜则思经传，登高必赋，及创新诗，被之管弦，皆成乐章。""东临碣石有遗篇"，"对酒当歌，人生几何"，就是证明。建安十五年，铜雀台成，曹操大会文武，设宴庆贺。将帅骑射，文臣献赋，争锋夺艳，盛况空前。看来，曹操虽然输了赤壁，壮心未已的豪气，依然故我，仍是一副英雄本色。他之所以要如此大张旗鼓，第一，要驱散其失败情绪，鼓舞士气；第二，要巩固其绝对权威，凝聚众心；第三，要打击其对手气焰，张扬斗志；第四，是昭示天下，在三方争霸的舞台上，他才是当仁不让的主角；第五，他也许觉得以往笑得不够痛快，不够过瘾，这一回，该让跟随他的将士，从失败的阴霾中解放出来，得大欢乐，这大概是曹操大宴铜雀台的主旨。

曹操在历史上，是个强人。强人的特点，就是要改写历史。哪怕一个小强人，统治一块小地方，也想在人们的记忆里，留下一些印记。所以，我认为曹操有了可能，可以做一些会在历史上记上一笔的时候，他就抱定宗旨要当周公，这个情

遗香堂绘像三国志，明末安徽新安黄氏刻本

结，一直到死，只做丞相，不及其他。一个人，一辈子，予取予夺，人莫能阻，能不伸手攫取那不费吹灰之力，就能得到的天子权位，其自省自控的内心世界，真是强大到不可思议的程度。连一个赤脚农民，也要豁出一身剐，敢把皇帝拉下马。他至死未废汉献帝，九十九步都迈了，就这一步不迈，始终不称帝，这自然是其一生最英明之举，也是当世人、后世人对他刮目相看的地方。

鲁迅认为，曹操等人在史书中沦为反面角色，与他们朝代短促有关。"因为年代长了，做史的是本朝人，当然恭维本朝人物；年代短了，做史的是别朝人，便于自由地贬斥其异朝人物。所以在秦朝，差不多在史的记载上半个好人也没有。曹操在史上的年代也是颇短的，自然也逃不了被后一朝人说坏话的公例。其实，曹操是一个很有本事的人，至少是一个英雄，我虽不是曹操一党，但无论如何，总是非常佩服他的。"

应该说，陈寿著《三国志》，对其评价，还是很公允的："汉末，天下大乱，雄豪并起，而袁绍虎视四州，强盛莫敌。太祖运筹演谋，鞭挞宇内，揽申、商之法术，该韩、白之奇策，官方授材，各因其器，矫情任算，不念旧恶，终能总御皇机，克成洪业者，惟其明略最优也。抑可谓非常之人，超世之杰矣。"

你试试，假设你是曹操，你能按捺得住那只废帝自立的手吗？

真亦假时假亦真

第五十六回（下）：孔明三气周公瑾

　　真真假假，假假真真，对纵横捭阖的政治家来说，犹如手心手背一样，翻来覆去，是信手由之的家常便饭。这个世界上，凡生死攸关的争斗，从来是不以不诚实为耻的。相反，两个对手之间，谁最不诚实，谁的获胜希望就最大。

　　孙权派华歆去曹操处为刘备求荆州牧，是假，让曹操去收拾刘备，是真。刘备对鲁肃哭天抹泪，是假，赖着不还荆州，是真。曹操任周瑜为南郡太守，是假，要他去和刘备决战，是真。周瑜代刘备去攻西川，是假，"假道灭虢"要刘备的小命，是真。刘备做欢天喜地状，是假，于部队运动中要周瑜好看，是真。一部《三国演义》，便成为中国人立身处世、应变图存的教科书。

　　似真似假，半真半假，真亦是假，假更是假，结果，整个社会变成了谎言与真理不分，光明与黑暗相似，道德与伪善同在，杀手与救世主难辨的是非不明的世界。于是，连价值标准也扑朔迷离起来，究竟什么是对？什么是错？是他自己，抑或不是他自己，也大可怀疑，因此，真诚自然成了不知所云的东西了，这便是弱肉强食的森林法则起主导作用时的混乱局面。

正因为如此，中国历史上，多的是无情的屠杀，少的是公平的竞争。于是，内忧加之外患，天灾加之人祸，遂造成历史总是时不时地倒退逆转，社会得不到长治久安而缺乏长足进步的根本原因。

三国志像，绣像金批第一才子书，毛声山评点，金圣叹序，清初刊本大魁堂藏版

　　《三国演义》的周瑜，既聪明，其实又并不聪明，他派华歆到邺都为刘备求荆州牧，以图挑起曹操对刘备的警惧，从而借曹操之手灭刘。没想到曹操的谋士，出了一招，以其人之道，还治其人之身，程昱曰："东吴所倚者，周瑜也。丞相就表奏周瑜为南郡太守，瑜必自与刘备为仇敌矣。"曹操称善，一纸委任状到了周瑜手中，他怎么就没有想到，曹操这一手，不正是他的那一手吗？他的那一手，对曹操不起作用，而曹操用他的那一手，对周瑜却很起作用，这就是陷入仇恨，一心报复的人，往往不能自拔的缘故了。

　　"周瑜既领南郡，愈思报仇，遂上书吴侯，乞令鲁肃去讨还荆州。"鲁肃三次讨荆州，刘备这回真是哭出来高水平，"掩面大哭"，"泪出痛肠"，"捶胸顿足，放声大哭"，"鲁肃是宽仁长者，见玄德如此哀痛"，也不好再强讨下去，便打道回府。虽然是孙权派他来的，鲁肃干脆"径到柴桑，见了周瑜，具言其事"。周瑜顿足曰："子敬又中诸葛亮之计也！当初刘备依刘表时，常有吞并之意，何况西川刘璋乎？"于是，周瑜顿生一计："子敬不必去见吴侯，再去荆州对刘备说：孙、刘两家，既结为亲，便是一家；若刘氏不忍去取西川，我东吴起兵去取；取得西川时，以作嫁资，却把荆州交还东吴。"鲁肃装傻，其实他一点也不傻。在这个天底下，所有装傻而不露马脚者，要比自以为聪明却反被聪明误者，高明一百倍。他对周瑜说："西川迢递，取之非易。都督此计，莫非不可？"周瑜笑了："子敬真长者也。你道我真个去取西川与他？我只以此为名，实欲去取荆州，且教他不做准备。东吴军马收川，路过荆州，就问他索要钱粮，刘备必然出城劳军。那时乘势杀之，夺取荆州，雪吾之恨，解足下之祸。"

解鲁肃惑，那根本不是问题，雪周瑜恨，才是第一位的。一个人被仇恨情绪控制而不能解脱，那就如同自由落体，加速度地走向自己的终点。

周瑜死，遗书孙权，荐鲁肃以代，信中写道："鲁肃忠烈，临事不苟，可以代瑜之任。人之将死，其言也善，倘蒙垂鉴，瑜死不朽矣！"周瑜荐鲁肃，是从拒曹联刘大局出发，他终于明白，荆州，在这个大局中，只是一个局部问题。大敌当前，那才是吴国性命攸关的大事。孙、刘相争，刘弱孙强，刘吞并不了孙，因为孙是强者。而曹操却有席卷江东的野心和力量，对比于曹，东吴是弱势。尽管周瑜十分戒惧刘玄德和关、张二将，也深知鲁肃亲善刘备之心，但能在生命最后一刻，提出这样的意见，说明周瑜是一个有战略头脑，有远大眼光的谋士。

棋逢对手的精神共鸣

第五十七回（上）：柴桑口卧龙吊孝

"既生瑜，何生亮"，是一个应该盖世而未盖世的英雄，在他命危旦夕，已无法再一争短长时的哀鸣。很痛苦，很悲伤，死也咽不下这口气，许多有一个强硬对手的败者，即使不死，总处于岌岌乎危哉的状态下，也会发出这种类似的感叹。

卧龙吊孝，本属子虚乌有，如此演义，当无不可。但诸葛亮此行，是政治举动，毫无疑问，所谓"不入虎穴，焉得虎子"，诸葛亮亲赴柴桑，非大智大勇者不能为。周瑜死于刘备，而非死于曹操，这孙、刘之间的裂痕，若不及时弥补，必然会被曹操利用，离间之，挑拨之，后果则不堪设想。所以，诸葛亮柴桑吊孝，一表示其真情实意，二借此来弥合分歧，如果认为具有辱没侮弄东吴之意，那这个诸葛亮（即使演义中的诸葛亮），人家死了人，还要去当面奚落人家一番，岂不太自贬形象了吗？看庞统一手揪住孔明，大笑道："汝气死周郎，却又来吊孝，明欺东吴无人耶？"显然，以小人之心，度君子之腹的凤雏，这样来评断诸葛亮柴桑之行，也是很掉价，很跌份的。他哪里懂得，在战场上交过手的老行伍，都明白这个道理：一个棋逢对手的真正敌人，乃是从反面磨砺你成

三国志像，绣像金批第一才子书，毛声山评点，金圣叹序，清初刊本大魁堂藏版

长的老师，绝对值得尊重。何况他光荣地为捍卫自己的价值观而死，那你向他脱帽致敬，又有什么值得庞统如此浅薄地"大笑"呢？庞统从来没打过仗，后来入蜀，做刘备军师，也无出色表现，所以才有这种轻狂表现吧。

只有鲁肃是明白人，他半点也不傻，心里明镜似的。"鲁肃见孔明如此悲切，亦为感伤，自思曰：'孔明自是多情，乃公瑾量窄，自取死耳。'"

京剧《卧龙吊孝》，是一出老生唱工戏，大概为了舞台好看，还增加了一个女角，即只有一句台词的小乔。她说完以后，这出戏就闭幕了。鲁肃送诸葛亮、赵云下，丁奉、徐盛、蒋钦、周泰上，他们问："啊，夫人，诸葛亮既然到此，为何将他放走？"小乔说："众位将军，诸葛亮过江吊祭乃是好意，我等当以国事为先，你等不要鲁莽，下面歇息去吧！"接下来，"四将出门，同捶拳，做泄气状"。然后唢呐吹，全剧完。看来小乔虽是一女流人家，她的见识要比庞统，不知高几个层次。按说，这位未亡人，应该是对诸葛亮最为恨之入骨的，但她却能约束自己，顾全大局，反而劝谕四员大将，就更让人钦佩了。

这篇祭文，四字一句，合规合格，朗朗上口，不知后世何人代诸葛亮捉刀。但"从此天下，更无知音"八个字，倒也说明了彼此都不弱的对手之间，旗鼓相当，打了一辈子兵戈相向的交道，你知道我会走哪步棋，我晓得你会布什么局，隐雷无声，而沙场喋血，帷幄运筹，却硝烟满天，久而久之，对手间也能产生出一种精神上的共鸣。

其实，嫉妒之心，乃人类本初就有的一种感情，倒也不必奇怪。但中国人因嫉妒而不相容的心态，可能与中国人口众多，过于密集，生存空间狭窄拥挤有关。于是，就产生了像物理学所说的，作为物体，人与人之间的相排斥、相抵触、相抗拒的行为，远远大于相吸引、相联系、相吻配的现象。远古时期，地广人稀，当人口密度每平方公里为一个人时，人需要他人是第一位的。中古时期以后，当每平方公里为一万人时，人提防他人是第一位的。而到了近现代，当每平方公里为百万人时，生存竞争便是第一位的了。

　　弱者和弱者，可以相濡以沫，强者和强者，绝对不能共存，周瑜和诸葛亮如此，接下来的庞统和诸葛亮，又何尝不如此呢?

急于图功的庞统

庞统在《三国演义》中，因与诸葛亮并论卧龙凤雏，遂成重要人物。但重要人物，并无重要作用，更无因他而左右大局，而影响全盘的重要事件发生。有他不多，无他不少，这"重要"二字，便不免盛名之下，其实难副了。这种遗憾，正如所谓的著名作家而无著名作品一样，常见其大名之鼎鼎，常见其亮相于公众，常见其议论风生在庙堂之上，常见其奔走竞逐于权贵中间，就是不知道他曾经写过什么，或者也许写过什么，可什么印象也想不起来。这种名胜于文、文逊于名的重要人物，大概也是社会生态中少不了的点缀，故而是不会绝迹的。

庞统在演义中之无足轻重，与他出场太晚、退场太早有关系，也与他情节较少、着墨不多有关系。虽然他作为西路军的军师，负开疆辟土重任，但打交道的对手，既非江东孙权，也非枭雄曹操，而是个软柿子刘璋。这还不由得他大展手脚，愿意怎么捏就怎么捏吗？王夫之在《读通鉴论》中，分析过刘璋的"暗弱"，"弱者弱于强争，暗者暗于变诈"，这句话，简单说来，就是窝囊废。可这位军师在对付这个窝囊废时，却表现得相当窝囊。未见其帷幄划策、高瞻远瞩的襟怀，也看不到战场交锋，指挥若定的气概，总是诉求于鸿门宴的格杀，苦迭打的突变，刀斧手的埋伏，近卫军的逼宫等诸如此类的小动作、小阴谋。最后，他竟被这个窝囊废部下的小设计、小手段，万箭穿心而毙命，这就很具讽刺意味了。

最后，只有两个人为他掉眼泪，一是刘备，没想到一个软柿子竟如此难啃，丢人丢脸；一个是孔明，这样一来，打乱整个战略部署，下一步棋如何走，要大费踌躇了。

如果看诸葛亮当初走出南阳时，天下大势，尽收眼底，三分格局，明察在胸的气势，《梁甫吟》的潇洒，《隆中对》的睿智，就看出来为什么卧龙为政治家，而凤雏不过是一个过客的道理了。

庞统之死，死在急于图功上，这是可想而知的，谁不想一撩门帘，就来个满堂彩呢？刘备入川，关、张、赵这三员虎将均不随行，只有老将黄忠和诸葛亮不待见的魏延冲锋陷阵。这种军事力量的部署配置，着实有些蹊跷。荆州为守，却驻重兵，益州是攻，并非主将，是没有什么道理的。这里我们姑且不怀疑诸葛亮，是否有意要给庞统小鞋穿，但也不排除恃才傲物的庞统，过于自负，焉知他是不是相信自己，即使非主力部队，在他率领下，也能打开益州局面，来表现一下并不弱于诸葛亮的军事指挥能力呢。

古往今来，打仗都是一门高深的学问，而真正的学问并不全在兵书上，诸葛亮出山后，也是先从火烧博望，水淹樊城，逐步历练过来，而且失败江陵，求救夏口，也是栽过跟头、吃过苦头的。没有领过一天兵，没有打过一场仗的庞统，就

遗香堂绘像三国
志，明末安徽新安
黄氏刻本

来玩战争游戏，显然有点自不量力了。

　　而且，庞统在蜀汉立国方针上，与诸葛亮
相左，这就是典型的"下车伊始，哇啦哇啦"。
《九州春秋》曰："统说备曰：'荆州荒残，人物
殚尽，东有孙吴，北有曹氏，鼎足之计，难以

得志。今益州国富民强，户口百万，四部兵马，所出必具，宝货无求于外，今可权借以定大事。'备曰：'今指与吾为水火者，曹操也，操以急，吾以宽；操以暴，吾以仁；操以谲，吾以忠；每与操反，事乃可成耳。今以小故而失信义于天下者，吾所不取也。'统曰：'权变之时，固非一道所能定也。兼弱攻昧，五伯之事。逆取顺守，报之以义，事定之后，封以大国，何负于信？今日不取，终为人利耳。'备遂行。"他急于在益州大拓展，开疆辟土，是对的，但认为荆州是麻烦，而不可依托，实际是对诸葛亮隆中对的否定，这就是凤雏的偏颇了。连刘表都能在荆州坚守多年，对抗曹操，一个黄祖在江夏，让孙氏兄弟疲于奔命，那对刘备来说，有什么难以得志？

凤雏，襄阳人也；卧龙，家于南阳之邓县，在襄阳城西二十里，号曰隆中。这两个同是得其一即可治天下的超级谋士，私下之间的交往情谊，却无蛛丝马迹可寻，史书上也找不到只言片字。为什么这两位荆州名士，如杜甫诗所云"人生不相见，动如参与商"地不来往，只有物理学的物质之间同性相拒的定律能够解释了。

谋不立，则勇者胜

第五十八回（上）：马孟起兴兵雪恨

　　任何一位统帅，都懂得集中优势兵力歼敌之理。因此，为防止"前门拒虎，后门进狼"腹背受敌的危险情况出现，通常都是先打后门之狼，再攻前门之虎。曹操西出潼关，正是趁刘备进军西川之际，先做扎紧篱笆，清除后患的预备动作。赤壁之战时，老谋深算的曹操，就委派徐庶到西线去把守关隘，显然，卧榻之旁，岂容他人鼾睡？他对这一支西凉兵马，是早有戒心的。当时，马腾、韩遂若是稍具战略眼光，夺长安，进潼关，逼洛阳，直奔许都，回鞭不及的曹操，也许两线作战，顾头不顾腚，也许一败涂地，再走一次华容道，也不是没有可能。

　　对于西凉兵马的能战善战，曹操手下的青徐兵，多次吃过苦头，有些胆怵。因为青徐兵原是黄巾底子，大都系造反农民，当兵是半路出家；而西凉兵从出娘胎起就在马背上成长，就以厮杀讨生活，可以称作天生的骠骑兵，来去如风，难测其动向，敢打敢拼，杀人如刈草。赤壁之战后休整两年多，汉献帝建安十六年（211），曹操决定西征，要啃这块硬骨头。据《魏书》："议者多言，关西兵强，习长矛，非精选前锋，则不可以当也。"看来，这种畏战情绪，对一支打过败仗的军队，简直如同传染病，动摇军心。曹操给将领们做思想工作："战在我，非在贼也。贼虽习长矛，将使不得以刺，诸君但观之耳。"

当年，赤壁大战正酣，马超、韩遂只是坐山观虎斗，而不曾想到曹操后防空虚，该不该取西凉骑兵之长，长途奔袭，打他一个措手不及。现在，一是战败之军，一是畏战情绪，这个机遇，又被刘备、孙权错过了。而曹操却能抓住赤壁之战后孙、刘两家又要联合，又有矛盾，孙图荆州，刘谋西川，谁也顾不上向中原发动反攻的空隙，着手解决这个西北方向的威胁，是其时矣！

当曹操与马超在潼关鏖战得难解难分之际，如果刘备明白这是个千载难逢的机会；如果孙、刘有识之士，抛弃前嫌，不计恩怨，歃血誓师，北上抗曹，那么，天下形势，恐怕又会变成另外一个样子。手工业者出身的刘备，算不上是个大政治家，斤斤计较于眼前利益，西川薄弱易攻，马上即可得手，而竭荆襄之众，与马超、韩遂两面夹攻曹操，害怕孙权中途变卦，更害怕韩、马退缩，偷鸡不着蚀把米，自然不敢做这篇大文章了。

机遇，你抓住了，便占上风。你失去了，便一事无成。

曹操、马超之战，是勇与谋的较量，谋不立，则勇者胜。本来，曹操的强项，是智谋，是奸诈，是诡计多端，而杀敌上阵，动刀动枪，就不是曹操的拿手好戏了。冷兵器时代，双方对阵，是没有什么距离的，能够百步穿杨，便视为神箭手。所以，古代战场上的交战双方，骑兵尚可稍有距离，而

三国志像，绣像金批第一才子书，毛声山评点，金圣叹序，清初大魁堂藏版

步兵的"捉对儿"厮杀，则必须面对面的。加之冷兵器的伤害率高，而致命率较低，所以，古人打仗，相当血腥。曹操因为要破除部下对西凉骑兵长矛的恐惧症，亲自示范，谁想碰到的却是马超。"西凉兵一齐冲杀过来。操兵大败。西凉兵来得势猛，左右将佐，皆抵挡不住。马超、庞德、马岱引百余骑，直入中军来捉曹操。操在乱军中，只听得西凉军大叫：'穿红袍的是曹操！'操就马上急脱下红袍。又听得大叫：'长髯者是曹操！'操惊慌，掣所佩刀断其髯。军中有人将曹操割髯之事，告知马超，超遂令人叫拿：'短髯者是曹操！'操闻知，即扯旗角包颈而逃。"

狼狈万状的曹操，说红袍，脱红袍，说长髯，割长髯，反应还算敏捷，幸亏那时的曹操，不是后来京剧舞台上定了型的白脸，若众军喊，就抓那个大白脸，就不知道曹公，该采取怎样的应急措施了。即使在华容道，曹操也不曾栽得这样厉害。潼关之战，曹操被马超打得丧魂落魄，确是史实。但在晋人陈寿笔下，却一笔带过，晋承魏统，自然要淡化其吃败仗等负面情节，尤其最后，他用贾诩计，离间成功，大败马超，胜者为王，自然嘴大，怎么说怎么是了。

曹操之败，败在他的轻敌上，还记得当年煮酒论英雄，曹操对这些同时代各霸一方的人物，如张绣、张鲁、韩遂等辈，评价极低，根本不放在眼里，他对刘备说："此等碌碌小人，何足挂齿！"结果如何？若非许褚，第一仗他就被马超生擒活捉了去。

败不言败，后劲犹在

第五十八回（下）：曹阿瞒割须弃袍

至此，三国故事西移，一直僻居边陲的张鲁、刘璋，开始进入人们视线中来。

马超为五虎将之一，有万夫不当之勇，但无过人高明之智。不过，西凉兵马的彪悍，曹操只是在领教后，才想起当年董卓进洛阳，其由甘陇大汉和羌氐部落组成的虎狼之师，将十八路诸侯的反董联军，打了个落花流水的往事。所以，这一次曹操亲征，不以智取，而以力抵力，想以强兵悍将，泰山压顶之势，毕其功于一役，是严重的决策失误。

曹、马之战，实际是勇与谋的较量。谋不立，则勇者胜。想以武力解决问题的曹操，结果被马超打得屁滚尿流，狼狈万状。

马超战曹操，其画面，生动传神，其文字，精彩绝伦。极写人人勇健，个个英雄的西北军，杀将过来的声势；极写抵挡不住，临阵而退的中原兵，溃散逃窜的败象。极写马超之英勇无敌，穷追不舍，单枪匹马，差点活捉曹操；也极写曹操之割须弃袍，旗角包颈，险些中枪，机智应急之诡。马超战曹操这一段文字，极写马超之所向披靡，神勇之威，极写曹操之狡狯多端，不甘失败之心，好似电影的长镜头，一一摇过来，尽收目下。当代战争文学，已经很难读到这样极具现场感的篇章了。

马超也是一直觊觎中原的，但他有胆无心，错过良机。在曹操率大军南征，枕戈大江之上，边防空虚，本可乘机进袭，越潼关而东，捞点好处。但现在，曹操腾出手来收拾他的时候，却要小试锋芒，显然不是时机了。不过，在这个世界上，再强大的帝国有其软肋，再伟大的人物有其弱项，不承认这个现实，早晚要出洋相。曹操挟重兵，拥骁将，志在必得，求胜心切，却拿不下在他眼里不过是边鄙草民的散兵游勇，甚至被打到一筹莫展的地步，只好趴在许褚脚下躲箭。

曹操终究是曹操，败不言败，后劲犹在。《曹瞒传》曰："公将过河，前队适渡，超等奄至，公犹坐胡床不起，张郃等见事急，共引操入船，河水急，比渡，流四五里，超等骑追射之，矢下如雨。诸将见军败，不知操所在，皆惶惧，至见，乃悲喜，或流涕，操大笑曰：'今日几为小贼所困乎！'""老瞒每到败后愈有精神"，李卓吾评曹操的这句话，很是抓住了他那种不言败、不认输的性格。

战场失利，"曹操回寨，却得曹仁死据定了寨栅，因此不曾多折军马。操入帐叹曰：'吾若杀了曹洪，今日必死于马超之手也！'遂唤曹洪，重加赏赐。收拾败军，坚守寨栅，深沟高垒，不许出战。超每日引兵来寨前辱骂搦战。操传令教军士坚守，如乱动者斩。"曹操与马超斗，不斗智，而斗勇，处处被动。现在，他总算悟过来要争取主动了。"过了几日，细作报来：'马超又添二万生力兵来助战，乃是羌人部落。'操闻知大喜。诸将曰：'马超添兵，丞相反喜。何也？'操曰：'待吾胜了，却对汝等说。'三日后又报关上又添军马。操又大喜，就于帐中设宴作贺。"

　　《三国志》亦载："始，贼每一部到，公辄有喜色。贼破之后，诸将问其故。公答曰：'关

遗香堂绘像三国志，明末安徽新安黄氏刻本

中长远，若贼各依险阻，征之，不一二年不可定也。今皆来集，其众虽多，莫相归服，军无适主，一举可灭，为功差易，吾是以喜。'"

按汉献帝建安十五年（210）春他的一道令中所说："遂平天下，身为宰相，人臣之贵已极，意望已过矣。今孤言此，若为自大，欲人言尽，故无讳耳。设使国家无有孤，不知当几人称帝，几人称王。"曹操直到他死的那天，也没有想取汉献帝自代，所以，他在这篇令中写道："孤闻介推之避晋封，申胥之逃楚赏，未尝不舍书而叹，有以自省也。奉国威灵，仗钺征伐，推弱以克强，处小而禽大，意之所图，动无违事，心之所虑，何向不济，遂荡平天下，不辱主命，可谓天助汉室，非人力也。"从这篇官样文章中也还能看出，这个曹操，当年穷追乌桓蹋顿而务求彻底，和现在闻马超招羌人至而喜悦，都在说明他从未放弃一统华夏的壮志鸿图。

曹操一生，南征北战，其扩张目的，志在一统，这一点，很重要。

虎痴的忠直

第五十九回（上）：许褚裸衣斗马超

许褚为曹操嫡系亲信，贴身护卫。曹操曾说过："此吾樊哙也。"樊哙，汉刘邦部将，曾在楚汉鸿门宴上解救刘邦，化险为夷，功劳巨大。以许褚比之樊哙，可见对其忠心耿耿、诚直不二、以身护主、百死不悔的精神，评价之高。

潼关之战，曹操吃亏在大意上，大军压境，强大气势足以镇住气焰嚣张的马超，但西凉人，特别有羌人血统的西凉人，才不把关东的中国之民多么当回事。所以，《三国志》说："秋七月，公西征，与超等夹关而军。"又说："公自潼关北渡，未济，超赴船急战。"这一仗，曹操打得相当被动。一个吃过败仗的统帅，很容易陷于失败教训之中，而拘手束脚。赤壁之战后，曹操这位战神，一下子失去了灵感，处处挨打。《三国志》作者陈寿为蜀人，入晋后为史官，魏晋一体，法统相通，对前朝自然要美化，不过，割须弃袍，却是《三国演义》的杜撰，此书早期话本，始自宋后，"汉贼不两立"已成民间公论，曹操成为反面人物，遂有一些无稽之谈，也是可以理解的了。

但誓死捍卫曹操的许褚，忍受不了曹操受到奇耻大辱，下战书单挑马超。

三国志像，绣像金批第一才子书，毛声山评点，金圣叹序，清初刊本大魁堂藏版

想当年，官渡大捷，在冀州入城仪式上，原为袁绍谋士，后为曹操所用的许攸，在城门口，鞭指曹操，呼其小名阿瞒，若非我之计，你能进得此门否？这本是狂妄之人的轻浮之言，一笑了之，何足挂齿，但对忠于主子的许褚来说，如此触犯尊严，是可忍孰不可忍，竟将他杀了。当然也有人认为，不过是曹操借刀杀人之计耳，他也不是没有干过。

于是，曹操为马超犯愁之际，就有了这场黑白决斗式的厮杀，精彩的画面，精彩的文字，画面值得细看，文字值得细读。

"次日，两军出营布成阵势。超分庞德为左翼，马岱为右翼，韩遂押中军。超挺枪纵马，立于阵前，高叫：'虎痴快出！'曹操在门旗下回顾众将曰：'马超不减吕布之勇！'言未绝，许褚拍马舞刀而出。马超挺枪接战。斗了一百余合，胜负不分。马匹困乏，各回军中，换了马匹，又出阵前。又斗一百余合，不分胜负。许褚性起，飞回阵中，卸了盔甲，浑身筋突，赤体提刀，翻身上马，来与马超决战。两军大骇。两个又斗到三十余合，褚奋威举刀便砍马超。超闪过，一枪望褚心窝刺来。褚弃刀将枪挟住。两个在马上夺枪。许褚力大，一声响，拗断枪杆，各拿半节在马上乱打。操恐褚有失，遂令夏侯渊、曹洪两将齐出夹攻。庞德、马岱见操将齐出，麾两翼铁骑，横冲直撞，混杀将来。操兵大乱。许褚臂中两箭。诸将慌退入寨。马超直杀到壕边，操兵折伤大半。操令坚闭休出。马超回至渭口，谓韩遂曰："吾见恶战者莫如许褚，真'虎痴'也。"

在冷兵器时代，常用"回合"来计算两个对手的较量，

"回"和"合"，前者指过程，后者为接触。车战，马战，以车或马的正面接触，互动兵器，是为合。而车或马的前进以及掉头过程，是为回。然后再接触，再开打，则为下一回合。而步战，过程缩短，兵器的一来一往，就是一个回合。因此，两员大将，无车无马，只是步战，一百回合，大约需要一个小时。若马战和车战，时间则要加倍。而战争，并不依一定之规运行，论回合的战争，都系大场面的正规战，而不以回合来论的战争，如偷袭，如游击，如埋伏，如巷战，比正规战更为剧烈和残酷。

在《三国志·许褚传》中："从讨韩遂、马超于潼关。太祖将北渡，临济河，先渡兵，独与褚及虎士百余人留南岸断后。超将步骑万余人，来奔太祖军，矢下如雨。褚白太祖，贼来多，今兵渡已尽，宜去，乃扶太祖上船。贼战急，军争济，船重欲没。褚斩攀船者，左手举马鞍蔽太祖。船工为流矢所中死，褚右手并溯船，仅乃得渡。是日，微褚几危。"

微，义通"无"，非，在这样一场恶战中，要是没有许褚豁出命去救护曹操，那曹操的命，肯定完了。

曹操挟重兵，拥战将，却拿不下在他眼里不过是草寇的西凉人马，甚至还被打得焦头烂额，看来，一个人要立于永远不败之地，也难。

离间计的范例

第五十九回（下）：曹操抹书间韩遂

离间，是兵家必用之术。因为猜疑是人类与生俱来的弱点，贾诩的抹书间韩遂，只是在信笺上略作涂改，挑起彼此的阴暗心理，就把韩、马联盟彻底搞垮了。

因为人是感情动物，能够做到绝对的清醒、理智、冷静，无论怎样的喜怒哀乐，都无动于衷的人，几乎是不存在的。所以，上自国家领袖处理天下大事，下至普通平民应付日常生活，一言一行，一动一静，无不带有或多或少的个人感情色彩。而利用每个人都会有的信任和怀疑，这种近乎本能的感情，使其信任不该信任的，使其怀疑不该怀疑的，使其做出错误的判断，使其导致失败的结局，这就是离间。

楚、汉交战之期，陈平对刘邦说，项羽主要依靠范增、钟离眜、龙且、周殷这些良臣勇将，你给我四万斤金子，不要过问我的用途，让我在项羽军中，离间他们君臣关系。果然，在陈平的谣言攻势下，"意忌信谗"的项羽中了计，认为钟离眜要背叛他而再不信任。他派一个使者到刘邦处探听虚实，陈平这里摆下盛大宴席，待使者来后，故作姿态，佯装原先准备接待的是范增的使者，既然是项羽的使者，那就撤

三国志像，绣像金批第一才子书，毛声山评点，金圣叹序，清初大魁堂藏版刊本

去宴席，按一般规格接待。这个使者回去一汇报，项羽当然要怀疑范增了。

凡离间，必有离间的基础，作为个人，则是性格上的多疑；作为集体，则是内部意见分歧。通常来说，无疑人之心者，绝少，而越是把团结的口号，叫得震天响的，越不团结；越是强调一致，那分裂也越是欲盖弥彰。一旦在政策上产生不同见解时，便是离间计可以施展的机会到了。多疑，是最容易被离间计击中的，而握权柄者，位愈高，权愈重，也愈多疑，离间的成功率常常十之八九。处境危殆者，险象丛生者，无时无刻不在疑惧中生存者，是离间计易于奏效的对象。同样，离间计的目标，若作用于对手的股肱，也就是老百姓所说的左膀右臂，那所产生的效果，往往会是摧毁性的。

而头脑简单的人，缺乏圆通能力，思维定式不变，更易悖谬行事，只要一往最坏处想，便决不回头。于是，疑心生暗鬼，落入人家设好的圈套。马超的武艺，堪称一流，曹操就认为他不亚吕布，但其智商，似乎也步吕布后尘。

曹操与马超斗，不斗智，而斗勇，处处被动。现在，他总算悟过来要争取主动了。遂采用贾诩之计，挑拨离间马超和韩遂的关系，虚张声势，含糊其词，扑朔迷离，制造假象，是成功运用离间计的范例。贾诩此计不让陈平之诳项羽，陈平用了四万斤金子，贾诩则是一张信笺，投入极少，产出很大。在曹操谋士群中，他一非曹操旧部，二曾与曹操为敌，能够一身平安，享誉终生，确是非常人也。贾诩自投曹操以后，相当小心谨慎。甚至曹操征求他对接班人的看法时，也不正面回答，只是说我正在想袁本初、刘景升家事呢，曹操大笑，可见他是多么会做人了。

据《三国志·贾诩传》："建安十三年，太祖破荆州，欲顺江东下。诩谏曰：'明公昔破袁氏，今收汉南，威名远著，军势既大；若乘旧楚之饶，以飨吏士，抚安百姓，使安土乐业，则可不劳众而江东稽服矣。'太祖不从，军遂无利。太祖后与韩遂、马超战于渭南，超等索割地以和，并求任子。诩以为可伪许之。又问诩计策，诩曰：'离之而已。'太祖曰：'解。'一承用诩谋。语在《武纪》。卒破遂、超，诩本谋也。"

从中得知，在此之前，很少出谋献策的他，曾谏阻曹操得荆州后再下江南，事实证明他是对的，而曹操错了，这是谋士最不愿意看到的结果。因此，若不设计为陷于困境中的曹操解围，一旦失去信任，侍候这样一位翻手为云，覆手为雨的主子，那难度将更大。尽管，来自陇西武威的贾诩，将乡党情义看得很重，从董卓起，到张绣止，能不伤害，绝对维护，可以帮助，绝对出力。但这一回，为了自身安全，出了这个离间计，不得不把马超、韩遂这支西凉兵马，作了他的牺牲品。

当决不决者，愚人也

第六十回（上）：张永年反难杨修

刘备以仁义诚信，感召天下，从一个站在公孙瓒身后当跟班的角色，成了鼎立的三雄之一。但他所以始终在三分中处于苟安一隅的最弱地位，应该说和他这种仁义诚信造成的偏执，而在政策上的失误是分不开的。

任何政治行为，包括纲领、政策，都要留有余地，哪怕极其表面层次的，例如打出来的任何旗帜、口号，都不宜过头，凡过头，必走向它的反面。仁义诚信的道德宣示，也应适可而止，一旦到了偏执狂的程度，也是要坏事的。荆州，就是一个例子，现在益州又是一个例子，都坏在刘备的坚而不决上。他不是不想要，而是想在无碍于他的这种仁义诚信的招牌下要，那当然等于白日做梦。于是本来唾手可得的刘表的荆州，变成曹操的荆州，然后又变成在道义上是孙权的荆州。他呢？暂借栖身荆州，一个永远的房客。

庞统说："权变之时，固非一道所能定也。兼弱攻昧，五伯之事。逆取顺守，报之以义，事定以后，封以大国，何负于信？今日不取，终为人利耳。"这是具有辩证思维的观点。严格地讲，只要是非我之物，占有的本身，就不可能有公理正义可言。但这是一个占有、被占有和反占有的时代，是一个不停地重新绘制政治地图的时代。弱肉强食，是历史的必然。腐败昏昧的政权，垮台只是时间上的迟早罢了。你不吞噬掉的话，别人也会毫不客气地咬下嘴的，这里不存在任何感情上和道义上的契约责任，哪怕是对信誓旦旦的盟友，此时最佳之计，吃掉他，也许倒是救了他。要是成为另外一个人的俎上肉的话，那日子说不定会更糟一些。

　　一个目标物放在那里，人人都想获得它，在这个目标物未明确落入谁的手中时，角逐者的争斗，便一刻也不会停下。只有争夺已经无望，归属成为定局，大家这才会停下手来，这就是法正劝谕刘备取西蜀时，所说的"逐兔先得"的规律。

　　可刘备，又一次被他的那些虚伪的假名声误了事。此时高调仁义，来日大动干戈，"仁义"二字往哪里摆？伪善害人。庞统说，事当决而不决者，愚人也，这是很客气的批评。刘备所以成不了大气候，其实，这愚的后面，伪君子加真小人，才是最根本的原因。

　　据历史学家吕思勉分析，汉献帝建安十七、十八年间刘备、刘璋的益州之争，如果以另外一种平和的方式解决，也许更有益于反曹大局。他的看法是："如其通观前后，则刘备的急于并吞刘璋，实在是失败之远因。倘使刘备老实一些，竟替刘璋出一把力，北攻张鲁，这是易如反掌可以攻下的。张鲁既下，而马超、韩遂等还未全败，彼此联合，以扰关中，曹操就难以对付了。刘备心计太工，不肯北攻张鲁，而要反噬刘璋，以至替曹操腾出了平定关中和凉州的时间，而且仍给以削平张鲁的机会。"这当然是"事后诸葛"了，不过，作为三流政治家的刘备，他的智商肯定达不到这样的思谋高度。那个其实是政客的军师庞统，急于表现，根本不可能有如此宏大的远见。最主要的，还是刘备这个小手工业者，受小农思想的支配，三十亩地一头牛，为人生最高境界，当然争这块益州地盘，便是全力以赴的事情了。

关键还在于刘璋，俗话说，一个傻子提出的问题，十个聪明人也回答不上来。同样，一个笨蛋做出的决定，那是任何人都阻挡不了的。刘璋说，我有此心久矣，看来，在这个世界上，非要引狼入室，以身噬虎者，并非罕见。梁武帝召侯景入建康，最后国破身亡，他说，"自我得之，自我失之，亦复何恨？"这个刘璋后来恐怕也只能作如是想了。当曹操与刘备煮酒论天下英雄时，刘问曹："益州刘季玉，可为英雄乎？"曹回答："刘璋虽系宗室，乃守土之犬耳，何足为英雄？"好像姓刘的宗室，随着汉朝气数已尽，也一个个不能振作，所以，陈寿在《三国志》里说："璋才非人雄，而据土乱世，负乘致寇，自然之理，其见夺取，非不幸也。"

刘璋把刘备请进西川，正是严颜所云"独坐穷山，放虎自卫"也。败也是活该了。

小人不可得罪

第六十回（下）：庞士元议取西蜀

张松此人，有才华，很干练，但却是一个放荡无行、不太正派的人。自负狂妄，好变喜乱，可用而不可重用，这种人要恶起来，危险性很大。但刘璋无能之辈，不靠他不行，可没想到靠他却被他卖了。

他到许都去，曹操嫌其人物猥琐，怠慢了他，触犯了他身材短小、相貌寝陋而形成的自卑心理，大大伤害了他。他本想将刘璋卖给曹操，一转脸，掉头去荆州，把西川献给了刘备，还附上联络图。这种卖主求荣的行为，这个待价而沽的败类，只是由于曹操这儿没卖成而转卖刘备，在亲刘反曹的《三国演义》作者看来，当然是正确的选择，也就堂而皇之不受到谴责了，其实，卖给谁都是卖，都是背叛主子。因为刘备被视作正统，张松的卖主求荣行为，似乎也就堂而皇之可以不受到谴责了，这当然是没有道理的。

一方出卖，一方收买，这种非商业性的私底下的交易，是一门讨价还价的艺术。张松先想把蜀中卖给曹操，不成，后又卖给刘备，卖者无耻，买者卑鄙，因为所有者始终被蒙在鼓里，实际上人家已经拍板成交了。看来，对出卖者而言，只有利之多寡，而无义之取舍，至于买家是谁，他不在乎，只要价钱合适，就是大爷。而买家，迫不及待想买到手，又不想表现出急切获得的样子，犹如钓鱼，诱其上钩，以较少的投入，得较大的产出。刘备在装孙子这方面的演技，堪称一流，遂把张松骗了个结实。

曹操用人，从来不拘一格，这一次"破马超回，傲睨得志"，本应到手的西川，成了刘备的囊中物。小人不可得罪，是有道理的。

"却说张松到了许都馆驿中住定，每日去相府伺候，求见曹操。原来曹操自破马超回，傲睨得志，每日饮宴，无事少出，国政皆在相府商议。"习凿齿评此时之曹操："何骄矜之有哉？君子是以知曹操之不能遂兼天下者也。"火烧赤壁，输得好没面子；割须弃袍，丢人也丢到了家，现在总算抬得起头，怎么能不尽享得意的快乐？老实说，三国鼎立的局面形成，曹操"遂兼天下"的心思，恐怕不那么强烈了。"张松候了三日，方得通姓名。左右近侍先要贿赂，却才引入。操坐于堂上，松拜毕，操问曰：'汝主刘璋连年不进贡，何也？'松曰：'为路途艰难，贼寇窃发，不能通进。'操叱曰：'吾扫清中原，有何盗贼？'"

时为丞相府主簿的杨修，以一部《孟德新书》炫示张松，谁知张松有超强记忆力，过目不忘，从头至尾，复诵一遍，无一字差误。竟让曹操怀疑起自己的著作权来，要扯碎其书烧之。其实，《三国志·武帝纪》说他"特好兵法，抄集数家兵法，名曰《兵书接要》。"由此便知他对中国兵法有着广泛的涉猎，尤其对《孙子兵法》，着力颇深。据唐代诗人杜牧说，

三国志像，绣像金批第一才子书，毛声山评点，金圣叹序，清初刊本大魁堂藏版

他是一位造诣甚高的军事发烧友，原来为八十二篇的《孙子兵法》，经"曹操削其繁剩，笔其精粹"为十三篇，遂成定稿。

曹操打了一辈子的仗，理论指导实践，万千韬略，悉在胸中，加之政治、权谋，加之残忍、奸枭，所以，他总能一往无前，势不可当。《魏书》说："太祖自统御海内，芟夷群丑，其行军用师，大较依孙、吴之法，而因事设奇，谲敌制胜，变化如神。自作兵书十万余言，诸将征伐，皆以新书从事。"这大概就是他要付之一炬的《孟德新书》了了。《魏书》还说："临事下手为节度，从令者克捷，违教者负败，与虏对陈，意思安闲，如不欲战，然及至决机乘胜，气势盈溢，故每战必克，军无幸胜。"所以，三国期间那些与他争锋的诸侯，无一不被他打得落花流水。

他听杨修说到这部著作，连蜀中小儿都能倒背如流，便不禁怀疑："莫非古人与我暗合否？"

他这样说，而不是说："莫非我与古人暗合否？"从这"我"与"古人"二词之先后次序，却流露出这位兵法大家的自信精神。

上帝的归上帝，撒旦的归撒旦

第六十一回（上）：赵云截江夺阿斗

建安七年，曹操下书责孙权任子，十年以后，孙权也来类似的这一手，抢阿斗。

"（孙权）正沉吟间，只见张昭入问曰：'主公有何忧疑？'孙权曰：'正思适间之事。'张昭曰：'此极易也：今差心腹将一人，只带五百军，潜入荆州，下一封密书与郡主，只说国太病危，欲见亲女，取郡主星夜回东吴。玄德平生只有一子，就教带来。那时玄德定把荆州来换阿斗。如其不然，一任动兵，更有何碍？'权曰：'此计大妙！'"

孔夫子说过："己所不欲，勿施于人。"但中国人常常把自己身受过的，而且很不以为然的痛苦，一得意后，又很以为然地反加于别人头上，这大概便是人性之恶了。

孙夫人回吴，赵子龙截江，《三国志·赵云传》注引《云别传》曰："先主入益州，云领留营司马。此时先主孙夫人以权妹骄豪，多将吴吏兵，纵横不法。先主以云严重，必能整齐，特任掌内事。权闻备西征，大遣州船迎妹，而夫人内欲将后主还吴，云与张飞勒兵截江，乃得后主还。"《三国志·先主穆皇后传》注引《汉晋春秋》曰："先主入益州，吴遣迎孙夫人。

夫人欲将太子归吴，诸葛亮使赵云勒兵断江留太子，乃得止。"

仅仅这点史料，就演义出来这样一段精彩戏剧。在《三国演义》中，赵子龙救阿斗，共有两次，这一次荆州沙头镇抢阿斗，要比上一次当阳长坂坡护阿斗，更为惊险。刀光剑影，周身充满杀气，危机四伏，生死一瞬之间。而且，人随船走，船随水流，尤令赵云难以抉择者，既不能与孙夫人摊牌，强迫命令；又不能任她带走阿斗，一去不回。若是动手，对夫人大不敬，要怪罪下来，吃不了兜着走；若是放行，小主子成为人质，当年他单骑救主，所为何来？颇费踌躇的赵云，一时间下不了决心。后来，他豁然开朗，孙夫人任性跋扈，不可一世，这种人，对她客气如此，对她不客气亦如此，那又何必客气？

于是，"离大船悬隔丈余，吴兵用枪乱刺。赵云弃枪在小船上，掣所佩青钢剑在手，分开枪搠，望吴船涌身一跳，早登大船。吴兵尽皆惊倒。"

赵云杀伐果断，毫不犹豫，那真是有胆有识。他掣的那支青钢剑，原是曹操的剑，锋利无比，削铁如泥，能到赵云手里，是因为他在当阳战斗中，单骑救阿斗而得，现在，这个阿斗又处于危境之中，于是，青钢剑又露面了，并且派上了大用场。俄国作家契诃夫有句名言："舞台上出现一支勃朗宁，在闭幕前，无论如何是应该要响一下的。"在小说技巧上，这叫作前后呼应，而在章回小说中，就叫"草蛇灰线，伏延千里"了。

每个人在他的一生中，总会碰上这种费难的抉择，若是鱼我所欲也，熊掌亦我所欲也的话，顶多是遗憾罢了。而更多情况下是欲选不能，又不能不选，如同握双刃剑，极难两全。甚至得到的比失去的还要多，有时，得到的并非自己想得到的，失去的更是并不想失去的，那就尤其苦痛了。

曹操亲率大军至濡须，雪赤壁之恨，讨伐孙权。结果，攻又攻不下，退也退不了。打下去，费时费力，胜算未明。要是撤兵回去，当时兴师动众，志在必得，如今怎么交代？作为统帅，面子是不能不顾及的。曹操每处于这种进不得、退不得的尴尬状况时，总是要找一个体面的台阶下，否则，他就宁可在那痛苦地僵持着。正好，孙权那封"足下不死，孤不得安"的信来了，于是曹操大笑，下令班师，这就是曹操的幽默感了。

而刘备呢？面临的是在和刘璋翻脸动武与大讲伪善两者之中择一从之的局面。若是火并，他就成了不仁不义之人，若是维持他的形象，就休想得到益州，真是左也不是右也不是，煞费苦心。刘璋请刘备进西川，分明找死，大家都明白来者不善，何必装腔作势？刘备所以成不了气候，正因他背的这个虚假名声的包袱，也太重了。你既然目标是当上帝，就不要再想得到当撒旦的好处。真正的政治家，以利害为权衡标准，上帝的归上帝，撒旦的归撒旦，其实也是可以并行不悖的。只要不把漂亮话说得太多太绝，一切便都在便宜行事之中。

不管何等人，只要既想获得，又怕失去，患得患失，常常是成不了事，还会误事的。

不能善终的知识分子荀彧

第六十一回（下）：孙权遗书退老瞒

荀彧为曹操的首席谋士，第一智囊，为初平二年事。一见面曹就说"吾之子房也"。口气之大，把荀彧吓一跳。问题不在他够不够张良的水平，而是曹操认为自己是汉高祖刘邦，那就太越格了。建安八年，曹操上表，请爵荀彧，评价之高，无与伦比。在第一个版本里："臣自始举义兵，周游征伐，与彧戮力同心，左右王略，发言授策，无施不效。彧之功业，臣由以济……天下之定，彧之功也。"在第二个版本里，为其评功摆好，嘉奖襃扬，则更为加码："守尚书令荀彧，自在臣营，参同计画，周旋征伐，每皆克捷。奇策密谋，悉皆共决。及彧在台，常私书往来，大小同策。《诗》美腹心，《传》贵庙胜，勋业之定，彧之功也。而臣前后独荷异宠，心所不安。彧与臣事通功并，宜进封赏，以劝后进者。"

但是，善用天下之智力的这位领袖，却把建有丰功伟业，一起打下江山的超一流谋士，逼得饮药自裁了。正史说得很得体，"会征孙权，表请彧劳军于谯，因辄留彧，以侍中光禄大夫持节，参丞相军事，太祖军至濡须，彧疾留寿春，以忧薨，时年五十。"

但更重要的原因是，汉献帝建安十七年（212）冬十月，董昭进言，曹操合受魏公之位，加九锡以彰功德，而荀彧不以为然，以致惹怒曹操。但事实上却反映了以曹操为代表的新兴

三国志像，绣像金批第一才子书，毛声山评点，金圣叹序，清初刊本大魁堂藏版

阶层，和皇族、贵族、士族、豪强等旧统治集团及儒家思想体系所构成的深层次矛盾。当时，许都有两个中心，一个为汉献帝刘协，有一点微不足道的向心力；一个是曹操，力量强大到了不得。董昭本是风派，最早投靠曹操，他当然属于后者。但荀彧，"吾之子房"，毫无疑义，应该跟曹操一伙，不过，在这件事上，他俨然以捍卫正朔的姿态出现，这就大大得罪了曹操。老实讲，曹操对于董昭的马屁，什么封魏公，什么加九锡，不是特别热衷。他想马上当皇帝，只要吭一声，汉献帝还不得乖乖禅位。因此，在曹操看来，他可以表示不介意，他可以表示高姿态，但别人不得表示你曹操本来就不可以。旧统治集团这样说，他也许一笑了之。出自荀彧之口，便罪实难逭。荀彧这番话，出发点完全是站在维护汉室的立场上，跟随曹操这么多年，"举贤用能，训卒厉兵，决机发策，征伐四克，遂能以弱为强，化乱为治，十分天下而有其八"，敢情为汉，并非为曹，那当然只有赏他一死了。司马光认为荀彧辅佐曹操，是"汉末大乱，群生涂炭，自非高世之才不能济也。然则荀彧舍魏武将谁事哉？"

其实，历史有很多糊涂账，曹操究竟为什么要灭掉荀彧，恐怕还有更深刻的背景。两年以后所发生的诛伏皇后案，足以说明复辟与反复辟的两股势力，始终是涌动在许都政治生活中的潜流。在这位枭雄眼前，你是为汉，还是为曹，不仅仅是立场问题，更是要不要脑袋的大是大非问题。

荀彧、董昭，便是当谋士能否善终的两种类型。

董昭谄媚曹操，"合受魏公之位，加'九锡'以彰功德"，荀彧跳出来曰"不可"。唐人杜牧认为，荀彧"之劝魏武取兖州则比之高、光，官渡不令还许则比之楚、汉，及事就功毕，乃欲邀名于汉代，譬之教盗穴墙发匮而不与同挈，得不为盗乎？"诗人的意思很清楚，你已经上了曹操的贼船，和他一伙，还说什么"匡扶汉室，当秉忠贞之志，守谦退之节"，以示清白呢？曹操未必在意这些虚荣，但荀彧站在汉献帝那个中心立场上唱反调，这是他不能饶恕的。

作为领袖的智囊，无论做出多少杰出的贡献，得到如何的殊荣，切切牢记自己的下属身份，不得僭越。他可以与你亲密无间，你万不可跟他平起平坐。也无论怎样从大政方针到具体政策上，产生差异，以致忤逆上意，除昏君外，仍可有获得理解的可能。但涉及领袖个人欲望方面，半点分歧的看法也不能表现出来，那绝对是不可原谅的行为。

荀彧的饮药自杀，除了他心存汉室，不可原谅外，还在于他过高估计了自己，认为有资本可以阻止曹操称公，而曹操不能对他怎样。对不起，他忘了这个世界上有几个是听得进别人言语的皇帝？

人才最怕的事情

第六十二回（上）：取涪关杨高授首

倘若对人的评价，不懂得人是在不停变化之中，坏可能变好，好可能变坏的道理，这是一误；形成固定看法以后，好，便永远的好，坏，便永远的坏，直到盖棺论定，这是二误；被否定评价的人，无论怎样好自为之，也扭转不了已经定型了的观点，这是三误。于是最后，逼使着这个人只能向自己的反面越走越远。重新审读历史上的魏延，能说诸葛亮毫无失当之处吗？

一位领袖人物，绝对相信自己的圣明，大家也恭维他的圣明，那是一件可怕的事情。圣明，会有的，但绝对圣明，则绝对不会有。诸葛亮这一辈子对魏延的拒绝、排斥、敌意，就是这个圣明的人，极其不圣明的举措。蜀之败，是必然，但蜀之败得那么快，则未必是必然，若魏延不死于内乱，若他能统帅军权，依他在任汉中太守时对刘备的豪言"若曹操举天下而来，请为大王拒之；偏将十万之众至，请为大王吞之"的口气，应该还能让蜀多维持一些时日。

《三国演义》中人物的出场，多种多样，魏延的出场，与三请诸葛亮，千呼万唤始出来不同。不打招呼，不请自到，第一次襄阳夺门，出乎意料，第二次长沙杀城，行为突兀，看来，这是个要让你注意的人物了。因此，每次出场，都有惊人之笔。比武、抢攻、失手、伏兵，充分表现了他智勇双全、机敏灵捷的战争天赋，也展现出他桀骜不驯、特立独行的性格弱点。作者的本心倒是突出他的负面，但无意中却写出了一个活生生的魏延。

刘备生前对魏延十分信任，这实在是出人意表，因为此公常无主见，察人欠准，独对魏延特别重用。"先主为汉中王，迁治成都，当得重将以镇汉川，众论以为必在张飞，飞亦以心自许。先主乃拔延为督汉中镇远将军，领汉中太守，一军尽惊。"但他与诸葛亮谈到马谡，却认为是"言过其实，不可大用，君其察之"。刘备这个人，才质平庸，不过其对马谡的看法，事实验证他是对的。因此，他赏识魏延，委以重任，绝不是兴之所至，率意而为的事，魏延自是有值得信赖之处，可惜魏延中了暗计，死于诸葛亮临死前的后事安排，未得施展其才志，真是可惜了。为魏延叹，也为西蜀叹。

很难理解诸葛亮第一次见到魏延，就不顺眼，那场面十分突兀，十分诡异。他投你来了，别无二意，你却说他脑后有反骨，要将他推下去斩了。从此，孔明一直把魏延看作异己分子，不信任，不重用，实乃大谬。《三国志》写道："魏延字文长，义阳人也。"义阳，或谓益阳，这才有可能有长沙救黄忠的演义。不过，也有研究者认为是荆州桐柏，隶属南阳。从陈寿对魏的评价来看："延既善养士卒，勇猛过人，又性矜高，当时皆避下之。"可以想见他早期在刘表手下，率领部队，驻扎一方，也是一个只知骄养兵卒，而不知善待士人的军官。

三国志像，绣像金批第一才子书，毛声山评点，金圣叹序，清初刊本大魁堂藏版

诸葛亮那时隐居南阳，不甘寂寞，对魏延之桀骜不驯，或有所闻，这些历史尘埃，早就湮没，只能姑妄言之，存此一说。

《三国志》载："延常谓亮为怯，叹恨己才用之不尽。"

《魏略》曰："夏侯楙为安西将军，镇长安，亮于南郑与群下计议，延曰：'闻夏侯楙少，主婿也，怯而无谋。今假延精兵五千，负粮五千，直从褒中出，循秦岭而东，当子午而北，不过十日可到长安。楙闻延奄至，必乘船逃走。长安中惟有御史、京兆太守耳，横门邸阁与散民之谷足周食也。比东方相合聚，尚二十许日，而公从斜谷来，必足以达。如此，则一举而咸阳以西可定矣。'亮以为此县危，不如安从坦道，可以平取陇右，十全必克而无虞，故不用延计。"

魏延这个兵出奇径的突袭计划，当然也不一定是制胜之道，但断然拒绝，"不如安从坦道，可以平取陇右。十全必克而无虞，故不用延计"，是不是太过保守了呢？

看来，帅将矛盾，早就相当尖锐了。魏延一生的悲剧所在，就是诸葛亮始终把他看作敌人。一个老百姓，存偏见，顶多发几句牢骚；一个领导，成见看人，形而上，唯心论，不但害人，还要害己。魏延是个有缺点，但却智勇过人的猛将，如果诸葛亮不那么排斥他，也许后来西蜀的形势不会溃不成军，一败涂地。

人才，就怕生错了时代，生错了地方，更怕碰上一个看你不顺眼的领导，既不许你跳槽，也不炒你鱿鱼，那才是上天无路，入地无门的事情。

外防司马，内防魏延

第六十二回（下）：攻雒城黄魏争功

魏延是一个有军事头脑、有实战经验、有胆有谋的强将，他的不按规则出牌，他的大胆冒险战略，他在战阵之间，兵不厌诈的作战方式，与习惯于谨慎稳妥、按部就班、不赞成张狂鲁莽、轻举妄动的诸葛亮，有着明显的不同。所以，对于这个不以他的意志为主，不以他的尊严为念，具有挑战意味，多少有点桀骜不驯的部属，诸葛亮的感情虽然表现得特别地隐晦曲折，不那么容易察觉，但他外防司马，内防魏延的内心活动，却还是有踪迹可寻的。

诸葛亮拒绝魏延，不能说略无半点嫉才之心，有其个人的感情因素。上帝造人的时候，使人会嫉妒他人，大概是作为一种催动力量，鼓励竞争好强之心吧？一旦超乎这个范围，必然构成对他人的妨害或侵犯。你看莎士比亚笔下那奥赛罗，妒火中烧，把无罪的苔丝迪蒙娜，扼住喉咙然后将她刺死时的狠毒，就知道嫉妒要是发作起来，那是一种可怕的感情。嫉妒，有一点点，也许还可爱，若是连一点点嫉妒之心也没有，还会有长进吗？不过，嫉妒多了，多得可怕，那肯定很恐怖。《三国演义》这部民间文学的杰作，神化关云长，圣化诸葛亮，

三国志像，绣像
金批第一才子
书，毛声山评
点，金圣叹序，
清初刊本大魁堂
藏版

达到了极致。不过，我们要是平视过去，既非
神，也非圣，把他们看成人，也就觉得这一切，
其实都是人性之常。

蜀汉建兴十二年（234）的八月，诸葛亮将
死，临终遗言，三人在场，杨仪、费祎、姜维，

部署退军安排，却将魏延排除在外，这是一个很不好的迹象。魏延作为前敌指挥部的一员，有一千个理由，应该在场接受遗命。人之将死，其言也善，为什么诸葛亮至死也解不开这个心结？实在令人感到此公心胸之狭窄，到了匪夷所思的地步。诸葛亮说："身殁之后退军节度，令延断后，姜维次之；若延或不从命，军便自发。"一般情况下，将死之人安排后事，最为重要的，就是继承人的问题，诸葛亮没有明明白白地说出，朝中谁来接任他的丞相，军中谁来接任他的统帅，而是交代如何撤军的事宜。现在，杨仪、费祎、姜维，诸葛亮身边的这三个人，其实都是某种程度上的小人，这大概也是诸葛亮难以定下接班人的缘由。但听到丞相口中吐出"若延或不从命"的话，立刻心领神会，强人魏延，已经出局。可这三位，包括还有一口气的诸葛亮，也不想想，那魏延，岂是一个好剃的头？这就埋下了不内斗，也要内讧的祸根。

　　一切都坏在杨仪身上，他基本是一个缩小版的诸葛亮，但诸葛亮的优点，他概不具备，而诸葛亮的不足处，却无不悉具。他现在，是毫无疑义的三人领导小组的负责人，按兵不动是上策，秘不发丧是中策，而退军，令魏延断后，则是下策。多谋善断的诸葛亮，生前最后一计，着实不高明，正好给了杨仪报复魏延的机会。《三国志》载："值军师魏延与长史杨仪相憎恶，每至并坐争论，延或举刃拟仪，仪泣涕横集。"这两人水火不容，诸葛亮是知道的，"亮深惜仪之才干，凭魏延之骁勇，常恨二人之不平，不忍有所偏废也"，既然生前了解，而无法和合，那么死后，就更不应该制造事端，造成决裂。

　　果然，魏延大怒。第一，"丞相虽亡，吾自见在。府亲官属便可将丧还葬，吾自当率诸军击贼，云何以一人死废天下之事邪？"第二，"且魏延何人，当为杨仪所部勒，作断后将乎！"

接下来，便是超乎诸葛亮所预想的内讧或内斗而接近于内战的局面出现，"延、仪各相表叛逆，一日之中，羽檄交至"。由于"延既善养士卒勇猛过人，又性矜高，当时皆避下之"，很得罪了朝中文官，"后主以问侍中董允、留府长史蒋琬，琬、允咸保仪疑延"。加之"延士众知曲在延，莫为用命，军皆散。延独与其子数人逃亡，奔汉中"。"马岱追斩之，致首于仪，仪起自踏之，曰：'庸奴！复能作恶不？'"就看杨仪这个动作，试可推想诸葛亮欣赏起用的这位心腹，是多么卑劣残忍了。

兵乱之始，魏延是往成都方向跑，军败以后，魏延是往汉中方向跑，诸葛亮给他安排的脑后反骨，绝对是意气用事。

"古来材大难为用"，乃是诸葛亮戒惧他的缘由，"木秀于林，风必摧之"，则是在朝之士嫉恨他的原因，他不败何待？

庞统之死后遗症

庞统之死，打乱了刘备、诸葛亮的全部战略部署。

当时，东线荆州是根据地，虽处于曹操、孙权夹击的境况，但诸葛亮和关、张、赵坐镇，只要联吴抗曹的策略运用得当，保持相对稳定是有可能的。西线益州是待开辟的新区，刘备率黄忠、魏延和副军师庞统入川，只要果敢行事，加之有张松、法正作为内应，本如探囊取物，极易成功的。

因为刘备在对待如何解决刘璋的问题上，重犯当年荆州对待刘表迟疑不决的错误，以致一次小手术即可解决的权力更迭，酿成一场厮杀流血的正规战争。加之，绝非完人的庞统，对孔明的那按捺不住的嫉妒心理和争功心理作祟，当然也不排除远在荆州的孔明，会无一丝一毫对于庞统入川后迅速建功立业，声威日重的忌畏，而对刘备施加什么影响。

于是，导致庞统求功心切，急军轻进，冒险行事，在落凤坡死于乱箭之下。若无刘备的迁延不决，也就无这场战争；无这场战争，当然也无庞统之死。若是庞统无狭隘偏窄之心，能够谨慎从事，步步为营，那西蜀的拓展局面该是多么得心应手啊！

问题在于庞统一死，刘备无脱身之计，孔明必须西来，以解困厄。而孔明离开荆州，将全权按刘备的主张，授予关羽这样一个根本不执行政策，自以为是的将领，一错再错，也就注定了荆州必失、关羽必死的命运。从此，刘备只能身处蜀中，远望中原了。

按刘璋之暗弱，益州事本是唾手可得，刘璋的部下，虽然如张松、法正之流，卖主求荣者不少，但爱土爱家，忠于旧主，抗争不已，以身殉志者，也络绎不绝。本来用一锅端的阴谋手法，就可以解决问题的事情，不得不一城一地地以战争手段解决。刘备的仁义招牌，是具感召天下的力量，但真打起仗来，需要的是韬略计谋，用兵调度，靠仁义，连一个城池也攻不下的。人有其所长，也必有其所短，舍其强项，就其弱项，这就是刘备的不智之处了。刘备围雒城近一年，攻不得下，还使庞统死于非命，此公在军事上的成就，值得一书者，真是寥寥无几。

庞统之死，死在急于图功上。刘备入川，关、张、赵，这三员虎将均不随行，只有老将黄忠和诸葛亮不喜欢的魏延冲锋陷阵。这种军事力量的部署配置，着实有些蹊跷。荆州为守，却驻重兵，益州是攻，并非主将，是没有什么道理的。这里我们姑且不怀疑诸葛亮，是否有意要庞统好看。但也不妨设想自负的庞统，焉不打算凭自己非凡之才，即使率非主力部队，也能打开益州局面，来表现一下自己并不弱于诸葛亮呢？

幸亏刘备的对手是刘璋，如果说，对于战争，刘备不过菜鸟而已，那么刘璋就是一个战争白痴了。《资治通鉴》汉纪五十八，建安十八年："益州从事广汉郑度闻刘备举兵，谓刘璋曰：'左将军悬军袭我，兵不满万，士众未附，军无辎重，野谷是资，其计莫若尽驱巴西、梓潼民内、涪水以西，其仓廪野谷，一皆烧除，高垒深沟，静以待之。彼至，

三国志像，绣像金批第一才子书，毛声山评点，金圣叹序，清初刊本大魁堂藏版

请战，勿许。久无所资，不过百日，必将自走，走而击之，此必禽耳。'刘备闻而恶之，以问法正。正曰：'璋终不能用，无忧也。'璋果谓其群下曰：'吾闻拒敌以安民，未闻动民以避敌也。'不用度计。"

刘备明白，对他这个外来户，地头蛇要是采取坚壁清野政策，他的孤兵寡将，是很难再在四川待下去的。还是法正了解他的旧主，他说刘璋不会有那觉悟，果然如此，他拒绝了益州从事郑度的建议。

《资治通鉴》汉纪五十九，建安十九年："刘备围雒城且一年，庞统为流矢所中，卒。"因诸葛亮率张飞、赵云分路包抄而来，声势大振，"备围城数十日，使从事中郎涿郡简雍入说刘璋。时城中尚有精兵三万人，谷帛支一年，吏民咸欲死战。璋言：'父子在州二十余年，无恩德以加百姓。百姓攻战三年，肌膏草野者，以璋故也，何心能安！'遂开城，与简雍同舆出降，群下莫不流涕。备迁璋于公安，尽归其财物，佩振威将军印绶。"

刘璋，就冲他说的这两句话，不愿老百姓因为他受到战争伤害，就觉得他的"暗弱"，弱是真的，暗则未必。

张飞的自然、自由、自在

第六十三回（下）：张翼德义释严颜

强将手下无弱兵，弱将手下未必没有强兵。刘璋虽是窝囊废，但他的这些部下，却并不都是软柿子，黄忠何其勇，魏延何其猛，不也屁滚尿流撒丫子了吗？

现在轮到张飞了，这条硬汉，这条铁汉，偶见其妩媚可爱之时，得意忘形之举，也挺令人心仪。第一，自然。第二，自由。第三，自在。这是你在一本正经的关老爷那里，永远看不到的。人，其实本色最好，总端着架子，总拿着姿势，大家也就只好远着你了。

在诸葛亮的点将簿上，用张飞，略无迟疑，用关羽，斟酌再三。张飞总能出色完成任务，关羽执行时往往要打些折扣，因此，张飞是首选，关羽是备胎。

张飞用计，非止一次，粗中有细，屡建奇功。他与关羽不同之处，能知道自己的弱点所在，只要不恣意妄为，也还能听得进别人的话。而自尊、自信，还有点自行其是的关羽，就很缺乏这种自知之明。他守荆州，假如真把孔明的话放在心上，也许不至于死于非命。

刘璋虽为守家之犬，但他也有良臣勇将，并不都是张松、

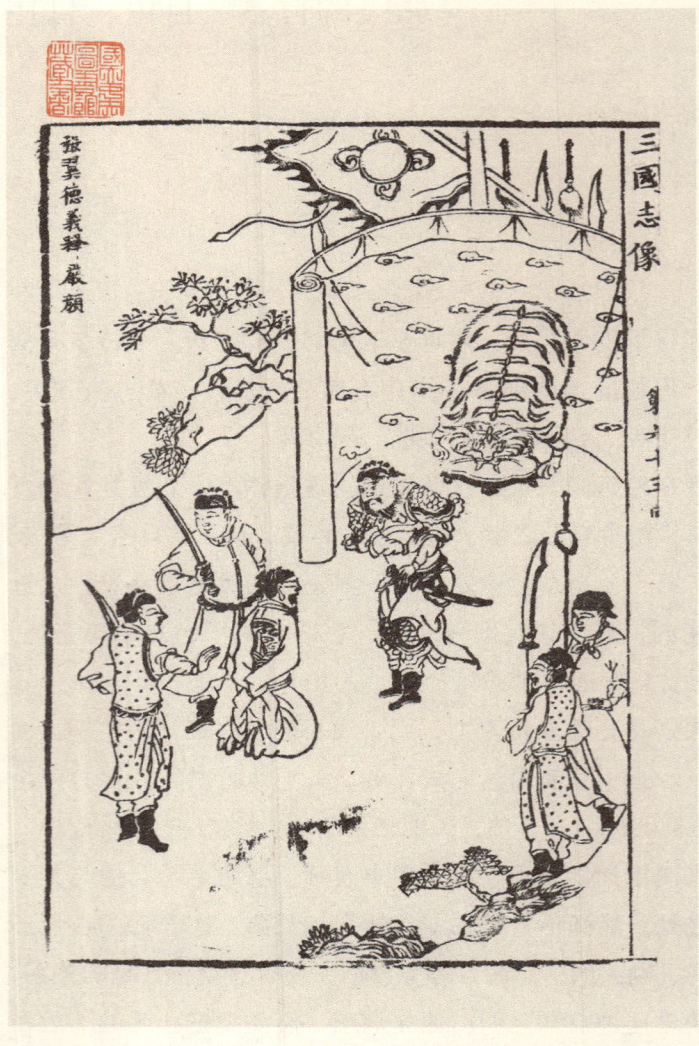

三国志像，绣像金批第一才子书，毛声山评点，金圣叹序，清初刊本大魁堂藏版

法正之流，也有临死不惧的硬骨头。"张飞杀到巴郡城下，后军已自入城。张飞叫休杀百姓，出榜安民。群刀手把严颜推至。飞坐于厅上，严颜不肯下跪。飞怒目咬牙大叱曰：'大将到此，何为不降，而敢拒敌？'严颜全无惧色，回叱飞曰：'汝等无义，侵我州郡！但有断头将军，无降将军！'飞大怒，喝左右斩来。严颜喝曰：'贼匹夫！砍头便砍，何怒也？'"读到这里，谁能说蜀中无人呢！

"张飞见严颜声音雄壮，面不改色，乃回嗔作喜，下阶喝退左右，亲解其缚，取衣衣之，扶在正中高坐，低头便拜曰：'适来言语冒渎，幸勿见责。吾素知老将军乃豪杰之士也。'严颜感其恩义，乃降。"

毛宗岗父子，对张飞义释严颜，这样评道："翼德生平有快事数端：前乎此者，鞭督邮矣，骂吕布矣，喝长坂矣，夺阿斗矣。然前数事之勇，不若擒严颜之智也；擒严颜之智，又不若释严颜之尤智也。"对张飞这个人物，又多了一层理解。

这对父子对于《三国演义》的整理改编，文字润饰，做出不少贡献。最有名的例证，就是添加上去那首气势磅礴的卷首诗。虽为明人杨慎所作，但浑然一体，似成不可分开的完璧。而在刘玄德三顾茅庐中的第二次，进入草堂，那"淡泊以明志，宁静而致远"的对联，以及"观此二语，想见其为人"的评语，诸葛亮人物尚未登场，但这位山人的形象，从对联的十个字中，其风范，其言行，也就足以了解个七七八八了。可以这样说，章回小说从手抄本，到石印本，到活字排版，蔚为大观，成为明清以来白话文学的主流，评点家起到推波助澜的作用，不可低估。

章回小说的评点，肇始于明人李贽，为明神宗万历三十八年（1610）容与堂刻一百回本《李卓吾先生批评忠义水浒传》，然后，张竹坡评《金瓶梅》，金圣叹评《水浒传》，毛宗岗父子评《三国演义》，以及脂砚斋评《石头记》，便广泛流行开来。没有人研究过，中国章回小说的评点，是如何得以问世三五百年而不衰？为什么五四以后不几年，很快销声匿迹？我想，这和方块字的直行书写方式，大有关系。使得这种插入正文中的评论，有了立足之地。先是文字的评语，以小字双行，嵌入正文间。继而以小字加框，置于书眉。尔后变本加厉，回前回后也充斥着各家的评论。与文字插进同时，还有圈点，附于字旁，有顿号，有句号，以起警示和断句之用。但所以很快退出图书市场，也与白话文的兴起，而文言文不再使用有关。文言文词简意赅，多用典故，短小精悍，半文不白，最适于做评点文字。一旦这个基础失去，皮之不存，毛将焉附。章回小说和章回小说的评点，便成明日黄花了。

　　这种评论家得以与作家在同一平台上发声的奇景，在这个世界上称得上独一无二，是只有我们中国文学才有的评论样式。然而，随着章回小说的热潮消退，五四新文学运动中现代小说的兴起，那种依附于章回小说的评点，也退出了历史舞台。

　　不过，古典白话小说的评点，还是读懂作品的一把钥匙，评点，说白了，是评点者介入于作者和读者之间的对话，听听，会有益处。

"生民百遗一，念之断人肠"

　　君子之争，常常意气用事，小人之争，往往攘臂挥拳。休看马超将门子弟，士族出身，其实，是个头脑简单、四肢发达的粗人，靠拳头思维而不通过头脑思考。既很容易因利害关系，分配不当，撕破脸皮，不念旧情，也很容易因些许甜头，仨瓜俩枣，重归于好，海誓山盟。从生物学的角度观察，越是低等动物，其感应力越接近于本能的条件反射，而少经脑细胞的考量。看刘璋和张鲁这两个窝囊废，从昨天的不共戴天，到今朝的勾肩搭背，看马超之三天两变，敌忽为友，友复成敌，也只有付之一粲了。

　　"正斗间，刺斜里大队军马杀来。原来是夏侯渊得了曹操军令，正领军来破马超。超如何当得三路军马，大败奔回。走了一夜，比及平明，到得冀城叫门时，城上乱箭射下。梁宽、赵衢立在城上，大骂马超；将马超妻杨氏从城上一刀砍了，撇下尸首来；又将马超幼子三人，并至亲十余口，都从城上一刀一个，剁将下来。超气噎塞胸，几乎坠下马来。"随后，马超接着血洗城中百姓，杨阜、尹奉、赵昂全家，无一幸免，统统杀掉。那场面，相当血腥。残杀是人类的恶行，

三国志像，绣像
金批第一才子
书，毛声山评
点，金圣叹序，
清初刊本大魁堂
藏版

一套二十四史，尸陈遍野，血流成渠的屠杀，
不胜枚举。

这其间，统治者杀臣下，反叛者杀皇上，
起义者杀官员，镇压者杀百姓，乃至于军阀诸
侯，文臣武将的互杀；地方政权，边民渠首的

乱杀；宫廷政变，王子后妃的残杀；流寇扫荡，赤土千里的屠杀……一直到杀红了眼，人头滚滚，斩草除根，诛无遗噍，一直到祸殃黎庶，罪及无辜，血雨腥风，天昏地暗。人命若蝼蚁，动辄以万计，以十万计地被杀、被坑、被流放、被当成牺牲品。不要说公正的审判，甚至良知的谴责也没有。等成为历史以后，一行两行字，轻描淡写，一笔带过。就看司马迁笔下的秦赵长平之战，就知道中国人死之易，死之众，以及死得多么无足轻重。

秦昭襄王四十七年（前260），"秦闻马服子将，乃阴使武安君白起为上将军。而王龁为尉裨将，令军中有敢泄武安君将者斩。赵括至，则出兵击秦军。秦军佯败而走，张二奇兵以劫之。赵军逐胜，追造秦壁。壁坚拒不得入，而秦奇兵二万五千人绝赵军后，又一军五千骑绝赵壁间，赵军分而为二，粮道绝。而秦出轻兵击之。赵战不利，因筑壁坚守，以待救至。秦王闻赵食道绝，王自之河内，赐民爵各一级，发年十五以上悉诣长平，遮绝赵救及粮食。至九月，赵卒不得食四十六日，皆内阴相杀食。来攻秦垒，欲出。为四队，四五复之，不能出。其将军赵括出锐卒自搏战，秦军射杀赵括。括军败，卒四十万人降武安君。武安君计曰：'前秦已拔上党，上党民不乐为秦而归赵。赵卒反覆。非尽杀之，恐为乱。'乃挟诈而尽坑杀之，遗其小者二百四十人归赵。前后斩首虏四十五万人。赵人大震。"

这是中国历史上第一起最为骇人听闻的大屠杀。

而汉末至三国的大屠杀，是继秦末到汉初的大屠杀，又一次造成中国人口的大衰减。有人统计过，汉桓帝延熹年间，全国人口约为五千万，经过黄巾之乱，董卓之乱，诸侯大战，最后，赤壁大战，鼎足三分，在这半个多世纪中，人口缩减五分之四，只剩下不足千万人。曹操写过一首挺伤感的诗："白骨露于野，千里无鸡鸣。生民百遗一，念之断人肠。"其实，汉献帝初平四年（193），曹操的父亲及家属被杀，攻陶谦，也是有过屠城记录的。

在中国长时期的封建社会里，人的价值，在握有权柄者眼里，是无足轻重的。包括把人不当人的，也包括被人不当人的，也都不觉得人之如此无保障为不正常。

假仁战胜真仁

第六十四回（下）：杨阜借兵破马超

有人认为三国期间，只有这位刘璋才是最讲仁义，最为仁慈，而《三国演义》不这么看，所以，也不这么说。在罗贯中眼里，刘备才是以仁义行天下，我们记得，江陵大撤退，携民渡江，爱民如子。渡江以后，那些老百姓到哪里去了，不见下文，谁也说不上来，但书上交代很清楚，摆脱曹军追赶的刘备，终与阿斗、夫人团聚，诸葛亮、赵云，关、张，还有刘琦，齐在江心相见，商量下步对策。老百姓的死活，已不在刘备仁义的关照之下了，这种能行仁义时则仁义之，不能行仁义时，你也就不必怪他不讲仁义，大概便是刘玄德的仁义了。

刘璋虽是弱暗之君，但不忍心老百姓因他之故遭到战争杀戮，看来他的"仁"，是真"仁"，然而，真"仁"，绝对要败给假"仁"的。这也是刘备最终将刘璋吞并了的原因。可曹操所以比之刘备更为气盛力壮，始终处于上风，压得他抬不起头，喘不过气，就是因为魏武索性连"仁"都不讲。干脆"宁我负人，人毋负我"，倒也不失英雄本色。所以曹操招牌面孔是笑，刘备的招牌面孔是哭，至于真笑、假笑，真哭、

三国志像，绣像金批第一才子书，毛声山评点，金圣叹序，清初刊本大魁堂藏版

假哭，则视需要而定。

现在看来，曹操不仁，最为强势，刘备假仁，兵临城下，刘璋真仁，扫地出门。接下来的故事便是"人报城北马超救兵到，刘璋方敢登城望之。见马超、马岱立于城下，大叫：'请刘季玉答话。'刘璋在城上问之。超在马上以鞭指曰：'吾本领张鲁兵来救益州，谁想张鲁听信杨松谗言，反欲害我。今已归降刘皇叔。公可纳土拜降，免致生灵受苦。如或执迷，吾先攻城矣！'刘璋惊得面如土色，气倒于城上。众官救醒。璋曰：'吾之不明，悔之何及！不若开门投降，以救满城百姓。'董和曰：'城中尚有兵三万余人；钱帛粮草，可支一年：奈何便降？'刘璋曰：'吾父子在蜀二十余年，无恩德以加百姓；攻战三年，血肉捐于草野，皆我罪也。我心何安？不如投降以安百姓。'众人闻之，皆堕泪。"

清人毛宗岗，《三国演义》评点大家，至此，耐不住了，担笔写道："有仁心，然从来有仁心者，每每吃亏，每每失事，为之一叹。"刘璋好心收留刘备，一是皇叔的英名，二是皇叔的仁义，三也是他那些背主求荣的部下撺掇，结果，引狼入室，养虎遗患，哪想到好心换来的却是鸠占鹊巢。毛宗岗分析道："厚为无用之别名，非忠厚之无用，忠厚而不精明之为无用也。刘璋失岂在仁，失在仁而不智耳。"

在他看来，厚道为无用的代名词，刘璋每每吃亏，每每失事，就是有人利用了他的仁义之心，不是你的仁心有了什么错，而是你仁而不智，连好赖人都分不清，那还能不吃亏上当吗？

结果也就只能这样了，劣币驱逐良币，假仁战胜真仁。"于是刘璋决计投降，厚待简雍。次日，亲赍印绶文籍，与简雍同车出城投降。玄德出寨迎接，握手流涕曰：'非吾不行仁义，奈势不得已也！'共入寨，交割印绶文籍，并马入城。"刘备那一套，又搬演一次，一是哭，"握手流涕"，二是仁义，这一回，他稍加解释，"非吾不行仁义，奈势不得已也！"这当然是假惺惺了，要是按庞统主意，三下五除二，不也以"不得已"三字了结吗？结果，绕了一大圈，送了庞统的命，还是以不仁义的手段了结，真是何苦来哉？

清人王夫之说："论者曰：'刘璋暗弱'……岂果昏屠之甚乎？其不断者，不能早授州于先主，而多此战争耳……自知不逮而引退以避之，皆可谓保身之智矣。其属吏悻悻以争气矜之雄，以毒天下，何足尚哉！"当然，有一丝清醒，总比彻底的昏聩好，但王夫之应该知道，握权者通常是不肯自动下台的，刘璋在围城前走出围城，总算良知未泯。陈寿在《三国志》里，则说得婉转一些："璋才非人雄，而据土乱世，负乘致寇，自然之理，其见夺取，非不幸也。"

在李贤招集文官注的范晔《后汉书》里，谈到刘璋最后的下落。"备迁璋于公安，公安，今荆州县。归其财宝，后以病卒。《蜀志》曰：'先主迁璋于公安南，犹佩振威将军印绶。孙权破关羽，取荆州，以璋为益州牧，留驻秭归。'"这不知是孙权的幽默感呢，还是天道好还，荆州又回到东吴手里，刘璋又任为益州牧，而驻地正好安排在秭归，这让九泉之下的刘备情何以堪？

不可救药的个人英雄主义

第六十五回（上）：马超大战葭萌关

马超归顺刘备，关羽要从荆州回来与马超比试高低。这种满脑袋个人英雄主义，自以为老子天下第一的人，是非有这事，非有这话不可，绝对要出这种笑话的。最可怕的，是他不知道这是笑话，而将笑话当正经，这脑袋瓜子，也太进水了吧？

"一日，玄德正与孔明闲叙，忽报云长遣关平来谢所赐金帛。玄德召入。平拜罢，呈上书信曰：'父亲知马超武艺过人，要入川来与之比试高低。教就禀伯父此事。'玄德大惊曰：'若云长入蜀，与孟起比试，势不两立。'孔明曰：'无妨。亮自作书回之。'"

关羽的骄矜自满，刚愎自用，自以为是的性格，到独挑大梁，驻守荆州后，更是目中无人。自我感觉便特别好。这种近乎笑话的可怕错觉，一是来源于对自己功绩过于膨胀的估计；二是来源于刘备的过分亲信倚重，逾于常格而无所制约。王夫之认为："关羽，可用之材也，失其可用而卒至于败亡，昭烈之骄之也，私之也。"刘备把这样一员能"于百万军中取上将之头，如探囊取物耳"的战神，派到魏、蜀、吴相峙的敏感地区，主持全面工作，太失当了。他跟你是哥们儿，你信得过他，但他干得了，干不了，并不取决于你对他的信任和他对你的忠诚。对既无战略思想，更无政治才能，谈不上高瞻远瞩，更无所谓通盘谋划的关羽来说，根本就是一副挑不动的担子；三是来源于诸葛亮无原则的迁就，与一再地退让，使得这个运输专业户得到精神上的胜利而更加狂妄。

就看坐镇荆州的这位关老爷，拒婚孙权，激怒东吴的缺心眼；谢爵辞封，目空天下的自大狂；水淹七军，胜利冲昏头脑的骄加之躁，冷淡鲁肃，居心瓦解盟约，感情用事，随意而为，本是推车小贩出身的关羽，哪里是搞政治、搞外交的料，只因是拜把子兄弟，偏要他在这举足轻重的关键地区，关键时期，担当这个关键职务，加之他很不谦虚，加之他傲慢无礼，加之他背着过五关斩六将的包袱，不败何待？

"诸葛公东使，鲁肃西结，遂定二国之交，资孙氏以破曹，羽不能有功，而功出于亮。刘琦曰：'朝廷养兵三十年，而大功出一儒生。'羽于是以忌诸葛者忌肃，因之忌吴，而葛、鲁之成谋，遂为之灭裂而不可复收。然而肃之心未遽忿羽而堕其始志也，以义折羽，以从容平孙权之怒，尚冀吴、蜀之可合，而与诸葛相孚以制操耳。身遽死而授之吕蒙，权之忮无与平之，羽之忿无与制之，诸葛不能力争之隐，无与体之，而成谋尽毁矣。肃之死也，羽之败也。操之幸，先主之孤也。悲夫！"这是王夫之《读通鉴论》中对关羽的看法，一个"忌"字，以致祸蜀、败国、身亡的结果，能不令人引以为训吗？

关羽的英武盖世，威震华夏，就因为他既有百万军中取上将之头的勇气，也有横扫千军如卷席之威风，更有忠贞节

烈刚正不阿之大义，和临危不惧虽龙潭虎穴不
辞之胆略。人，是需要一点精神的，正因为《三
国演义》一书所塑造的他，凝聚了中华文化中
视为典范的精神全部，这样，他就成了人们景
仰的神。大家视其为神，可以，自己视自己为

三国志像，绣像金批
第一才子书，毛声山
评点，金圣叹序，清
初刊本大魁堂藏版

神，那就是病。

于是，诸葛亮修书一封："以亮度之：孟起虽雄烈过人，亦乃黥布、彭越之徒耳；当与翼德并驱争先，犹未及美髯公之绝伦超群也。"诸葛亮不但没有斥之为盲目冲动的愚蠢之举，反而助纣为虐地进行吹捧。接下来："云长看毕，自绰其髯笑曰：'孔明知我心也。'将书遍示宾客，遂无入川之意。"在这个世界上，突然有了很大的权，很多的钱，很响的名，而后头脑发热，感觉错位，在别人眼里，不过是可笑的浅薄而已。而他本人，总是发热错位下去，后果肯定不会很好。要是关老爷有些许清醒，恐怕也不至于败走麦城，身首异处。看来，诸葛亮作为一个知识分子，也有其无药可治的软弱性，对于这位身居高位，后台很硬，自视为神，不买他账的汉寿亭侯，除了顾全大局以自勉，并大抹稀泥外，还能有什么作为呢？

《蜀科》之宽严

第六十五回（下）：刘备自领益州牧

　　刘备迁璋于南郡公安后，自领益州牧。牧是地方官，与他这多年来夺城略地、南征北战不同。那时，领导一支游移不定的部队，除了向地方政权索要粮秣供应外，其他事务，基本上井水不犯河水，因为刘备连他自己，也不能确保上顿饭在这里吃，下顿饭是否还在这儿吃。所以，刘表之子刘琮降操，不打招呼，刘备才火冒三丈。连打背包的时间都没有，不得被曹操活捉？现在总算有了一块落地生根的站脚之处，也有个一方诸侯的样儿了，于是，《蜀科》列入议程。什么是《蜀科》，就是他统治之下的益州地方法，当时他还没有立国，所以标上"蜀"，表示这《蜀科》，同时适用于他管辖的其他地区。刘备也好，孙权也好，与曹操最不同处，刘、孙从来也没打统一全国的算盘，制定《蜀科》，表明刘备只打算在四川盆地长治久安了。不久，曹操死，曹丕篡汉为魏，刘备和孙权相继称帝。

　　《蜀科》，实际是诸葛亮以法治蜀的纲领。

　　一般而言，在中国历史上，乱世当宽容，弛世用重典，是具体情况下执法宽和严的两种选择。在《三国志·诸葛亮

三国志像，绣像
金批第一才子
书，毛声山评
点，金圣叹序，
清初刊本大魁堂
藏版

传》的注中，有引《蜀书》的一节，就有诸葛
亮和法正的一次辩论。

"亮刑法峻急，刻剥百姓，自君子小人咸怀
怨叹，法正谏曰：'昔高祖入关，约法三章，秦
民知德，今君假借威力，跨据一州，初有其国，

未垂惠抚；且客主之义，宜相降下，愿缓刑弛禁，以慰其望。'
亮答曰：'君知其一，未知其二。秦以无道，政苛民怨，匹夫
大呼，天下土崩，高祖因之，可以弘济。刘璋暗弱，自焉已
来有累世之恩，文法羁縻，互相承奉，德政不举，威刑不肃。
蜀土人士，专权自恣，君臣之道，渐以陵替；宠之以位，位
极则贱，顺之以恩，恩竭则慢。所以致弊，实由于此。吾今
威之以法，法行则知恩，限之以爵，爵加则知荣；荣恩并济，
上下有节。为治之要，于斯而著。'"

制定《蜀科》的五人，为诸葛亮、法正、伊籍、刘巴、
李严。因此，发生究竟是从严，还是从宽的争论，也应该是
件正常的事。诸葛亮认为，暴秦酷政，天怒人怨，因此，刘
邦的法治从宽，以利于老百姓休养生息。而刘焉、刘璋治下
的益州，连他自己都承认，父子二人，二十多年，无恩德于
百姓，加之，豪强大族，扩张势力，欺凌乡里，榨取财富，
无所不为，也无法可治，以致穷苦百姓，申诉无门，难以为生，
起而抗争，蜀中本系沃土，形同乱世，纷扰不宁。因而对"德
政不举，威刑不肃"的西蜀，诸葛亮是要执行从严的法律，
扶弱抑强，赏罚分明。

裴松之不赞成《蜀书》的说法，他的意见是，既然人们
一致称颂诸葛亮行的是善政，那么，善政怎么能够"刻剥百姓"
呢？

这就是这位史家的迂执了。《三国志·法正传》有这样一
段逸事，"以法正为蜀郡太守、扬武将军，外统都畿，内为谋主。
一餐之德，睚眦之怨，无不报复，擅杀毁伤己者数人。或谓
诸葛亮曰：'法正于蜀郡太纵横，将军宜启主公，抑其威福。'

年画，取成都，天津杨柳青

亮答曰：'主公之在公安也，北畏曹公之强，东惮孙权之逼，近则惧孙夫人生变于肘腋之下；当斯之时，进退狼跋，法孝直为之辅翼，令翻然翱翔，不可复制，如何禁止法正使不得行其意邪！'"主张从宽者的法正，"一餐之德，睚眦之怨，无不报复"。主张从严者的诸葛亮，"如何禁止法正使不得行其意邪！"此一时，彼一时，人都在变化之中，出现这样或那样的悖背现象，也都得习惯辩证地看问题。

　　尽管诸葛亮英明无比，但在一些问题的处置上，也并非至美至善的。对于诸葛亮的治绩，有"刑法峻急，刻剥百姓，自君子小人感怀怨叹"的非议。对其北伐，也有"空劳师旅，无岁不征，未能进咫尺之地，开帝王之基，而使国内受其荒残，西土苦其役调"的歧议。由此可见，即使这些微词，也无碍于这位伟人的伟大。

　　失之以宽，失之以严，都不利于治。任何事情，总应适度为佳。

单刀赴会的智慧

第六十六回（上）：关云长单刀赴会

　　诸葛亮舌战群儒，关云长单刀赴会，都是在弱势下，通过正面接触而取胜的例证。

　　一拖二赖三蛮，诸葛亮关于荆州的政策，无非这几个字。成也荆州，败也荆州。西蜀在这个问题上，从来处于被动挨打状态，无计可施。所以，一得西川，便扎了老营，再舍不得离开，也和这种长年吃的无根据地之苦，是分不开的。但孙权也不是吃素的，你得了益州，那你就得还我荆州。"及备西攻刘璋，权曰：'猾虏，乃敢挟诈如此！'备留关羽守江陵，鲁肃与羽邻界；羽数生疑贰，肃常以欢好抚之。及备已得益州，权令中司马诸葛瑾从备求荆州诸郡。备不许，曰：'吾方图凉州，凉州定，乃尽以荆州相与耳。'权曰：'此假而不反，乃欲以虚辞引岁也。'遂置长沙、零陵、桂阳三郡长吏。关羽尽逐之。"

　　于是，有了关云长单刀赴会的故事。"鲁肃欲与关羽会语，诸将疑恐有变，议不可往。肃曰：'今日之事，宜相开譬。刘备负国，是非未决，羽亦何敢重欲干命！'乃邀羽相见，各驻兵马百步上，但诸将军单刀俱会。肃因责数羽以不返三郡，羽曰：'乌林之役，左将军身在行间，戮力破敌，岂得徒劳，无一块土，而足下来欲收地邪！'肃曰：'不然。始与豫州观于长坂，豫州之众不当一校，计穷虑极，志势摧弱，图欲远窜，望不及此。主上矜愍豫州之身无有处所，不爱土地士民之力，使有所庇荫以济其患；而豫州私独饰情，愆德堕好。今已藉手于西州矣，又欲翦并荆州之土，斯盖凡夫所不忍行，而况整领人物之主乎！'羽无以答。会闻魏公操将攻汉中，刘备惧失益州，使使求和于权。"

以上是《资治通鉴》汉纪五十九所述，到了《三国演义》，关羽则成了"不入虎穴，焉得虎子"的天大英雄。"平谏曰：'父亲奈何以万金之躯，亲蹈虎狼之穴？恐非所以重伯父之寄托也。'云长曰：'吾于千枪万刃之中，矢石交攻之际，匹马纵横，如入无人之境；岂忧江东群鼠乎！'马良亦谏曰：'鲁肃虽有长者之风，但今事急，不容不生异心。将军不可轻往。'云长曰：'昔战国时赵人蔺相如，无缚鸡之力，于渑池会上，觑秦国君臣如无物；况吾曾学万人敌者乎！'既已许诺，不可失信。"目中无人至此，就不是一般而言的战略上的藐视了。虽然他"青巾绿袍，坐于船头；傍边周仓捧着大刀；八九个关西大汉，各跨腰刀一口"，精气神爆棚，挑战劲强悍，关羽也挺会来上一点心理攻势。但是，在谈判桌上，鲁肃头头是道，句句在理，关羽强硬不行，诘辩不能，只有一个劲地回避，对比诸葛亮舌战群儒，就有小巫与大巫之别了。

关羽最后一手，"手提大刀，亲握鲁肃……云长到船边，却才放手，早立于船首，与鲁肃作别。肃如痴似呆，看关公船已乘风而去"，老关到底是在江湖上混过的，读书出身的鲁

三國志

遗香堂绘像三国志，明末安徽新安黄氏刻本

肃，哪防着他会来黑社会这一手。

从这节演义来看，我们明白，在两军对垒、双方列阵的正面冲突中，一个懂政治的军事家，是不会完全排除与对手直接接触的机会的。这既能表现统帅人物的胆识、勇气和大无畏的精神，造成先声夺人、压倒敌方的气势；也能在针锋相对的斗争中，获得有些在战场上无法得到的胜利成果。从战争角度看，做这样的冒险，是值得的，也是必要的。

所以，大手笔是不怕做这样的文章的，关羽所以成圣成帝，单刀赴会是他一生相当辉煌的一页。第一，他敢去。第二，他不辱使命。何况他实在没有什么理由赖地不还，《资治通鉴》载他确被鲁肃驳诘得口哑。第三，陆口赴会，他能进得去，也能出得来，那气势确也不凡。

匹马单枪，身陷虎口，在敌对阵营谈判、交涉，进行面对面的较量，是具有极大危险性的。但若能不卑不亢，随机应变，抓住矛盾，百倍提防，也会化险为夷。诸如诱惑腐蚀，威胁恐吓，那更是必然的考验。至于撕破协议，翻脸赖账，恃强欺弱，扣留关押，在历史上也是不乏先例的事。

因此，这类出奇制胜之法，很大程度上取决于当事人能否审时度势，准确判断，反应敏锐，措施得力，不造成任何失误的才干了。

一个傀儡皇帝的两次挑战

　　自公元 196 年（汉献帝建安元年），曹操迎汉献帝迁都许昌，汉献帝刘协便失去自由，成为曹操的俘虏。住进镀金的牢笼，因为他是皇帝，有利用价值，得以享受这等优渥待遇。从他 9 岁开始，直到魏文帝黄初元年（220），曹操死，他被曹丕篡位，当了 31 年汉朝最后一任皇帝的他，有 24 年，是被曹操操纵的傀儡。他这一生，可以用"悲惨"二字概括。曹丕封他为山阳王，时年 40 岁，从此再无消息。因为他等到对他来说，无异杀人魔王的曹操终于死掉，所以，我相信刘协死的时候，眼睛是能闭上的，那年为魏明帝青龙二年（234），刘协终年 54 岁。由于他的儿子全被曹操灭掉，他的继承人是他的孙子。

　　司马光《资治通鉴》云："帝自都许以来，守位而已。左右侍卫莫非曹氏之人者。"所以，刘协在这 24 年间，尽管尊为帝王，但与囚犯无异，

　　但汉献帝若与其父汉灵帝，其祖汉桓帝，串换一下位置的话，他的政绩肯定要比那两位昏君强百倍。但正如范晔在《后汉书》中所说，"天厌汉德久矣，山阳其何诛焉！"汉王朝

终结在他手中，不是他的错。"传称鼎之为器，虽小而重，故神之所宝，不可夺移。至令负而趋者，此亦穷运之归乎！"若就刘协的个人品德来说，也许是上天赐给东汉的最佳君主，然

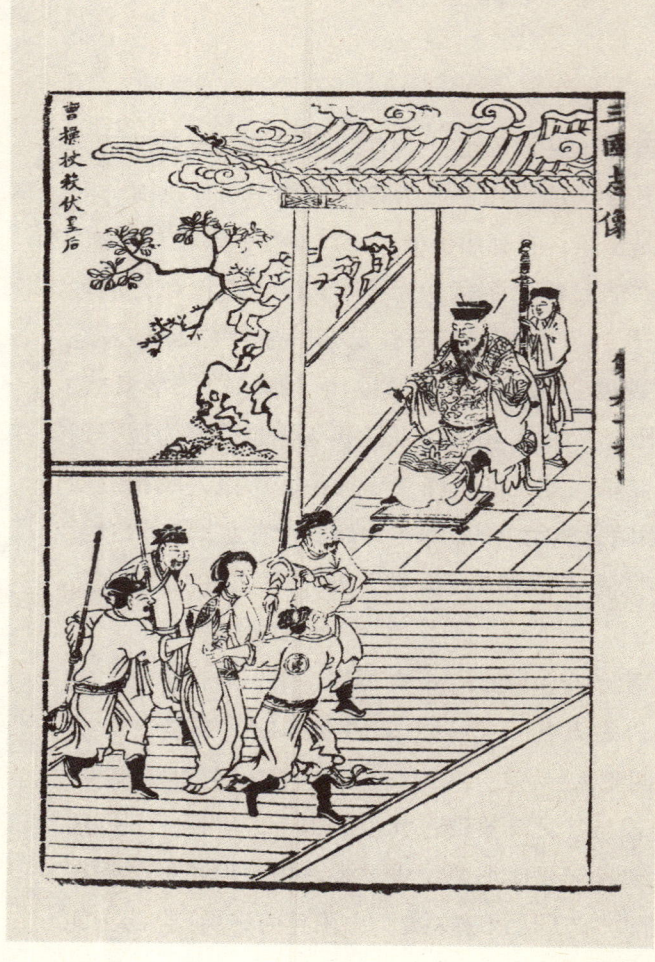

三国志像，绣像金批第一才子书，毛声山评点，金圣叹序，清初刊本大魁堂藏版

而，不幸的是他碰到一个太强势的对手。所以，这个不甘心命运作弄，总是想改变自己的人，虽然，他失败了，而且失败得很惨，但在值得同情的同时，他的不肯甘心，不也赢得了一些尊敬吗！

一个只有帝王头衔，而实为狱囚的刘协，一个想在四周全是监视的眼睛下搞复辟的皇帝，竟然在他有生之年内，向其强大的对手，发起过两次挑战。

第一次为汉献帝建安五年（200），刘协以衣带诏，令董贵人之父车骑将军董承设法诛杀曹操。董承遂与刘备、马腾以及种辑、吴子兰、王子服等串联，"春，正月，董承谋泄；壬子，曹操杀承及王服、种辑，皆夷三族"。第二次为汉献帝建安十九年（214），"董承女为贵人，操诛承求贵人杀之。帝以贵人有妊，累为请，不能得。伏皇后由是怀惧，乃与父完书，言曹操残逼之状，令密图之，完不敢发。至是，事乃泄，操大怒，十一月，使御史大夫郗虑持节策收皇后玺绶，以尚书令华歆为副，勒兵入宫，收后。后闭户，藏壁中。歆坏户发壁，就牵后出。时帝在外殿，引虑于坐，后被发，徒跣，行泣，过诀曰：'不能复相活邪？'帝曰：'我亦不知命在何时！'顾谓虑曰：'郗公，天下宁有是邪！'遂将后下暴室，以幽死；所生二皇子，皆鸩杀之，兄弟及宗族死者百余人"。

这年，曹操60岁，花甲之年，依旧杀气腾腾，213年杀伏后、伏完，215年屠西北贵族，216年杀崔琰、毛玠，对皇室、贵族、士人的反对派联合阵线的一次次镇压行动，始终没有放下那把"宁我负人，人毋负我"的屠刀。曹操的赐死崔琰令中说"琰虽见刑，而通宾客，门若市人。对宾客虬须直视，若有所瞋"。表明来自新兴阶层的暴发户曹操，对于出身于高门华族的老派守旧人士，多么鄙视。但独对于刘协，将近二十年，狼和羊"和平"共处，既没有干掉他自己登位，也没有把他的挑战多么当回事，不过放在那里当摆设罢了。失去最起码的自由，能有什么作为呢？所以，他对曹操恳求"肯相辅则幸甚，不尔，愿垂恩相舍"，也是真不想当这个皇帝的。但是，皇室及其残余势力，复辟之心不死，明知是在作无望的挣扎，也要豁出命来与曹操一拼，这种拿鸡蛋往石头上碰的挑衅，只能激起枭雄大开杀戒而已。

然而，人是复杂的，他仇视旧朝，但一辈子不敢称帝。不称帝，又把自己的女儿，嫁给这个他绝看不上的汉献帝，其心灵扭曲，大概就是中国人的正统心理作祟了，汉献帝建安二十年（215），曹操威逼刘协立其女曹节为皇后，自己要当国丈。这实在太有些莫名其妙了。

大敌不怯，小敌不藐

第六十七回（上）：曹操平定汉中地

　　大敌不怯，小敌不藐，任何一次战斗，对于统帅来讲，都不应该掉以轻心。轻敌，哪怕一点点，你就先败了。

　　曹操没把一个草野之人张鲁放在心上，以为弹丸之地，乌合之众，自然是不堪一击的。结果，进退维谷，左右为难，他本来志在必得，谁知却遇到一根难啃的骨头。

　　一错，错在他不具体了解地形地貌，这本是作战基本功，他轻率地相信那些拍马屁的僚属，这班人最擅长顺竿爬，按着你的意思灌米汤："张鲁易攻，阳平城下南北山相远，不可守也。"他信以为然。及至实地观察，才发现不是这么一回事，叹曰："他人商度，少如人意。"知道自己做出了错误的决断。曹操后悔，"吾若知此处如此险恶，必不起兵来"。二错，不知道对手的部下并非毫无战斗力，张鲁其弟张卫，颇是英勇善战的一员猛将。但是天佑曹操，因为雾天，前军误入敌营，得以侥幸获胜。《资治通鉴》汉纪五十九，载其事："攻阳平山上诸屯，山峻难登，既不时拔，士卒伤夷者多，军食且尽，操意沮，便欲拔军截山而还，遣大将军夏侯惇、将军许褚呼山上兵还。会前军夜迷惑，误入张卫别营，营中大惊退散。

侍中辛毗、主簿刘晔等在兵后，语惇、褚，言'官兵已据得贼要屯，贼已散走'，犹不信之。惇前自见，乃还白操，进兵攻卫，卫等夜遁。"另有郭颁《世语》记载："鲁遣五官掾降，弟卫拒王师不得进。鲁走巴中。军粮尽，太祖将还。……夜有野麋数千，突坏卫营，军大惊。夜高祚等误以为与卫众遇，卫以为大军见掩，遂降。"

这纯粹是一场"天祚大魏"的误会胜利，但却燃起曹营一鼓作气的战争冲动。谋士司马懿和刘晔跳出来，鼓动曹操攻蜀。"丞相主簿司马懿言于操曰：'刘备以诈力虏刘璋，蜀人未附，而远争江陵，此机不可失也。今克汉中，益州震动，进兵临之，势必瓦解。圣人不能违时，亦不可失时也。'操曰：'人苦无足，既得陇，复望蜀邪！'刘晔曰：'刘备，人杰也，有度而迟；得蜀日浅，蜀人未恃也。今破汉中，蜀人震恐，其势自倾。以公之神明，因其倾而压之，无不克也。若小缓之，诸葛亮明于治国而为相，关羽、张飞勇冠三军而为将，蜀民既定，据险守要，则不可犯矣。今不取，必为后忧。'"曹操是个见猎心喜，属于多血质型的冲动人物，当然按捺不住动手的欲望。不过，曹操高明于刘备、孙权的地方，就是他看得比他们远一点。他当然手痒难禁，第一，本来军队口粮将尽，现在从张鲁处虏获甚多，足可支撑下一场战争；第二，虽说帅老战久，战斗力下降，但打张鲁，并未十分消耗军力；第三，更何况暗探传来"蜀中一日数十惊，守将虽斩之而不能安也"，实在太诱惑他了。他也害怕机不可失，时不再来呀！

可他还是得感谢张鲁，对他的青徐兵来说，益州的地形地貌，远比张鲁的汉中更为复杂和陌生。关、张、赵、马、

三国志像，绣像
金批第一才子
书，毛声山评
点，金圣叹序，
清初刊本大魁堂
藏版

黄加在一起，要比一个张卫强得多，若无百倍
以上的兵力，难以敉平，曹操更害怕老天爷这
一回，不再把屁股坐在他这一边，从哪儿再天
降数千头麋鹿，为你造势啊？

　　但是，这个狡猾的老狐狸，也不说退军，

更不说开战，等着，装出若无其事的样子，其实心里盘算着打呢还是不打，七上八下。"居七日"，整整一个星期以后，"操问晔曰：'今尚可击否？'晔曰：'今已小定，未可击也。'"他这才下令班师。

曹操聪明，进入四川盆地也许不难，但要从那里再出来，就不容易了。临走，他开了一个庆祝大会，封张鲁为镇南将军，名义上是因为其弟张卫，败了就撤，撤了欲尽烧仓廪府库出奔南山，张鲁却说，仓廪府库，国家之有，不可废也，与刘璋一样，也就这点不肯作恶到底之心，感动了曹操，赏了他这个很响亮、很光彩的头衔。其实，我觉得曹操这样大张旗鼓，还是他内心里感谢这个草野之人，让他亲身领受教训，万万不能轻敌。如果不是他，说不定就陷在四川盆地出不来了。

值得注意的一点，最初作攻蜀主意的，为司马懿、刘晔，七天以后，他再咨询之人为刘晔。那么，司马懿到哪里去了呢？

既胜而能惧，是其慎也

第六十七回（下）：张辽威震逍遥津

汉献帝建安二十年（215）孙权再一次非常丢面子地败于张辽，与上一次，《三国演义》第五十三回"孙仲谋大战张文远"一样，都是吃了轻敌的亏。

孙坚、孙策、孙权父子，有一种家传的冲动，一言不合，抄家伙就打，好亲自上阵，好身先士卒，好跃马搦战，好冲锋向前。作为统帅，自然需要这样的士卒，但作为士卒，就未必欢迎这样的统帅了。俗话说，帅不离位，孙氏父子，在战场上，就缺乏这种大将风度。看起来，孙权的武艺，似比其兄其父逊色得多。难怪孙策死前交代，决机于两阵之间，卿不如我，举贤任能使各尽力，我不如卿了。

孙权其实是在曹操大举进兵东吴时，就吃过张辽亏的。但这一次，因趁曹操亲率大军西征，中原空虚，无暇顾及东南之际，骠骑突袭，以为胜券在握，指日可下。结果，偷鸡不着蚀把米，兵将不多的张辽，是个能打善守的硬骨头，民间传说他的威风以致吓得小儿不敢夜啼。劳师远征的孙权，身陷重围，无法脱身，差一点成为张辽的俘虏。张辽是一位有政治头脑，有军事天才的将军，关羽降操欲走，张辽被曹

三国志像，绣像金批第一才子书，毛声山评点，金圣叹序，清初刊本大魁堂藏版

操派来为说客，劝其留下。一是借重他和关羽惺惺相惜的友谊，二是借重他的人格力量，能晓之以义、动之以情，企图说服关羽。事未果，他如实禀报，并劝曹操放行，光明磊落，至堪钦敬。在合淝逍遥津，以数千之众，破十万大军，险几活捉孙权。曹操赞美张辽："合淝之役，辽、典以步卒八百，破贼十万，自古用兵，未之有也。使贼至今夺气，可谓国之爪牙矣。"

《资治通鉴》汉纪五十九，更写得绘声绘色。司马光乃大师级的史家，不足二百字，张辽之勇、之猛、之胆气、之爱部下的形象，跃然纸上，"于是辽夜募敢从之士，得八百人，椎牛犒飨。明旦，辽被甲持戟，先登陷阵，杀数十人，斩二大将，大呼自名，冲垒入至权麾下。权大惊，不知所为，走登高冢，以长戟自守。辽叱权下战，权不敢动，望见辽所将众少，乃聚围辽数重。辽急击围开，将麾下数十人得出。余众号呼曰：'将军弃我乎？'辽复还突围，拔出余众，权人马皆披靡，无敢当者。自旦战至日中，吴人夺气。乃还修守备，众心遂安。"

这一次教训，实在太深刻了，看来，张辽真是把孙权打疼了。多少年后，孙权还耿耿于怀。"张辽虽病，不可当也，慎之！"

张辽威震逍遥津，以七千兵力，敌住十万吴军，而且在东吴撤退时，猛虎发威，最后一个反扑，差点没把孙权生擒。"权守合淝十余日，城不可拔，彻军还。兵皆就路，权与诸将在逍遥津北，张辽觇望知之，即将步骑奄至。甘宁与吕蒙等力战扞敌，凌统率亲近扶权出围，复还与辽战，左右尽死，身亦被创，度权已免，乃还。权乘骏马上津桥，桥面已彻，丈余无版；亲近监谷利在马后，使权持鞍缓控，利于后著鞭以助马势，遂得超度。贺齐率三千人在津南迎权，权由是得免。权入大船宴饮，贺齐下席涕泣曰：'至尊人主，常当持重，今日之事，几致祸败。群下震怖，若无天地，愿以此为终身之诫！'权自前收其泪曰：'大惭谨已刻心，非但书绅也。'""这一阵，杀得江南人人害怕，闻张辽名，小儿也不敢夜啼。"

毛宗岗评曰："张辽之守合淝，其真大将之才乎！大将之才三：既胜而能惧，是其慎也；闻变而不乱，是其定也；乘机以诱敌，是其谋也。宜其为关公之器重欤！惟大将不惧大将，亦惟大将能知大将。"但张辽是个极讲政治的将领，而在这方面，说关羽是政治上的白痴，也许言重，但他在政治上确实不及格，才丢了荆州，是无法与保卫合淝的张辽，相提并论的。

著名的淝水之战，也因为投鞭断流的苻坚过于强大，而过于自大——这也是历史上所有大人物的通病——才不把东晋的谢安放在眼里，竟答应退一席地，让对手过河与其决战，这实在是荒唐的事情。而大军一退，则不可收拾，晋军乘势大举进攻，以弱胜强。因此，麻痹轻敌者，总是要吃苦头的。

张辽，早为丁原部属，后归董卓，再归吕布。曹操破吕布于下邳，俘辽，遂降。一员降将，能为曹操独当一面，国之干城，固不待言，然而，作为善将将者的曹操，不也值得我们刮目相看吗？

此一时也，彼一时也

第六十八回（上）：甘宁百骑劫魏营

崔琰之死，是三国时期政治斗争中的一个重要事件。

东汉政权的政治体系，是建立在秉承儒家文化传统的士族阶层上的；经济基础，则是以大量拥有田亩、奴婢和私家兵卒，施行奴役制度的政、经、耕、武四合一的地主庄园、豪强坞堡为支柱。汉末社会讲门阀，士族是很有实力，并具有深远影响的阶层。在政治上臧否人伦，操纵选举，阿党比周，左右政策，拥有极大的发言权。作为喉舌，便是那些大大小小的名士，崔琰则是这些名士中的佼佼者，众望所归的精神领袖。当时，朝廷命官，诸侯州牧，政府要员，地方豪强，不是出身于名门望族，便是和这样一个阶层存在着姻亲、故旧、门生、隶属等关系，构成了一支举足轻重的社会集团力量。

崔琰，第一，清河崔氏，为姓氏谱上的首户，具有不同一般的贵族身份。第二，遐迩皆知，乃时人景仰的名士，具有相当程度的感召力。第三，正直敢言，为地方官员敬畏的豪杰，具有一言九鼎的舆论权威。因此，曹操与袁绍战，得冀州后，首先拜访的就是这位士族的中坚。

那时，寒族出身的曹操，如果不是他挟天子以令诸侯，以武力荡平中原，根本不配与崔琰平起平坐。还记得陈琳那篇檄文吧？一张嘴"操赘阉遗丑"，因此，在立足未稳之际，不得不需要崔琰的支持，不得不与崔琰搞统一战线，不得不立授要职，辟丞相府东曹，拉崔琰来当自己的

三国志像，绣像金批第一才子书，毛声山评点，金圣叹序，清初刊本大魁堂藏版

官，不得不拍崔琰的马屁。"君有伯夷之风，史鱼之直，贪夫慕名而清，壮士尚称而厉，斯可以率时者已"。

曹操的先祖曹腾，为宦官，所谓"赘阉遗丑"，就是由此而来。这等人，是被排斥在高门贵族集团之外的。曹操得权以后，一方面不得不拉拢、延揽、礼聘、笼络这个阶层的代表人物；一方面不拘一格，唯才是举，大量起用那些地位较低的阶层中的人才。但士族阶层看不起曹操以及新贵，高品和寒门间矛盾依然存在。非我族类的摩擦也并未消除，故而不断采取绝对手段，对公然抵抗的复辟分子，对公开唱反调的大儒名流，大开杀戒。

清河崔氏，在士族中为最出类拔萃者。后来到了南北朝，一些出身寒微的帝王，携重礼定聘求媒于山东崔氏，也是冲着这个名门的贵族血统去的。崔琰和孔融、毛玠等世人瞩目的大名士，虽然实际上仕魏，但名目上却在仕汉，阳附曹操，阴存帝祚，并不与操一心一德。如果，建安十三年前，赤壁大战胜负未定，曹操还信心满满，想把华夏一统起来，他的用心一时半会儿还顾不及这些反对派，那么，建安十三年以后，赤壁大战已成败局，他原来的那份雄心壮志，大大压缩，这样，他便回过头来打扫庭院，扎紧篱笆。第一，他自己，由魏公而魏王，享受与天子不亚的尊荣，这种在士族眼里的狂妄尊大，当然是不能接受的。第二，将他们心目中的最神圣的象征汉献帝，进行彻底摧毁，而这种对帝室近乎亵渎的做法，更加激起保皇派和高门贵族的反抗。势之所至，不得不为，一把年纪，放在那里，也不得不为。

问题出在汉献帝建安二十一年（216），据《三国志》："后太祖为魏王，训发表称赞功伐，褒述盛德。时人或笑训希世浮伪，谓琰为失所举。琰从训取表草视之，与训书曰：'省表，事佳耳！时乎时乎，会当有变时。'琰本意讥论者好谴呵而不寻情理也。有白琰此书傲世怨谤者，太祖怒曰：'谚言"生女耳"，"耳"非佳语。"会当有变时"，意指不逊。'于是罚琰为徒隶，使人视之，辞色不挠。太祖令曰：'琰虽见刑，而通宾客，门若市人，对宾客虬须直视，若有所瞋。'遂赐琰死。"崔琰发现，并推荐曹操得以为官的杨训，写了一篇吹捧曹操的文字，他讨来一看，在文章上批了一句，"时乎时乎，会当有变时"，曹操认为有不逊之意，借此杀崔，是对这个阶层的整体所发出的一次警告。

崔琰对于曹操这些新兴阶层的崛起，始终"虬须直视，若有所瞋"，也就是看不上眼。到了现在，江山坐定，你跳出来反对他当魏王，或者，你不公开表示出这种想法，却飞短流长，那就别怪曹阿瞒不客气了。他早就说过，"斯可以率时者"，就是要你明白，此一时也，彼一时也，你还端着你的第一士族的架子，那你只有死路一条。

说方士

左慈，道教方士，《后汉书》有其传，原文如下，《三国演义》据此敷演成篇。

"左慈字元放，庐江人也。少有神道。尝在司空曹操坐，操从容顾众宾曰：'今日高会，珍羞略备，所少吴松江鲈鱼耳。'放于下坐应曰：'此可得也。'因求铜盘贮水，以竹竿饵钓于盘中，须臾引一鲈鱼出。操大拊掌笑，会者皆惊。操曰：'一鱼不周坐席，可更得乎？'放乃更饵钩沈之，须臾复引出，皆长三尺余，生鲜可爱。操使目前烩之，周浃会者。操又谓曰：'既已得鱼，恨无蜀中生姜耳。'放曰：'亦可得也。'操恐其近即所取，因曰：'吾前遣人到蜀买锦，可过敕使者，增市二端。'语顷，即得姜还，并获操使报命。后操使蜀反，验问增锦之状及时日早晚，若符契焉。

"后操出近郊，士大夫从者百许人，慈乃为赍酒一升，脯一斤，手自斟酌，百官莫不醉饱。操怪之，使寻其故，行视诸垆，悉亡其酒脯矣。操怀不喜，因坐上收，欲杀之，慈乃却入壁中，霍然不知所在。或见于市者，又捕之，而市人皆变形与慈同，莫知谁是。后人逢慈于阳城山头，因复逐之。

遂入走羊群。操知不可得，乃令就羊中告之曰："不复相杀，本试君术耳。"忽有一老羝屈前两膝，人立而言曰："遽如许。"即竞往赴之，而群羊数百皆变为羝，并屈前膝人立，云'遽如许'遂莫知所取焉。"

《后汉书》将左慈列入《方士列传下》，在其他史书（包括官方的正史）中，也多设有方士列传。由此可知，方士，在中国有着悠久的历史，是一个很庞杂、很混乱，与宗教，与神秘信仰，有着密切联系的诡异群体，凡从事炼金术、炼丹术、房中术、长寿术，以及以巫、卜、星、相为业者，都称为方士。因为中医有丸、散、膏、丹一说，中古以上，也曾被视为方士一流，葛洪《抱朴子》说得很清楚："是故古之初为道者，莫不兼修医术，以救近祸焉。"因为方士欲售卖其艺，必须假借行医治疗，得以接近目的人。所以，黄巾起事者张角、张宝、张梁，以施赈药水，招徕信徒，张鲁得以在汉中立脚，也是以五斗米道的行医治病，求得民众支持。嗣后，医师这个职业的神秘色彩，渐渐褪去，成为一门学问，遂不在方士之列。更早一些时间，连儒生也包括在方士之中，《史记·秦始皇本纪》："悉召文学方术士甚众，欲以兴太平，方士欲练以求奇药。"后来，秦始皇发现受骗，迁怒儒生，悉坑之于咸阳。他的儿子扶苏，向他解释，方士是方士，儒生是儒生，秦始皇暴怒之中，将其远谪北地。因此，方士的方，实际是简，方士，本义为读书人，或书生，久而久之，人们将儒生区别出去，将医生区别出去，基本上就剩下来名声越来越臭的，靠卖嘴皮混饭吃的方士了，而愈到科学昌明、文化发达的现代社会，这个群体的生存空间，也愈益狭窄，愈

遗香堂绘像三国志，明末安徽新安黄氏刻本

益苟延残喘。

为什么左慈掷杯的传说，能够有其市场呢？长期在小农经济状态下艰难生存的中国人，最敬畏者并不是皇帝而是天，因为靠天吃饭。所以，大家最神往的，莫过于比天还要厉害的超能力了。

对那些无能无为，无力无助，同时又是无声无息，无言无诉的大多数人来说，像左慈这样超凡脱俗的半人半仙，有无可抵挡的法力，有无所不能的本领，谁也奈何他不得，谁也拿他没办法，以不死不灭之身躯，为民出头，为民出气，视帝王为草芥，视权贵为虫豸，视财富为粪土，视强横为蝼蚁，便成为老百姓伸张正义的崇拜偶像，抚慰心灵的精神家园。这自然是无济于事的幻想寄托，屁事不顶的空虚自慰，连《后汉书》也相当质疑这种弄神弄鬼的现象："幽贶罕征，明数难校。不探精远，曷感灵效？如或迁讹，实乖玄奥。"

管辂为啥算准何晏

第六十九回（上）：卜周易管辂知机

在《三国志》中，管辂所占篇幅页码，次于君相，高于诸侯，很破例。但故事老套，其陈词滥调，不堪卒读，陈寿自己也殊感不雅，遂做出解释，所以不厌其烦地记录下这些神话，也无非是"广异闻而表奇事也"。

史家所以录这些三教九流于正史，一是史例，从司马迁的《史记》起始，就有《日者列传》《龟策列传》的设置，业已形成定式。二是史责，忠诚书写历史，乃史家神圣职责，不能以个人好恶来取舍历史。只有这样，后人读史，才能得以全面理解那个历史时期的中国人，其思想脉络，其生存状态。

但在《管辂传》中最早提及的何晏，不知何故未被《三国演义》述及。虽然《三国志》里关于何晏，只有短短两段文字，"晏，何进孙也。母尹氏，为太祖夫人。晏长于宫省，又尚公主，少以才秀知名，好老、庄言，作《道德论》及诸文赋著述，凡数十篇。"

"晏字平叔。《魏略》曰：'太祖为司空时，纳晏母并收养晏，其时秦宜禄儿阿苏亦随母在公家，并见宠如公子。苏即朗也。

三国志像，绣像金批第一才子书，毛声山评点，金圣叹序，清初刊本大魁堂藏版

苏性谨慎，而晏无所顾惮，服饰拟于太子，故文帝特憎之，
每不呼其姓字，尝谓之为'假子'。晏尚主，又好色，故黄
初时无所事任。及明帝立，颇为冗官。至正始初，曲合于曹
爽，亦以才能，故爽用为散骑侍郎，迁侍中尚书。晏前以尚
主，得赐爵为列侯，又其母在内，晏性自喜，动静粉白不去手，
行步顾影。晏为尚书，主选举，其宿与之有旧者，多被拔擢。
魏末传曰：晏妇金乡公主，即晏同母妹。公主贤，谓其母沛
王太妃曰：'晏为恶日甚，将何保身？'母笑曰：'汝得无妒晏
邪！'俄而晏死。有一男，年五六岁，宣王遣人录之。晏母
归藏其子王宫中，向使者搏颊，乞白活之，使者具以白宣王。
宣王亦闻晏妇有先见之言，心常嘉之；且为沛王故，特原不
杀。"

何晏虽尚公主，但一直不发达，魏明帝景初三年（239），
时机突然变得对何晏有利起来。"（明）帝寝疾，乃引爽入卧
内，拜大将军，假节钺，都督中外诸军事，录尚书事，与太
尉司马宣王并受遗诏辅少主。明帝崩，齐王即位，加爽侍中，
改封武安侯，邑万二千户，赐剑履上殿，入朝不趋，赞拜不
名。"曹爽受命执政，他的"发小"何晏，自然也跟着红了起
来。小人得志的他，手中握有权力时，玩弄政治，连老奸巨
猾的司马懿，也对他刮目相看。何晏最厉害的一手，就是说
服曹爽，将司马懿架空起来，疏隔起来，尊之弥高，而剥其
实权。"初，爽以宣王年德并高，恒父事之，不敢专行。及晏
等进用，咸共推戴，说爽以权重不宜委之于人。乃以晏、飏、
谧为尚书，晏典选举……诸事希复由宣王。宣王遂称疾避爽。
晏等专政。""是时，何晏以才辩显于贵戚之间，邓飏好交通，

合徒党，鬻声名于闾阎。""晏等依势用事，附会者升进，违忤者罢退，内外望风，莫敢忤旨。""分割洛阳，野王典农部桑田数百顷，及坏汤沐地以为产业，承势窃取官物，因缘求欲州郡。""晏等与廷尉卢毓素有不平，因毓吏微过，深文致毓法，使主者先收毓印绶，然后奏闻，其作威如此。"为非作歹，横行不法，可谓得意得不得了，以至于有人向曹爽的弟弟建议："何平叔外静而内躁，不念务本，吾恐必先惑子兄弟，仁人将远而朝政废矣！"

魏齐王嘉平元年（249）的高平陵事件，其实是司马懿发动的一场军事政变。结果，姜还是老的辣，何晏败在司马懿手里，杀他之前，司马懿还对他开了一个不大不小的玩笑。收监之初"宣王使晏与治爽等狱。晏穷治党与，冀以获宥。宣王曰：'凡有八族。'晏疏丁、邓等七姓。宣王曰：'未也。'晏穷急，乃曰：'岂谓晏乎！'宣王曰：'是也。'乃收晏。"

所以，他请管辂给他算命，管辂说了一些不中听的话，让何晏很不开心，后来，有人警告管辂，你敢得罪何尚书，不要命啦！管辂回答："与死人语，何所畏邪？"看来，这个何晏，即使在盛时，也已露出败象，可见人太狂妄了，便不可救药了。

燃在曹操脚下的火

第六十九回（下）：讨汉贼五臣死节

据《资治通鉴》汉纪六十，汉献帝建安二十三年（218），
"春，正月，吉邈等率其党千余人，夜攻王必，烧其门，射
必中肩，帐下督扶必奔南城。会天明，邈等众溃，必与颍川
典农中郎将严匡共讨斩之"。许昌的一次未遂政变，自然也是
由于曹操称王，而使矛盾尖锐化，引发出的小型暴动。当然，
很快给镇压下去，然后曹操进行了一次大屠杀，大清洗，重
整了他的国家机关。

从《三辅决录》所说中看得出来，当时的士族阶层中间，
所存在的反曹情绪，相当普遍，一呼百诺，意气相投："时有
京兆金祎字德祎，自以世为汉臣，自曰碑讨莽何罗，忠诚显
著，名节累叶。睹汉祚将移，谓可季兴，乃喟然发愤，遂与
耿纪、韦晃、吉本、本子邈、邈弟穆等结谋。……以祎慷慨
有日碑之风，又与王必善，因以闻之，若杀必，欲挟天子以
攻魏，南援刘备。……文然等率杂人及家僮千余人夜烧门攻
必，祎遣人为内应，射必中肩。必不知攻者为谁，以素与祎善，
走投祎，夜唤德祎，祎家不知是必，谓为文然等，错应曰：'王
长史已死乎？卿曹事立矣！'必乃更他路奔。……会天明，必

犹在，文然等众散，故败。"

曹操称魏王，受到忠于汉室人士的抵制，崔琰虽然被杀掉，并不等于整个士族阶层俯首帖耳。一些在权力层的臣宰官吏，一些仍拥有资望的名家子弟，以及一些名士，结成了反对曹操的神圣同盟。于是就密谋策划了这次复辟行动，以为能够里应外合，拥天子，召刘备，杀曹操，成大业。

这也是任何一个统治者初握政权时，必然会遇到的挑战，甚至很长时期以后，江山坐稳，天下太平，仍会有各式各样的复辟行动出现，只不过在形式上、方法上、规模上稍有不同而已。所谓人还在，心不死，就是个别顽固派，稍有可能，哪怕成功希望不大的可能，也是敢以身试法的。因为时光荏苒，苦日无多，与其在长期等待中被慢慢压迫死，不如死拼之，说不定还会出现翻盘的奇迹，在历史上，就有不少的孤臣逆子，曾经这样孤注一掷过。

许都这场内部动乱的发生，其原因是多方面的。一是曹操对于士族上层人物的镇压，逼得他们起而反抗；二是曹操面临政权交班，而曹丕、曹植各树己党，统治集团出现分裂征兆；三是关羽在荆州势力强大，以为可作外援。四是各府邸均养有私兵，形成一支反政府武装，便有可能乘机起事了。

对统治者来说，只要存在着对立力量，迟早会出现这种反扑的可能。曹操也许真的老了，一个老了的人，其感觉是会渐渐迟钝的。不然怎么会对这些拥有数百家僮的上层人物、政府官员，在都城磨刀霍霍之举，了无所闻。看来，倘不是他任用非人，便是陶醉于盖世殊荣而麻痹失察了。这年，曹操64岁，已经到了他生命的晚期。无论如何，人老了，总有

他的不逮之处。所以，年初元宵节许都的一场
动乱发生以后，他在处置反对派时，只有大开
杀戒这唯一的办法，《山阳公载记》刊："王闻
王必死，盛怒。召汉百官诣邺，令救火者左，
不救火者右。众人以为救火者必无罪，皆附左；

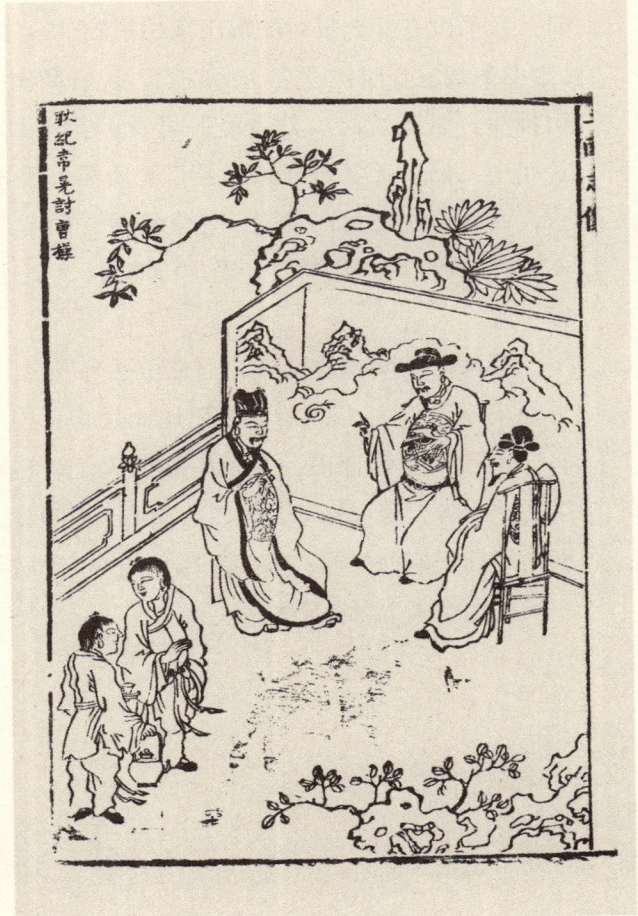

三国志像，绣像金批
第一才子书，毛声山
评点，金圣叹序，清
初刊本大魁堂藏版

王以为'不救火者非助乱，救火者乃实贼也'。皆杀之。"其实，在曹操心目中，被杀者，没被杀者，都是他的反对派，本着杀一个少一个敌对分子，进行血洗。

曹操至此，第一明白重建政体的重要。于是进行官制爵位的改革，削弱了士族阶层对于统治的影响，也使得汉皇室的影响愈来愈小，以致于无，遂奠定了几年后曹丕受禅称帝时，几乎没有什么反对的跳出来的基础。第二明白布惠于民，《魏书》载王令曰："去冬天降疫疠，民有凋伤，军兴于外，垦田损少，吾甚忧之。其令吏民男女：女年七十已上无夫子，若年十二已下无父母兄弟，及目无所见，手不能作，足不能行，而无妻子父兄产业者，廪食终身。幼者至十二止，贫穷不能自赡者，随口给贷。老耄须待养者，年九十已上，复不事，家一人。"

看来，英明如曹操者，只是敏感那些公开地、半公开地与他唱反调的名士，必置之死地而后快；但对于表面恭顺，心怀不轨，伪作谦谨，地下串联的人士，也难免千虑一失。第一，陶醉于盖世殊荣；第二，满足于大唱赞歌；第三，因表面的平静而麻痹失察；第四，因任用非人而造成疏漏。于是，一场火在他脚下燃起来了。

三军易得，一将难求

第七十回（上）：猛张飞智取瓦口隘

　　"张郃来见曹洪，问曰：'将军既已斩将，如何退兵？'洪曰：'吾见马超不出，恐有别谋。且我在邺都，闻神卜管辂有言：当于此地折一员大将。吾疑此言，故不敢轻进。'张郃大笑曰：'将军行兵半生，今奈何信卜者之言而惑其心哉！郃虽不才，愿以本部兵取巴西。若得巴西，蜀郡易耳。'洪曰：'巴西守将张飞，非比等闲，不可轻敌。'张郃曰：'人皆怕张飞，吾视之如小儿耳！此去必擒之！'"张郃自官渡之战归曹，身经百战，想不到老而弥坚，竟有这等豪气。

　　张郃，为曹营五子良将之一。《三国志》载："郃识变数，善处营陈，料战势地形，无不如计。自诸葛亮皆惮之。"所以夏侯渊被黄忠斩后，"当是时新失元帅，恐为备所乘，三军皆失色。渊司马郭淮乃令众曰：'张将军，国家名将，刘备所惮。今日事急，非张将军不能安也。'"由此可知，张郃在曹军中是不亚于张辽、徐晃的名将。虽然，曹操对夏侯渊早有定评："将当以勇为本，行之以智计；但知任勇，一匹夫敌耳！"可统帅却是非夏侯莫属，这倒不完全是曹操任人唯亲，有一点点，而非全部，是可以肯定的。因为对曹操来说，姓曹的，

张翼德取凭口隘

北帮将

兵酒年

危童西张

廿四

遗香堂绘像三国志，明末安徽新安黄氏刻本

姓夏侯的，有着血胤上的联系，那才是最铁的不会背弃你的保证。所以，张郃也得认账，这是无可奈何的事情。张郃与张飞战，败北而归，看曹洪那德行，与他原来的主子袁绍，如出一辙。"洪见张郃只剩下十余人，大怒曰：'吾教汝休去，汝取下文状要去；今日折尽大兵，尚不自死，还来做甚！'喝令左右推出斩之。行军司马郭淮谏曰：'三军易得，一将难求。张郃虽然有罪，乃魏王所深爱者也，不可便诛。'"一个曹洪，不就因为姓曹与让马之功，竟敢如此嚣张，令人发指。

这一回极写张飞之智，黄忠之计，其实也烘托出来张郃之志不可摧，之勇猛顽强，之任劳任怨，之毁誉不计。对于曹洪那种因姓曹而爬上高位的二百五，如此骑在头上撒尿，而能忍受下来，郭淮的话，"乃魏王所深爱者也"。只此一句，于不写中写出来的曹操之识人用人，格外出彩。因为张郃与张辽、徐晃、臧霸、文聘、庞德等辈，都是降将。原属敌方吕布、袁绍的将领，或被俘，或诱降，一旦归顺，无不膺服曹操，为曹操效命。

由此，我们既看到曹操在镇压异己分子时，杀人之无情；也看到曹操在招降纳叛时，用人之魅力。他杀人，是为了巩固政权，他用人，同样也是为了壮大政权。从他建安十九年的《敕有司取士毋废偏短令》，建安二十二年的《举贤勿拘品行令》看，目标明确，就是要为新兴阶层提供更多的入仕为官的途径，以扩大他的骨干队伍，以加强他的统治团队，来逐步占领士族高门的世袭领地。尽管他重用姓曹、姓夏侯的近支族亲，但对于这些降将，也是封侯授爵，重金酬庸，引为心膂，不遗余力的。所以，那个庞德抬着棺材去为曹操卖命。曹操的人才政策，体现出他的胸怀，他的远见，也是他得以成功成为三国霸主的重大战略思想。

曹丕接位后，"诸葛亮复出，急攻陈仓，帝驿马召郃到京都。帝自幸河南城，置酒送郃，遣南北军士三万及分遣武卫、虎贲使卫郃，因问郃曰：'迟将军到，亮得无已得陈仓乎！'郃知亮县军无谷，不能久攻，对曰：'比臣未到，亮已走矣；屈指计亮粮不至十日。'郃晨夜进至南郑，亮退。诏郃还京都，拜征西车骑将军。"所以，"自诸葛亮皆惮之"，惮，即怕，这说法有夸张成分，主要是说很在意张郃，提防张郃，知道张郃是个能打仗、会打仗之敌人，这说明诸葛亮的知人识人的水平。

而司马懿就差池多了。据《魏略》："亮军退，司马宣王使郃追之，郃曰：'军法，围城必开出路，归军勿追。'宣王不听。郃不得已，遂进。蜀军乘高布伏，弓弩乱发，矢中郃髀。"看来，司马懿要是有诸葛亮那点敬畏对手之心，恐怕就不会官大一品压死人，下死命令让张郃进攻，结果，蜀军居高临下，万箭齐发，郃膝负伤，后，不治身死。

司马懿是三国时期最大的阴谋家，很难想象，他竟然连"穷寇勿追"这童稚皆知的道理也不明白。

接班人之战

汉献帝建安二十二年（217），冬，十月，魏以五官中郎将曹丕为太子，一场旷日持久的接班人之战，终于落下帷幕。

《资治通鉴》汉纪六十载："初，魏王操娶丁夫人，无子；妾刘氏，生子昂；卞氏生四子：丕、彰、植、熊。王使丁夫人母养昂。昂死于穰，丁夫人哭泣无节，操怒而出之，以卞氏为继室。植性机警，多艺能，才藻敏赡，操爱之。操欲以女妻丁仪，丕以仪目眇，谏止之。仪由是怨丕，与弟黄门侍郎廙，及丞相主簿杨修，数称临淄侯植之才，劝操立以为嗣。"

宋人叶适认为，曹操在选嗣上似不以嫡长为念，"以文则植，以武则彰"，而想以才能为选择标准，这是从曹操以才取人的政策而衍生出来的观点。但在封建社会里，选嗣与用人，是不能混为一谈的事情。用人，唯才是举，选嗣，则是关系到国家生死存亡的大事。因此，第一，曹操跳不出长子继承权的"春秋大义"；第二，曹操是文学家，可能偏爱曹植，但他更是政治家，他同样也跳不出政治第一的铁律。所以，汉献帝建安十六年（211），以丕为五官中郎将，以植为平原侯后徙临淄侯，基本态度已经很明显。

因为曹操关于继嗣问题并未封口，从汉献帝建安十六年，直到建安二十二年，丕、植二人的争夺王位战，便相当文明地开打起来，虽然这是历朝历代的常见戏码，但这兄弟俩倒不曾撕破脸，更没有全武行。只是在不停地较劲当中，遇人不淑的曹植，多次丢人现眼，大出洋相，出征前夕，喝得酩酊大醉。第二天开拔，全军列队，就差他这位司令员，于是，失去他父亲的最后一点信任，败在了他哥哥手里。

　　《三国志·曹植传》："植既以才见异，而丁仪、丁廙、杨修等为之羽翼。太祖狐疑，几为太子者数矣。而植任性而行，不自雕励，饮酒不节。文帝御之以术，矫情自饰，宫人左右，并为之说，故遂定为嗣。"可以相信，从初定继嗣，到确定继嗣的六年间，曹操也不是没有动摇过，所以，曹丕也不是一直就是曹操的不二之选，但史书之可怕，就是胜者为王，历史从来就是胜利者来书写的，所以我们看不到曹操对五官中郎将的不满，更看不到曹丕的德行欠缺的记载。但对于曹植，则巨细不漏，从《魏武故事》载令曰"始者谓子建，儿中最可定大事"起，到又令曰"自临淄侯私出，开司马门至金门，令吾异目视此儿矣"止，便是这位陈思王从"几为太子者数矣"，到被其父踢出接班人名单的全过程。

　　曹操曾经就继嗣问题，私下征求过几个人的意见，《三国志·杨俊传》载："初，临淄侯与俊善，太祖适嗣未定，密访群司。"《崔琰传》亦载："魏国既建，拜尚书。时未立太子，临淄侯植有才而爱。太祖狐疑，以函令密访于外。"还有贾诩、邢颙、桓阶、杨俊、毛玠、丁仪、丁廙等人，也在密访名单之中，大概除了曹植的密友丁仪外，几乎一边倒地倾向曹丕。

三国志像，绣像金批第一才子书，毛声山评点，金圣叹序，清初刊本大魁堂藏版

唯崔琰的答复是公开的，"盖闻春秋之义，立子以长，加五官将仁孝聪明，宜承正统，琰以死守之"。这位高士，我不相信他会多么喜欢曹丕，而是笃信春秋大义立子以长的传统罢了。

有的人，就觉得这是一次政治上的赌局，值得投资一把。《三国志》载："是时，文帝为五官将，而临淄侯植才名方盛，各有党与，有夺宗之议。文帝使人问诩自固之术，诩曰：'愿将军恢崇德度，躬素士之业，朝夕孜孜，不违子道。如此而已。'文帝从之，深自砥砺。"

于是，五官中郎将聪明了，"操尝出征，丕、植并送路侧，植称述功德，发言有章，左右属目，操亦悦焉。丕怅然自失，济阴吴质耳语曰：'王当行，流涕可也。'及辞，丕涕泣而拜，操及左右咸歔欷，于是皆以植多华辞而诚心不及也。"

有一天，"太祖又尝屏除左右问诩，诩嘿然不对。太祖曰：'与卿言而不答，何也？'诩曰：'属适有所思，故不即对耳。'太祖曰：'何思？'诩曰：'思袁本初、刘景升父子也。'太祖大笑，于是太子遂定。""文帝即位，以诩为太尉，进爵魏寿乡侯，增邑三百，并前八百户。又分邑二百，封小子访为列侯。以长子穆为驸马都尉。"

看来，贾诩这一票生意，可没有少赚。

"吾收奸雄略尽，独不得法正邪？"

法正对刘备来说，是个仅次于诸葛亮、庞统的重要谋士，蜀得益州，很大程度上是法正起了作用。备得汉中，又是他看到曹操降张鲁后不急于图巴、蜀，认为"非其智不逮而力不足也，必将内有忧逼故耳"，便力主刘备率部自阳平南渡沔水，与魏军决战。结果，夏侯授首，大获全胜；尤被他料中的，是许都在年底年初果然发生街头暴动。曹操很窝火，他不相信刘备有此卓识，认准背后有高人指点。后来才弄清楚这个韬略机算胜人一筹的是法正。只是可惜法正英才早逝，未能一直辅佐刘备。后来关、张死，刘备复仇之战在白帝城惨败，诸葛亮叹息，要是法正在，他会阻止刘备任性蛮干的。"法孝直若在，则能制主上，令不东行；就复东行，必不倾危矣。"

汉中到手，刘备，这个吃了一辈子败仗的人，得以扬眉吐气。无论如何，这是他亲手指挥的一场漂亮仗。所谓漂亮，是以其战果丰硕而论，一、诛曹营心腹大将夏侯渊；二、得益州北部屏障汉中郡。对曹操来说，失夏侯渊比丢汉中地更让他疼痛，"渊与操有兄弟之亲情也"，更何况那是他的股肱之臣啊！

法正是位奇才，有远见，善谋略，从他夺天荡山开始，老黄忠先杀夏侯渊，再夺定军山，从而取得汉中。以至曹操劳师亲征，而刘备居然应而不战，相当沉得住气，扼险而守，曹操奉陪不起，不得不引军还。嗣后，刘备为汉中

三国志像，绣像金批第一才子书，毛声山评点，金圣叹序，清初刊本大魁堂藏版

王……曹操认为，如此一气呵成，乃大手笔所为，他看不起只能小打小闹的刘备，这一切，"吾故知玄德不办有此，必为人所教也"。后来，他才知道这个操盘手，就是法正。据《华阳国志》，曹操为之叹息："吾收奸雄略尽，独不得法正邪？"网罗天下英雄的曹操，竟未得法正，所以感到遗憾。可见曹操对其评价之高。

这就是《资治通鉴》汉纪六十所写："法正说先主曰：'曹操一举而降张鲁，定汉中，不因此势以图巴、蜀，而留夏侯渊、张郃屯守，身遽北还，此非其智不逮而力不足也，必将内有忧逼故耳。今策渊、郃才略，不胜国之将帅，举众往讨，必可克之。克之之日，广农积谷，观衅伺隙，上可以倾覆寇敌，尊奖王室；中可以蚕食雍、凉，广拓境土；下可以固守要害，为持久之计。此盖天以与我，时不可失也。'先主善其策，乃率诸将进兵汉中，正亦从行。"曹操并不害怕失败，但很害怕按照人家预设的程序失败，这个韬略机算胜人一筹的法正，颇令曹操敬畏。陈寿在《三国志》里，称他"著见成败，有奇画策算"，并比之曹操手下出色的谋士程昱和郭嘉。

夏侯渊的副手张郃，曾经警告过他，黄忠谋勇兼务，不可小觑。在沙场上厮杀多年的有志将领，无不悉心搜集对手的资讯，夏侯渊不以为然，笑其老迈，殊不知，有的人老了，真不行，只不过是装行，有的人老了，还真行，你不佩服不行。黄忠虽老，法正年轻，"步步为营，诱渊来战而擒之"。如果没有曹操给夏侯渊的亲笔鼓励信，"吾今屯大军于南郑，欲观卿之妙才，勿辱二字可也"，"为人轻躁，恃勇少谋"的夏侯渊，本应听张郃的话，按兵不动，坐等曹操援兵，但是，曹操来了兴致，给他的这封信，却成为一道催命符。头脑简单者，往往经不起鼓惑，智商低下者，尤其受不了煽动，夏侯渊急于邀功，表现"妙才"，遂力主出战，张郃再三阻拦，"不可出战，战则有失"，不听。而黄忠和法正，先拿下定军山对面的一座高峰，居高临下，得以一窥曹营虚实，然后，夏侯渊出战，死于黄忠刀下，定军山也落入蜀军之手。

《定军山》也是一出有名的京剧。为谭派经典剧目。据《中国电影史》，1905 年，由任庆泰执导的一部纪录片京剧《定军山》，为谭鑫培主演，在北京前门的丰泰照相馆诞生，是为中国人自己拍摄的第一部电影。

有胆有识，亦是真英雄

第七十一回（下）：据汉水赵云寡胜众

有胆有识，方是真英雄。

赵云以寡敌众，杀入曹操二十万之大军，如入无人之境，先救黄忠，后救张著。杀得张郃、徐晃心战胆惊，杀得曹操目瞪口呆，这是他的勇。杀回本寨后，虽追军云集，情势迫急，战，未必能胜，逃，也无退路，在此状态下，临危不惧，大开寨门，匹马单枪，当门而立。这就不仅仅是过人的勇气，而是超凡的才智了。

《三国演义》七十一回对赵云的描写，十分精彩。他"直至北山之下，见张郃、徐晃两人围住黄忠，军士被困多时。云大喝一声，挺枪骤马，杀入重围，左冲右突，如入无人之境。那枪浑身上下，若舞梨花；遍体纷纷，如飘瑞云。张郃、徐晃心惊胆战，不敢迎战。云救出黄忠，且战且走，所到之处，无人敢阻。操于高处望见，惊问众将曰：'此将何人也？'有识者告曰：'此乃常山赵子龙也。'操曰：'昔日当阳长坂英雄尚在！'急传令曰：'所到之处，不许轻敌。'赵云救了黄忠，杀透重围。有军士指曰：'东南上围的必是副将张著。'云不回本营，遂望东南杀来，所到之处，但见'常山赵云'四字旗号，曾在当阳长坂知其勇者，互相传说，尽皆逃窜。云又救了张著。"

更为精彩的，见《三国志》所注《云别传》，他救人回营，曹操率军也随之而至。"值曹公扬兵大出，云为公前锋所击，方战，其大众至，势逼，遂前突其阵，且斗且却。公军败，已复合，云陷敌，还趋围。将张著被创，云复驰马还营迎著。公军追至围，此时沔阳长张翼在云围内，翼欲闭门拒守，而云入营，更大开门，偃旗息鼓。公军疑云有伏兵，引去。云雷鼓震天，惟以戎弩于后射公军，公军惊骇，自相蹂践，堕汉水中死者甚多。先主明旦自来至云营围视昨战处，曰：'子龙一身都是胆也。'作乐饮宴至暝，军中号云为虎威将军。"在《三国演义》中，张翼要闭寨门，阻挡曹军，赵云喝道："休闭寨门！汝岂不知，吾昔在当阳长坂时，单枪匹马，觑曹兵八十三万如草芥。今有军有将，又何惧哉！"赵云的大将风度，全在这无所畏惧中表现出来。可惜罗贯中出现了笔误，其实曹操直到赤壁之战，才有八十三万人马的夸张之说，赵云在当阳长坂坡面对的曹军，应该小于这个数目，文学家写历史，就不若历史学家那样校实核准地认真其事了。

关张赵马黄，五虎上将之中，赵子龙是参战最多，失误最少，立功最大的一位；也是从不计较，从不与刘备闹情绪，摔耙子的一位；更是诸葛亮用得最顺手，指到哪里，打到哪里的一位。《云别传》曰："亮曰：'街亭军退，兵将不复相录，箕谷军退，兵将初不相失，何故？'芝答曰：'云身自断后，军资什物，略无所弃，兵将无缘相失。'云有军资余绢，亮使分赐将士，云曰：'军事无利，何为有赐？其物请悉入赤岸府

三国志像，绣像金批第一才子书，毛声山评点，金圣叹序，清初刊本大魁堂藏版

库，须十月为冬赐。’亮大善之。”

《三国志》载："益州既定，时议欲以成都中屋舍及城外园地桑田分赐诸将。云驳之曰：‘霍去病以匈奴未灭，无用家为，今国贼非但匈奴，未可求安也。须天下都定，各返桑梓，归

耕本土，乃其宜耳。益州人民，初罹兵革，田宅皆可归还，令安居复业，然后可役调，得其欢心。'先主即从之。"这建议在安定西川民心上，是起了好作用的。

所以，在这五虎将中，最有政治头脑者，为赵云，与其相反者，则为关羽。最终，关羽死于他的不讲政治上。充满复仇狂热的刘备，谁也不敢拂逆其意时，赵云向刘备进言。"云谏曰：'国贼是曹操，非孙权也，且先灭魏，则吴自服。操身虽毙，子丕篡盗，当因众心，早图关中，居河、渭上流以讨凶逆，关东义士必裹粮策马以迎王师。不应置魏，先与吴战；兵势一交，不得卒解。'先主不听，遂东征，留云督江州。先主失利于秭归，云进兵至永安，吴军已退。"

当时，在是否伐吴的问题上，他的见解若能采纳，以后西蜀的日子也许会好过些，可是一意孤行的刘备，感情用事，最后只好命丧白帝了。

像赵云这样有勇有谋的将领，在西蜀诸将中，是最为出色的。

曹氏父子与建安文学

第七十二回（上）：诸葛亮智取汉中

曹操率军南下，征刘备，路过河南陈留，这里为蔡邕故里。据《三国志》，曹操问蔡琰："闻夫人家先多坟籍，犹能忆识之否？"文姬曰："昔亡父赐书四千许卷，流离涂炭，罔有存者。今所诵忆裁四百余篇耳。"操曰："今当使十吏，就夫人写之。"文姬曰："妾闻男女之别，礼不亲授，乞给纸笔，真草唯命。"从这里可以看到当时的战乱，对于文化遗产的毁灭性破坏，也看到曹操的文化素养，不同于刘备、孙权之处。

蔡文姬因兵乱被虏北地，作《胡笳十八拍》，思念中原，曹操能为他老朋友蔡邕的这位女儿，花大量金钱，把她从匈奴左贤王那儿赎回来。这说明作为文学家的曹操，很念旧，很人性，极富浪漫色彩，极具诗人激情。在中国帝王级的人物中间，真正称得上诗人的，曹操得算一个，在排行榜里，应该在前几名，甚至可以说是最棒的。这样的评价，不算过分。曹孟德的诗，写得有气概，有声势，千古传唱，弦诵不绝。"何以解忧，唯有杜康"，是直到今天，还挂在人们口边的。"老骥伏枥，志在千里"，也是上了点年纪的人用来自勉的座右铭。

曹操在平定吕布、陶谦、公孙瓒、袁绍、袁术以后，公

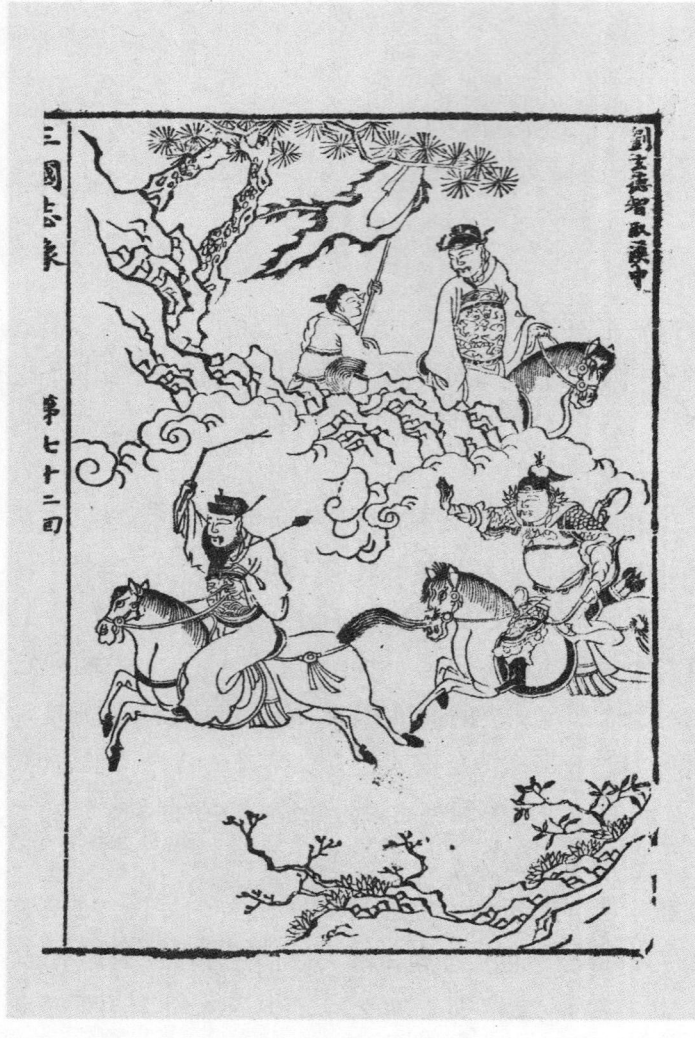

三国志像，绣像金批第一才子书，毛声山评点，金圣叹序，清初刊本大魁堂藏版

元 196 年的许都，有了一个初步安定的局面，才使得他有可能在文化上有所建树。于是，《文心雕龙》评曰："魏之三祖，气爽才丽，宰割词调，音靡节平，观其《北上》众引，《秋风》列篇，或述酣宴，或伤羁旅，志不出于淫荡，辞不离于哀思，虽三调之正声，实韶夏之郑曲。"正是有这样一位按赵翼在《二十二史札记》中所说的"创业之君，兼擅文学"的曹操，才能网罗天下文士，齐集邺下，甚至连蔡琰也从匈奴赎了回来。于是，建安之初，五言腾涌的局面，便出现了。因此，也无妨说，没有曹氏父子，也就不可能有"建安文学"。

但是他杀士大夫，尤其杀祢衡、杀孔融、杀许攸、杀崔琰、杀杨修，比之他杀吕伯奢、杀陈宫，杀董妃、伏后，杀吉平、董承所产生的负面反应，要强烈得多。因为这些人是士大夫，是今天所说的知识分子，是左右舆论的阶层。杀了他们，生前有人说，死后还有人说，再伟大的统治者，能堵得住一代人的嘴，堵不了后世人的嘴，当然就要担当永远的臭名。秦始皇坑儒不过两位数，千秋万代遭骂。尽管如此，统治者深知杀了知识分子，受到历史的谴责，名声很不怎么样，但仍旧照杀不误。"宁我负人，人毋负我"的曹操，当然也不例外。

至于杨修之死，好像又与祢衡、孔融、许攸、崔琰不尽相同。李卓吾指出："凡有聪明而好露者，皆足以杀其身也。"这大概也是一部分命运蹭蹬的知识分子不幸的根源。曹操拖到他死前一年才处置杨修，因其卷入宫廷继嗣之争太深。杨修和他的儿子曹植，已经到了"数日不见，思子为劳，想同之也"的密不可分地步，显然已非一般的彼此唱和的文学沙龙式交流，而是出谋划策，纠集势力，形成反曹丕的政治上的共同体。曹操何许人也，他有情报系统，这些"牧司爪牙使"，随时向他呈报宫廷政治动向，像这样的危险分子，曹操不能不忧虑，一旦他不在人世，便不可控制，将不知会造成什么样的灾难。

在曹操的指挥部里，杨修的职务并不高，看来，曹已经采取了预防措施。杨修只当了个行军主簿，大概相当于参谋，而且不是作战参谋，连行军口令还从别人嘴里听说，显然是闲差。所以杀他不像杀祢衡、孔融、崔琰那样颇费周章，"扰乱军心"四个字，就足以推出去斩首。罗贯中说曹操嫉妒杨修的捷才，生了杀心。其实，由于杨修不安生，成为曹植的嫡系党羽，为其抢班夺权，颇出了一些臭主意，又都被曹操拆穿，于是随便找了一个泄密的理由军法从事。这就是《典略》所说："至二十四年秋，公以修前后漏泄言教，交关诸侯，乃收杀之。"

老实说，文学家玩政治，和政治家玩文学，都有点票友性质，是不能正式登场的。在中国历史上，有几个像曹操这样全才全能的政治家兼文学家呢？

有仇不报非曹操

第七十二回（下）：曹阿瞒兵退斜谷

蔡琰收藏的曹娥碑，上有题词。"操读八字云：'黄绢幼妇，外孙虀臼。'操问琰曰：'汝解此意否？'琰曰：'虽先人遗笔，妾实不解其意。'操回顾众谋士曰：'汝等解否？'众皆不能答。于内一人出曰：'某已解其意。'操视之，乃主簿杨修也。操曰：'卿且勿言，容吾思之。'遂辞了蔡琰，引众出庄。上马行三里，忽省悟，笑谓修曰：'卿试言之。'修曰：'此隐语耳。黄绢，乃颜色之丝也；色傍加丝，是绝字。幼妇者，少女也；女傍少字，是妙字。外孙，乃女之子也；女傍子字，是好字。虀臼，乃受五辛之器也；受傍辛字，是辞字。总而言之，是绝妙好辞四字。'操大惊曰：'正合孤意！'众皆叹羡杨修才识之敏。"《三国演义》中的杨修，智慧过人，颖悟超群，看似绝顶聪明，其实却是个糊涂笨伯。此公此刻跳出来，抢先解释这八个字，实在浅薄了。第一，他难道一丁点儿都不了解这位奸雄？第二，他认为自己是曹操的宠儿可以这样任性而为？如果，他当真如此，说明他聪明过度反而傻了；如果，他其实了然，就是不在乎，忍不住要当着众人表现出他比曹操聪明，这种耐不得寂寞的卖弄，着实危险。

他愚蠢地卷入曹丕、曹植接班之争，想投机一把。所以，他的聪明，不过孔雀尾巴上的羽毛，只能为他招来杀身之祸罢了。

《三国志》载《世语》曰："修年二十五，以名公子有才能，为太祖所器，与丁仪兄弟，皆欲以植为嗣。太子患之，以车载废簏，内朝歌长吴质与谋。修以白太祖，未及推验。太子惧，告质，质曰：'何患？明日复以簏受绢车内以惑之，修必复重白，重白必推，而无验，则彼受罪矣。'世子从之，修果白，而无人，太祖由是疑焉。修与贾逵、王凌并为主簿，而为植所友。每当就植，虑事有阙，忖度太祖意，豫作答教十余条，敕门下，教出以次答。教裁出，答已入，太祖怪其捷，推问始泄。太祖遣太子及圆各出邺城一门，密敕门不得出，以观其所为。太子至门，不得出而还。修先戒植：'若门不出侯，侯受王命，可斩守者。'植从之。故修遂以交构赐死。"

曹操在杀掉杨修以后，给他父亲太尉杨彪写了一封信。"操白：与足下同海内大义，足下不遗，以贤子见辅。比中国虽靖，方外未夷，今军征事大，百姓骚扰。吾制钟鼓之音，主簿宜守。而足下贤子，恃豪父之势，每不与吾同怀，即欲直绳，顾颇恨恨。谓其能改，遂转宽舒，复即宥贷，将延足下尊门大累，便令刑之。念卿父息之情，同此悼楚，亦未必非幸也。"下面开列他送去礼物清单：有锦裘二领、银杖一枚、宫绢五百匹、钱六十万、车一乘、牛两头、马一匹，驱使二人，青衣二人。"所奉虽薄，以表吾意，足下便当慨然承纳，不致往返。"

曹操因为家世低微，对前朝门第着意摧毁，破旧立新，

早就有铲除杨彪之意。一时不能得手，先拿你
的儿子开刀。

　　这封信，太可怕，杀掉你的儿子，是为你
好，你不得有别的想法；送给你的礼物，你得
收下，你不可拒绝我的好意。

三国志像，绣像金
批第一才子书，毛
声山评点，金圣叹
序，清初刊本大魁
堂藏版

这封信，其实是曹操给杨彪的"哀的美敦书"，让他放老实些，同时，也是给所有反对他的皇族、贵族、士族，一个当头棒喝的警告，小心你们的脑袋。曹操在消灭政敌时的残忍残酷，是很令人发指的。

　　还记得《三国演义》第十四回，"汉末气运之衰，无甚于此"。接下来，"太尉杨彪奏帝云，'前蒙降诏，未曾发遣，今曹操在山东，兵强将盛，可宣入朝，以辅王室。'帝曰：'朕前既降诏，卿何必再奏，今即差人前去便了。'"由此可知，曹操所以得不到护驾的诏书，看来其中有杨彪作梗的因素。如果曹操晚到一步，如果袁绍觉悟得快，那么挟天子以令诸侯者，就不是曹操，而是袁绍。看来，君子报仇，十年不晚，这个枭雄，准备在他离开这个世界之前，一笔一笔的账，"人毋负我"，总是要结清的。

　　厉害厉害，这才是真正的曹操。

曹操称王的连锁反应

第七十三回（上）：玄德进位汉中王

曹操在斜谷，吃了魏延一箭，班师回朝，刘备汉中大捷，遂有称王之意。

此前，汉献帝建安十八年（213）五月，汉献帝封曹操为魏公。当时，刘备图谋益州，久攻不下，孙权在濡须口，败于曹军，这两位有点自顾不暇，未将曹操为魏公之事多么放在心上。但其实这是曹操巩固其绝对统治的手段。于是假惺惺地上书谦让，按规矩，应该让三回，中国人有表演欲，自己知道装蒜，大家也都知道装蒜，但一定要装三回。很好笑。曹操说："夫受九锡，广开土宇，周公其人也。汉之异姓八王者，与高祖俱起布衣，创定王业，其功至大，吾何可比之？"于是一干人上书劝进，在这一干人当中，牵头者为中军师陵树亭侯荀攸，而不是他叔叔排在首位，这就表明荀彧不赞成曹操为魏公，在这份简直囊括了许都所有官员和精英的劝进书中，除荀彧缺席外，我们还没有找到崔琰、杨彪和孔融的名字。等到这四位持异议者都被曹操清算掉时，才恍然大悟，这结是什么时候也解不开的。

曹操清除政敌，很有耐性，一点也不着急，慢慢来，因

三国志像，绣像金批第一才子书，毛声山评点，金圣叹序，清初刊本大魁堂藏版

为都在他手心里攥着，而且有的是时间。

汉献帝建安二十一年（216）夏五月，天子进公爵为魏王。"夏，四月，诏魏王操设天子旌旗，出入称警跸，冬十月，天子命王冕十有二旒，乘金根车，驾六马，设五时副车。"于是，

许都方面倒没有什么动静，但在汉中的刘备，很有点坐不住了。攀比，是小市民虚荣心的典型表现，贵为皇叔的刘玄德，身体里还是流着升斗小民的血液，所以，心痒难禁，曹操能称王，我因何不能？

刘备起事时，人卑力微，连个座位都没有，三兄弟只好站在公孙瓒后面，对讨卓大会主持人，风风火火的曹操，只能可怜巴巴地仰望，哪敢与他平起平坐。煮酒论英雄时，虽然曹操很抬举他，他也不敢直面平视。当曹操说天下英雄就咱们哥儿俩时，吓得他连筷子都掉了。后来三分天下，鼎足而立，他的底气依旧不足，因为汉献帝在曹操手里把握着，而且曹操是汉献帝正式册封的丞相，刘备虽贵为皇叔，官职只是一个小小的"宜城亭侯"，与封关羽的"汉寿亭侯"一样，所谓亭侯，系列侯中食禄于乡，食禄于亭者，称为乡侯、亭侯。很一般般的礼仪性职务。汉献帝建安三年（198）经吕布向曹操推荐为豫州牧，建安十九年（214）自领益州牧，尽管这是实职，相当于地州级干部，但以官衔论，名为汉献帝属下，实质是曹操手下的地方官员而已。因此，他在精神上，在心理上，从未将自己摆在与曹操平起平坐的地位上。

建安十八年（213），曹操称魏公，那是一个拥有全国三分之二的绝对强人啊，刘备当然自惭形秽，连一块正式属于他的地盘也没有，荆州暂时在他手里，可还打着借条。小市民的攀比，是有条件才敢争那一点虚荣，没有条件，也就只有依靠阿Q的精神胜利法了。建安二十一年（216）曹操称魏王，对刘备刺激很大，启发很多。为什么，很简单，他手中有本钱了。你敢欺君罔上，你敢颠覆秩序，那我也就不客气，不谦虚，曹操称王，我为什么还只能是地方官？我有益州，我有汉中，我还有荆州，于是，建安二十四年（219），讽示诸葛亮、法正等一众人等，他要步曹操后尘，再上一个台阶。凡明白人早就懂得刘备的心思，这世界上，什么东西都会断档，独马屁精是不会缺货的，肯定有人上书，趁此汉中平定，自我加冕，岂不皆大欢喜吗？接下来，由驿站将原来赐予他的"假左将军""宜城亭侯"等印绶，退回许都，自立为王。

因曹操称魏王，估计刘备曾经想称汉王，但刘邦和项羽争霸时就是汉王，他哪敢僭越？可是又不想拿掉具有号召力的"汉"字，恰好又得汉中，这大概是汉中王的来历。

汉献帝建安二十五年（220），魏文帝曹丕篡汉，称尊号，改元黄初。刘备也于第二年称帝，改元章武。而孙权则是魏明帝太和三年（229），即皇帝位，改元黄龙。看来，这就是世家子弟的大度和豁达了，是我的，早晚都是我的，称帝，也是江东，不称帝，还是江东，着哪门子急，所以，刘备死后九年，孙权才登基为帝。

第七十三回

关二爷的最后一次任性

据《三国志》的《先主传》载：建安"二十四年，秋，群下上先主为汉中王，表于汉帝曰：'平西将军都亭侯臣马超、左将军（领）长史镇军将军臣许靖、营司马臣庞羲、议曹从事中郎军议中郎将臣射援、军师将军臣诸葛亮、荡寇将军汉寿亭侯臣关羽、征虏将军新亭侯臣张飞、征西将军臣黄忠、镇远将军臣赖恭、扬武将军臣法正、兴业将军臣李严等一百二十人……'"举国上下，正集中精力忙着刘备称王的大事。而刘备又要按照程式，必须一次或多次地推三阻四，一是没有工夫，二是没有必要，刚刚与曹军在汉中交手得胜以后，又让关羽开辟新的战场，在荆州与曹仁厮杀。除非他是不知好歹的傻子，然而，已经不知天高地厚的关羽，正好充当这个角色。从《三国志》的《关羽传》判断：建安二十四年，"羽率众攻曹仁于樊"。这绝对是关羽自作主张的一次战争行为，而非刘备与诸葛亮的战略部署。

根据其一贯表现，关羽是做得出来这种事情的，也只有他敢于这样不请示成都而"无组织，无纪律"地擅自行事。

如果刘备与诸葛亮确实打算在这年秋天，在荆州方面对曹操发动攻势的话，那么刘备称王的事情，按常理，是会搁一搁的。但设坛场于沔阳，陈兵列众，受玺绶，御王冠，忙得不亦乐乎，不可能有再次开战的计划。所以在《先主传》里那一百二十人上汉帝书后，又有刘备给汉帝的上书，接下来，"于是还治成都，拔魏延为都督，镇汉中"，再接下来，主题转换，大感突兀。"时关羽攻曹公将曹仁，禽于禁于樊。俄而孙权袭杀羽，取荆州。"结果，这一次关羽对曹仁的突然袭击，还不如说是关羽对诸葛亮和刘备的突然袭击。汉中王和他的首席军师，显然毫不知情，完全陷于被动。让关羽停手，根本不可能，而且，谁也没能力喝止他。何况他取得节节胜利。后来，据《三国志》的《关羽传》载：一往无前的关羽，英武神勇，不负众望，再显战争奇迹。"曹公遣于禁助仁。秋，大霖雨，汉水泛溢，禁所督七军皆没。禁降羽，羽又斩将军庞德。羽威震华夏。"特别是"曹公议徙许都以避其锐"，让绝对打心眼里不赞成关羽如此轻率鲁莽行事的诸葛亮，应该还包括被打乱称王步骤其实也殊感不悦的刘备，估计从最初的不开心，或相当程度的不满，开始认可，或者接受关羽的不打招呼、自行其是的战争。胜者为王嘛，就在成都方面从最初的惊愕，到开始期待这位战神再创佳绩的时候，噩耗传来，关羽死，荆州失。

在这个世界上，个人英雄主义的毁灭悲剧，不知发生过多少，如关羽这样骄傲自大，狂妄自满，目中无人，自以为是，一条道走到黑，死也不认错的失败者，可算其中之尤了。按《三国演义》的写法，关羽攻樊，是诸葛亮用来分化曹操联吴攻蜀的计谋。这是误写。时为长沙太守的廖立，后来说："是

三国志像，绣像金批第一才子书，毛声山评点，金圣叹序，清初刊本大魁堂藏版

羽怙恃勇名，作军无法，直以意突耳，故前后数丧师众也。"应该是他单刀赴会后，被胜利冲昏头脑，相信荆州暂保无虞，而看到成都方面的长足进展，先得益州，再得汉中，使他黯然失色，这对贪功求大的他来讲，是不能宁耐的。在这种骄躁情绪支配下，拒婚孙权，激怒东吴；谢爵辞封，目中无人；罚糜惩傅，遗患一方；任命潘濬，所用非人。以及对于吕蒙称病的失察，对于陆逊谦卑的得意，对于东吴备战的了不提防，这一连串的失误，埋下了日后败师的种子。而这一切，是在毫无制衡和约束的情况下，关羽独自任性而为的结果。

看来，他当时表态"军师所言，当铭肺腑"，纯系一派胡言，诸葛亮的联吴拒曹大计，他根本不放在心上。漫说是盟友，即使是敌国，也不能如此倨傲狂妄。分明是在恶化气氛，使得本不巩固的联盟，走向瓦解。"虎女安肯嫁犬子"这句话，反映出他内心深处的自我抬高之虚荣。一个本来的推车亡命之徒，如今到镇守一方的牧守之尊，这种天壤之别的变化，若不是暴发户的小人得志，便是坚信自己高人一等的非凡之感。

他之所以敢于启动战端，他之所以因此身首分离，是他本人的错，固无疑义，但作为汉中王的刘备，和军师诸葛亮就没有一点责任吗？

以生命写出的答案最准确

第七十四回（上）：庞令明抬榇决死战

庞德抬榇决战，存不败必胜之念，抱非生即死之心，"吾闻良将不怯死以苟免，烈士不毁节以求生，今日，我死日也"，作为一个将领，能有这种求死的信念与敌决战，当然是极勇的表现了。及至短兵交接，水盛船覆，为羽所俘，立而不跪，宁死不降，那分壮烈，也是值得钦敬的。

庞德原是马超部下，投过张鲁，多次与曹操交手，后被俘获，是投诚曹操麾下较晚的一员降将。庞德在与关羽作战时，故主马超已为西蜀五虎上将之一，其兄庞柔任职汉中，他却如此忠诚于曹操，任凭关羽诱降，不为所动。甚至还说出"魏王带甲百万，威震天下，汝刘备庸才耳"的话。值得研究的，倒不是庞德这种矢志效忠的精神，而是应该看到曹操对待降将的态度和他的用人政策，是相当成功的。

曹操一生，不惮使用降将降卒，甚至连视之为寇的黄巾，他也敢择壮者为兵，弱者屯田，扩大他的兵员，增加粮秣供应。至于文臣谋士，大部来自对手阵营。例如，辅佐他们父子俩的贾诩——曾经与他为敌，并很让他在战场吃了苦头；一旦投诚，既往不咎，既然起用，信之不疑，这是很需要一点容人之量的。随他南征北战的武将，除曹姓和夏侯姓的子弟兵外，几乎都非他的嫡系，很多将领曾经是他的敌人，如张辽、张郃、徐晃、文聘，都是战败投降。在他征战立业的数十年中，全赖这些人为他开疆辟土，创立功勋。尤其这

三国志像，绣像金批第一才子书，毛声山评点，金圣叹序，清初刊本大魁堂藏版

位庞德，能够舍旧主，抛近亲，义无反顾，死忠曹操。

他的用人之道，第一，要有这分大河不择细流的气度，广开人才之路。第二，虽鱼龙混杂，泥沙俱下，难免良莠不齐，但不因噎废食，要有凡能为我所用者悉用之的勇气。第三，赏罚分明，恩威并施，小节不拘，驾驭有术，要有使其抵死相随，忠诚效力的领导才能。第四，当然，还应具备作为领袖的人格魅力。

就看曹操与庞德纳下先锋印时的一席话，就可知为什么出现抬榇的由来了。

《三国演义》第七十四回，曹操闻于禁言，庞德旧主马超，亲兄庞柔，均在西蜀，让他纳下先锋印，"庞德闻之，免冠顿首，流血满面而告曰：'某自汉中投降大王，每感厚恩，虽肝脑涂地，不能补报；大王何疑于德也？德昔在故乡时，与兄同居，嫂甚不贤，德乘醉杀之；兄恨德入骨髓，誓不相见，恩已断矣。故主马超，有勇无谋，兵败地亡，孤身入川，今与德各事其主，旧义已绝。德感大王恩遇安敢萌异志？惟大王察之。'操乃扶起庞德，抚慰曰：'孤素知卿忠义，前言特以安众人之心耳。卿可努力建功。卿不负孤，孤亦必不负卿也。'"有这两句话，庞德即使献出生命，也无怨无悔了。知人善任，以诚相待，掏心相与，感情攻势，曹操之善将将，由此一例，可见其他。

不过，罗贯中写庞德之努力撇清自己与其兄、与其主的关系，实属多余。大丈夫顶天立地，做自己的事，走自己的路，有自己的担当，实现自己的抱负，这些零七八碎，根本无须赘言，此时，无言胜有言，一切均在战场上见，以生命写出

的答案最准确。罗先生不甚懂得文学语言愈隐之愈显之的道理，还画蛇添足编出"嫂甚不贤，德乘醉杀之"的故事，便是多余之举了

而在这一回中，对于禁的描写，则是绝对的败笔。于禁在曹操手下，是以不徇私情，坚持原则，执法守纪，持军严整著称的将领，作者把他写成一个嫉贤妒能，生怕庞德立了巨功，而处处设障的小人，肯定是考虑到他被俘后投降这一节，才如此安排。这就是中国人习见的绝对化观点，一错则百错，无一是处了。酒，坏了，尚且可以做醋，人，要坏了，前后都不是人了，一点也不讲历史唯物主义，甚至还要株连九族呢！这种绝对化，害人误国，更可怕的，是坚持这样观点的人，还振振有词呢！

离神很远的关云长

第七十四回（下）：关云长放水淹七军

关帝崇拜，在中国根深蒂固。据说清代未入关前，就将
《三国演义》一书，译成满文，以为从政规范。乾隆四十七年
十一月上谕："关帝当时力扶炎汉，志节凛然，乃史臣所谥，
并非佳名。陈寿又与蜀汉有嫌，所撰《三国志》，多有私见，
遂亦不为论定，岂得为公？从前世祖章皇帝，曾经降旨，封
为忠义神武大帝，而正史犹存旧谥，阴寓讥评，非所以传信
万世。今当抄录四库全书，不可相沿旧习。所有志中关帝之谥，
应改为忠义。第本传相沿已久，民间所行必广，自属难于更易。
着交武英殿，将此旨刊载传末，用垂久远。其官板及内府陈
设书籍，并着改刊此旨，一体增入。"

且不说清朝统治者这种文化专制主义，令人喷饭，也让
我们看到《三国演义》这部文学读物之神化关羽，实在厉害。
其实，在陈寿的《三国志》里，"后主景耀三年，追谥羽为壮
缪侯"，当有所本，定非妄撰。而乾隆皇帝突然来劲，还包
括他的老子雍正，给关羽正名，除了统治者的意识形态政策，
使文化服务于政治需要，也是觉得这个"缪"字，怎么看也
不顺眼。因为武功不成曰"缪"，事理不明曰"缪"，谬种流

菁菁故垒 | 263

传的"谬"，也与"缪"通，有给关老爷脸上抹黑之嫌，遂跳出来动用行政手段干预。

关羽所以成神，一、因为《三国演义》把他写成是万人之敌，是仁义之师，是必胜之将，老百姓深知对付万恶的作威作福的统治者，还是青龙偃月刀最为管用。降魔压邪，扶善反恶，需要关羽这样有力量的神。二、在中国人的神鬼文化中，关羽是最具有人间色彩的神。在书中，他是"义"的化身，这个"义"，在老百姓看来，更多的是江湖义气的"义"。施之以恩，报之以德，款之以情，还之以义，这"义"，正是那些毫无安全感的小民们，所期求的相互之间的盟契基础。三、而且关羽的"义"，与正义、大义，不完全是同一范畴的概念，而是以他自身的价值观、利害观为标准的。无论你是谁，刘备也好，曹操也好，只要一片真心，以诚相待过我，那你在危急中，我必能拔刀相助，豁出身家性命，虽万死而不辞来回报。这也正是人们不敬别的神，独敬关羽的缘故。

从帝王的角度，需要这样忠心不贰的神，鼓舞民心，激励士气，以利于实施统治；从百姓的角度，需要这样仗义正直的神，庇护弱者，保佑良善，得到信仰的力量。由此，也可以了解这部古典文学永盛不衰的原因了。小说造神，只有这部《三国演义》是当之无愧的成功范例。小说的一个人物，能够跳出小说文本，变成一个更高大、更威武的神灵，名垂万世，不能不说是作家创造出来的文字奇迹。

可历史上的关老爷，离神很远，只是一个俗之又俗的凡人，看他拒婚孙权，激怒东吴的缺心眼；谢爵辞封，唯恐受冷落的小人心；罚糜惩傅，遗患后来的非理性；任命潘濬，

遗香堂绘像三国
志，明末安徽新安
黄氏刻本

不识良莠的乱拍板；水淹七军，马上冲昏头脑；
曹操迁都，更加自鸣得意，骄加之躁，埋下了
日后败师的种子。其实，在这个世界上，人尽
其才，只是一个美好的理想，有本事的人，不
一定能得到一份好工作。同样，没有什么才干

的人，却能得到一份好差使。关羽，绝非帅才，正如刘备，当不了一国之主那样，二三流演员，担纲主角，是相当吃力的。关羽，打仗是一把好手，但治理荆州，让他镇守南郡、长沙郡、零陵郡、武陵郡、桂阳五地，实在是他挑不起的重担。汉献帝建安二十年（215）孙权、刘备协议平分荆州，以湘水划界，即分江夏郡、长沙郡、桂阳郡于孙权，分南郡、零陵郡、武陵郡于刘备。举足轻重的关键地区、关键时期、关键职务，加之他很不谦虚，加之他感情用事，加之他满脑袋个人英雄主义，加之背着过五关斩六将的包袱，不败何待？

齐宣王第二

第七十五回（上）：关云长刮骨疗毒

关羽攻樊城，共吃两箭。看来，庞德那一箭，没有涂毒。由此，对于这位抬榇大战的勇将，多了一分敬意。真刀真枪真本事，不搞阴谋诡计那一套，站着受刑，死也不跪，确系一条汉子。因为在现实生活中，汉子常常太少，小人偏偏太多，暗地里给你使出种种见血封喉的毒招者，实在是防不胜防的。俗话说，明枪易躲，暗箭难防，在刀枪剑戟的战场上如此，在没有烽火硝烟的非战场上也是如此。身经百战，打了一辈子仗的关羽，竟然连中两箭，这是前所未有的疏失。有人说，关云长大意失荆州，这是很准确的总结。而大意，来自轻敌，而轻敌，来自骄傲。而骄傲，一是个人性格上的缺陷；二是大家吹喇叭、抬轿子的结果；三是最可怕者，经过大家一忽悠，当事人果真相信自己确实了不起，这就把关老爷给坑了。

《吕氏春秋》载："齐宣王好射，说人之谓己能用强弓也。其尝所用不过三石，以示左右，左右皆试引之，中关而止，皆曰：'此不下九石，非王其孰能用是？'宣王之情，所用不过三石，而终身自以为用九石，岂不悲哉？"关羽之误，就误在自己只是三石之力，而在众人抬捧之下，膨胀出三倍，成

三国志像，绣像金批第一才子书，毛声山评点，金圣叹序，清初刊本大魁堂藏版

九石之力，便像多喝了二两老酒，晕晕乎乎，上了战场，吃了一箭，还不反躬自省，再吃一箭，便真成为齐宣王第二了。

兵者，诈术也。诈即骗，骗则不择手段，明来，你可以还手，暗来，你措手不及，所以，不宣而战，突然袭击，出其不意，攻其不备，便成战争主要手段。曹操在斜谷，吃了魏延一箭，正好他也打不下去，借此收兵。关羽在樊城，吃了庞德一箭，幸亏于禁争功鸣金，得以脱险。紧跟着，太大意、太自信的关羽，敞披战袍，左袒其臂，以这种过分的，与其身份很不相符的轻率，挑战樊城北门，被曹仁一阵乱箭射来，又吃了一箭。

看起来，庞德便值得向他致敬了，这类正规军官，有相当的职业素养，胜负要争，人格要讲，不搞下三烂，不搞黑社会，绝不在箭镞上抹置人死命的乌头汁。而曹仁，曹操从祖弟，与曹操有比较靠近的血缘关系，因此，血管里肯定有与曹操相同的诡谲的、阴险的、敢下毒手的基因。但曹仁没想到，刮骨疗毒，成为千古美谈，正是他这一箭，将关羽的英雄形象，推到了顶点。

其实，关羽最后的失败，既不是明枪将其打倒，也不是暗箭将其杀死，而是东吴方面的口蜜腹剑，将他迷惑。软刀子割肉不觉痛，先是吕蒙佯病，不理军务，使关老爷放松对他的警惕，接着是陆逊代理，言辞卑下，让关老爷压根儿不把他当回事，此刻的东吴，唯一的孙、刘联盟缔造者鲁肃已逝，连诸葛亮之兄诸葛瑾被关羽狗血喷头地骂回来，也铁了心地反刘备，东吴上下，举国同仇，一心要夺回荆州。

清人王夫之在《读通鉴论》中，对关羽之死，荆州之失，痛心疾首。"诸葛公东使，鲁肃西结，遂定两国之交，资孙氏以破曹，羽不能有功，而功出于亮。刘琦曰：'朝廷养兵三十年，而大功出一儒生。'羽于是以忌诸葛者忌肃，因之忌吴，而葛、鲁之成谋，遂为之灭裂而不可复收。然而肃之心未遽忿羽而堕其始志也，以义折羽，以从容平孙权之怒，尚冀吴、蜀之可合，而与诸葛相孚以制操耳。身遽死而授之吕蒙，权之忮无与平之，羽之忿无与制之，诸葛不能力争之隐，无与体之，而成谋尽毁矣。肃之死也，羽之败也。操之幸，先主之孤也。悲夫！"这是王夫之对关羽的看法，一个"忌"字，导致祸蜀、败国、身亡、名裂的结果，能不令人引以为训吗？

"吴、蜀之好不终，关羽以死，荆州以失，曹操以乘二国之离，无忌而急于篡，关羽安能逃其责哉？羽守江陵，数与鲁肃生疑贰，于是而诸葛之志不宣，而肃亦苦矣。肃以欢好抚羽，岂私羽而畏昭烈乎？其欲并力以抗操，匪舌是出，而羽不谅，故以知肃心之独苦也。"

此刻，正在刮骨疗毒的关云长，"饮酒食肉，谈笑弈棋，全无痛苦之色"，哪里知道离他败走麦城，身首分离的日子，已经不远。

举贤任能，各尽其心

第七十五回（下）：吕子明白衣渡江

鲁肃一死，吕蒙领兵，这个孙、刘联盟必然面临瓦解的命运。

《三国志》载："鲁肃代周瑜，当之陆口，过蒙屯下。肃意尚轻蒙，或说肃曰：'吕将军功名日显，不可以故意待也，君宜顾之。'遂往诣蒙。酒酣，蒙问肃曰：'君受重任，与关羽为邻，将何计略，以备不虞？'肃造次应曰：'临时施宜。'蒙曰：'今东西虽为一家，而关羽实虎熊也，计安可不豫定？'因为肃画五策。肃于是越席就之，拊其背曰：'吕子明，吾不知卿才略所及乃至于此也。'遂拜蒙母，结友而别。"

由此便知，吕蒙对关羽很在意。一个经常研究对手的人，往往不会失着，因为有预防措施，而一个不把对手放在心上的人，常常要吃大亏，因为无应对之策。吕蒙将关羽吃得很透。"斯人长而好学，读《左传》略皆上口，梗亮有雄气，然性颇自负，好陵人。"所以他对孙权说："（今）征虏守南郡，潘璋住白帝，蒋钦将游兵万人循江上下，应敌所在，蒙为国家前据襄阳，如此，何忧于操，何赖于羽？且羽君臣，矜其诈力，所在反覆，不可以腹心待也。今羽所以未便东向者，以至尊

圣明，蒙等尚存也。今不于强壮时图之，一日
僵仆，欲复陈力，其可得邪？"

所以，吴蜀之间，终有一战，关羽当然不
会不提防，他从未将东吴放在眼里，不过，他
很自信，认为双方会有一些小打小闹，但全面

三国志像，绣像金批
第一才子书，毛声山
评点，金圣叹序，清
初刊本大魁堂藏版

战争的可能性，他不认为有，这才敢去战于禁、庞德、曹仁。

吕蒙继续麻痹关羽，第一招称病，离开荆州一线，回建业养病，关羽当然知道吕蒙的厉害，这样一来，大大减轻了他的后顾之忧。吕蒙觉得这还不够，第二招，建议孙权起用陆逊。此人"意思深长，而未有远名，非云长所忌"。而陆逊则卑辞厚礼，派使者到樊城慰问受了箭伤的关羽，《三国演义》说关羽哈哈大笑，对来人说："仲谋见识短浅，用此孺子为将。"失去最后的一点警惕，将东线部队抽调到北线，江防空虚，给吕蒙突击以可乘之机。

初，吕蒙不喜读书，后经孙权开导，"蒙始就学，笃志不倦，其所览见，旧儒不胜。后鲁肃上代周瑜，过蒙言议，常欲受屈。肃拊蒙背曰：'吾谓大弟但有武略耳，至于今者，学识英博，非复吴下阿蒙。'蒙曰：'士别三日，即更刮目相待。'"

"吴下阿蒙""士别三日，当刮目相看"这两句成语，即出于此。

当吴蜀之战即将开始，吕蒙袭击南郡前，孙权计划下令任命孙皎和吕蒙为左、右大都督，共同行事。吕蒙对孙权说："若至尊以征虏（孙皎为都护征虏将军）能，宜用之；以蒙能，宜用蒙。昔周瑜、程普为左、右都督，共攻江陵，虽事决于瑜，普自恃久将，且俱是督，遂共不睦，几败国事，此目前之戒也。"孙权悟过来以后，就任命了吕蒙为大都督，孙皎为后继。这说明孙权不弱，他也有他的用人之道。若论配合默契，无过于人之左、右手，而左、右手之同心协作，取决于人之头脑指挥。因此，人们称之为左膀右臂的股肱之辈，系指主帅身边的辅佐人物而言。假如无主帅的话，这些干将再得力，也未必能团结一致得如同人之左、右手那样一心一德。做大事者，汇聚众议，全盘在心，兼听群情，成竹在胸以后，必须要有独断之担当，若优柔寡断，则必失先机，若迟疑不决，则误事误人。

一个高明的领导人，应该懂得因人制宜，因时制宜，因地制宜地使用干部。对有些部下，以彼此制约，以免失控为好；对有些部下，则以授以权责，放手为好。如吕蒙这样堪当一面，堪以重任的人，信，则全信，要给他一个不至于左右掣肘的，能够施展全部才干的工作环境。这就看一个领导人的眼力和魄力了。

怕就怕碰到那些放权只放一半，放手又留一手，放心放不下心的上级，那就只有倒霉了。这一点，孙策早就预言："举贤任能，各尽其心，以保江东，我不如卿。"

好个"公私分明"徐公明

第七十六回（上）：徐公明大战沔水

徐晃，杨奉之将，汉献帝建安二年（197），因杨奉不听其劝，与韩暹一起劫驾，混战中，徐晃弃杨投曹，从此，成为"太祖建兹武功，而时之良将，五子为先"。五子：于禁、张郃、乐进、张辽、徐晃。亦称五子良将。

在《曹操集》里，有一篇《劳徐晃令》："贼围堑鹿角十重，将军致战全胜，遂陷贼围，多斩首虏。吾用兵三十余年，及所闻古之善用兵者，未有长驱直入敌围者也。且樊、襄阳之在围，过于莒、即墨，将军之功，胜过孙武、穰苴。"当时，关羽水淹七军，擒于禁，杀庞德，围曹仁于樊城，围吕常于襄阳，声势之大，威震华夏，在他眼看即将凯旋之际，其实也是死神向他敲门之时，送他终的徐晃出现了。开始，关羽不太在意，因他带来的兵少，并未介意他的营地太过接近。但曹操迅速调集人马，充实徐晃部队，于是，声东击西，"晃扬声当攻围头屯，而密攻四冢。羽见四冢欲坏，自将步骑五千出战，晃击之，退走，遂追陷与俱入围，破之，或自投沔水死。"若没有关羽不敌而退，徐晃根本不可能攻进关羽的壕堑，光"鹿角"（即今之铁丝网）达十层之多。战争中会有许多偶然，两军营垒太过靠近，遂有进入敌堑的可能。

关羽和徐晃是朋友，又是同乡，关羽降操的那些日子里，他们还是同事，关系密切。据《蜀记》："羽与晃宿相爱，遥共语，但说平生，不及军事。须臾，晃下马宣令：'得关云长头，赏金千斤。'羽惊怖，谓晃曰：'大兄，是何言邪！'晃曰：'此国之事耳。'"《三国演义》的这一节也写得十分精彩："公勒马问曰：'徐公明安在？'魏营门旗开处，徐晃出马，欠身而言曰：'自别君侯，倏忽数载，不想君侯须发已苍白矣！忆昔壮年相从，多蒙教诲，感谢不忘。今君侯英风震于华夏，使故人闻之，不胜叹羡！兹幸得一见，深慰渴怀。'公曰：'吾与公明交契深厚，非比他人；今何故数穷吾儿耶？'晃回顾众将，厉声大叫曰：'若取得云长首级者，重赏千金！'公惊曰：'公明何出此言？'晃曰：'今日乃国家之事，某不敢以私废公。'"许都友情，惺惺相惜，华容放行，虎口余生，此时都不在话下了。人情这东西，是绝对靠不住的。

骄兵必败，这是所有人都能明白的道理。但是，包括英明统帅、常胜将军、沙场老将、无敌勇士，当然更不用说那些凡夫俗子、芸芸众生，事到临头，都明白翘尾巴要犯大错误，都明白只有始终谦虚谨慎才能保持头脑清醒。但执迷不悟地坚持到彻底失败为止，拉也拉不回来的事屡见不鲜。不见棺材不掉泪的人，过去有，现在有，将来也不会绝迹的。

人若是陷入了感觉的误区里，失去常智不说，还会失去常识，这就是偏执情绪、逆反心理作祟，于是出现一系列的判断失误。最后，甚至自己也明白，是错了，可情绪还是退不出这个误区。谣言攻势，尚能蛊惑人心，何况言之凿凿，

三国志像，绣像金
批第一才子书，毛
声山评点，金圣叹
序，清初刊本大魁
堂藏版

他们不是不听，而是不敢听、不想听，因为那
后果与他们昨天的预想值，相差太远，远到不
知伊于胡底的地步，想都不敢想，还敢信吗？
但是，说到底，无论消息是讹是实，荆州乃立
足存身之地，本非固若金汤，现又主力外移，

稍有头脑者，至少要证实，至少也要采取一些机动措施，关羽竟置之不顾，连想都不肯想一下，丧神失魄如此，不败何为？

关羽太小看东吴了，吕蒙称病，他不信有假；陆逊谦卑，他不信有诈；荆州失陷，他不信其真；糜、孟背叛，他不信其事。就只相信他自己，这是所有骄傲的人的通病。

他得襄阳，回师荆州，犹不晚也。攻樊城不下，迅速撤兵，也仍旧来得及的。荆州已失，不图收复，另谋去处，也未必全军覆灭。及至兵败麦城，突围路线要顺依人意的话，不至于身亡……悲剧总是自己造成的。

一个普通老百姓，纵使因骄致败，只不过祸及其身，再大，祸及其家，仅此而已。一军之帅的因骄致败，则是万千首级落地的事，而一国之君的因骄致败，那就更不堪设想了。最可笑者，穷途末路的关云长，此刻所思所想，竟是有何面目去见兄长，而不是如何应急处变。这种面子观点，发展至死要面子活受罪的现象，为维护这分可怜的尊严，只有错到底了。

本事越大，破坏力越大

第七十六回（下）：关云长败走麦城

　　吕思勉在《三国史话》中说："关羽这个人，是有些本领的，我们不能因他失败而看轻他。"若是没有什么本领，刘备也不会让其独当一面。荆州是蜀汉的发祥地，是刘备一生鱼龙变化的出发点，所以在他眼里，益州、荆州，一鸟两翼，这块宝地，必须交到关羽手里，他才放心。也许正因为此，关羽的感觉因地位突变而发生可怕的膨胀。他不再视自己为将，而是王，或是亚王。这是入主荆州后，他不断和中央发生排名次序的争执，也是他不断地与东吴发生联盟方针的摩擦之根源所在，之问题所在。刘备不经意中发出的这个信号，使得他的骄傲，他的自负，达到一个快要"爆表"的程度。

　　汉献帝建安二十四年（219）正月斩夏侯渊，五月得汉中，七月刘备称王。八月关羽攻樊城，围襄阳，大破曹军。十二月，荆州还吴，关羽败死。而且从此蜀汉一蹶不振，退守西川。所以说："祸福交错乎倚伏之间，兴亡缠绵乎盈虚之会。"太多的胜利，是很容易让缺乏政治头脑而晕晕乎乎的人摔跤的。

　　关羽这个人，本领是有的，但却很不懂政治。而不懂政治最主要之点，就是不顾大局。此人敢放下荆州，要跑回蜀

三国志像，绣像金批第一才子书，毛声山评点，金圣叹序，清初刊本大魁堂藏版

中与马超比武，只有他这种政治弱智，才能做得出来。从封汉寿亭侯以后，他开始感觉错位，到独挑大梁，驻守荆州，其骄傲，其自负，到了狂妄的程度。一方面动摇孙、刘联盟的根本，一方面挑起攻樊围襄的战端。前者，既没有与诸葛亮打招呼；后者，也没有与刘备商讨过，一己之念，擅定大局，这样的人，本领越大，其对整体的败坏力也就越大。

西线方面的胜利，法正已经说得再清楚不过，"曹操一举而降张鲁，定汉中，不因此势以图巴、蜀，而留夏侯渊、张郃屯守，身遽北还，此非其智不逮，而力不足也，必将内有忧逼故耳"。曹操，忙于选定接班人，忙于肃清反对派，因此，他不可能从一个战场撤下来，马不停蹄，奔赴另一战场。所以，攻打樊城，水困曹仁，成为关羽一生的收官之作，风头出尽的同时，也颜面扫地，无地自容。至此，关某人再有本领，也不管用了。

"却说吕蒙在荆州，传下号令：凡荆州诸郡，有随关公出征将士之家，不许吴兵搅扰，按月给与粮米；有患病者，遣医治疗。将士之家，感其恩惠，安堵不动。忽报关公使至，吕蒙出郭迎接入城，以宾礼相待。使者呈书与蒙。蒙看毕，谓来使曰：'蒙昔日与关将军结好，乃一己之私见；今日之事，乃上命差遣，不得自主。烦使者回报将军，善言致意。'遂设宴款待，送归馆驿安歇。于是随征将士之家，皆来问信；有附家书者，有口传音信者，皆言家门无恙，衣食不缺。使者辞别吕蒙，蒙亲送出城。使者回见关公，具道吕蒙之语，并说：'荆州城中，君侯宝眷并诸将家属，俱各无恙，供给不缺。'公大怒曰：'此奸贼之计也！我生不能杀此贼，死必杀之，以雪吾恨！'喝退使者。使者出寨，众将皆来探问家中之事；使者具言各家安好，吕蒙极其恩恤，并将书信传送各将。各将欣喜，皆无战心。"

吕蒙深通政治攻势之作用，分化瓦解，拉拢引诱，鼓惑煽动，挑拨离间，无所不用其极。此计用于两军对垒中，能起到使正面战斗取得更大成果的作用。

从垓下之围的四面楚歌开始，军事家们就懂得使用心理战术，《孙子》曰："不战而屈人之兵，善之善者也。"因此，一个成熟的军事家，无不想方设法使敌人军心动摇，斗志丧失，纪律涣散，情绪低迷，以此削弱对方的战斗力，《三国志·吕蒙传》称"羽人还，私相参讯，咸知家门无恙，见待过于平时，故羽吏士无斗心。"关老爷除了坐以待毙外，别无他路。

迄止此刻，刘备、诸葛亮未发一兵一卒，未派一将一吏，来给关羽撑腰打气，这个历史之谜，是一个死结，谁也解不开。

关老爷成了神

第七十七回（上）：玉泉山关公显圣

　　关羽之死，是《三国演义》精心经营的篇章。当罗贯中执笔写这部演义时，由于民间文学的传播，以及历代统治者的尊崇，关羽已经成帝成圣，所以极尽渲染之能事，篇幅之长，文字之多，《三国演义》中任何一个人的死，都没有像他这样着力描写的。

　　在《三国演义》中，关羽之死的前前后后，反映了中国人的善恶报应的传统文化心理。虽然不见诸正史，但口口相传，以假讹真，言之凿凿，若有其事，死了的关老爷，真变了神，成了圣。

　　说到底，这都是中国人的想象和创造，因为数千年来的封建社会，就是善良之被欺凌，正直之被屈辱，君子被小人戏弄，忠臣被奸佞陷害，好人得不到好报，正义得不到伸张，坏人得志，良民遭殃的生存状态。在中国历史上这类恶占上风，善被践踏的现象，好像是一种永远也喘不过气来的常态。于是那些受压迫，被欺凌的人们，便把希望寄托于另一个比较公平的世界，那就是神和鬼在统治着的、至少不像人间这样恶行不受责罚的世界。

于是，就产生报应和轮回学说。善有善报，恶有恶报，不是不报，时辰不到。作恶必自毙，谁都逃不了死，最后，坏人在十八层地狱里受到惩处，升不了天，哪怕投胎也只能投到母猪肚子里，被人宰了吃。这就成了受尽欺侮的、

无力反抗的、无可奈何的人，一剂最佳的自我安慰的精神良药。无数人、无数次的臆想，化为似乎存在的事实。生前是弱者，死后化为厉鬼，报仇申冤。像关羽、岳飞这样的英雄豪杰，那更是要成为使恶人闻之魂飞胆丧的天神。

残害的对象越是了不起，那报应也来得越快，吕蒙，被关羽死后的魂灵附体索命，七窍流血而死。曹操，也整日间白昼见鬼，不但关羽，连他杀掉的那些好人都缠住他不放，终于一死了之。这就是《三国演义》能起到的舒缓愤懑、淡化矛盾、消弭对抗、化解对立的作用，也正是封建统治者所求之不得的。

"至天明，孙权闻关公父子已被擒获，大喜，聚众将于帐中。少时，马忠簇拥关公至前。权曰：'孤久慕将军盛德，欲结秦晋之好，何相弃耶？公平昔自以为天下无敌，今日何由被吾所擒？将军今日还服孙权否？'关公厉声骂曰：'碧眼小儿，紫髯鼠辈！吾与刘皇叔桃园结义，誓扶汉室，岂与汝叛汉之贼为伍耶！我今误中奸计，有死而已，何必多言！'权回顾众官曰：'云长世之豪杰，孤深爱之。今欲以礼相待，劝使归降，何如？'主簿左咸曰：'不可。昔曹操得此人时，封侯赐爵，三日一小宴，五日一大宴，上马一提金，下马一提银，如此恩礼，毕竟留之不住，听其斩关杀将而去，致使今日反为所逼，几欲迁都以避其锋。今主公既已擒之，若不即除，恐贻后患。'孙权沉吟半晌，曰：'斯言是也。'遂命推出。于是关公父子皆遇害。时建安二十四年冬十二月也。"

孙权久居江东，坐井观天久，脑空间萎缩，便会成为一个不具大局面，失去大视野的人，杀关羽，绝对是一着臭棋。

第一，关羽已经成了你的阶下囚，着什么急？第二，曹操不会出动大军来抢关羽，怕什么怕？第三，从最长远的利益看，吴蜀交恶绝不是江东的最佳选择，既然还有未来，何必斩尽杀绝？那么，给予高规格的款待，胜过当年曹操的三日一小宴，五日一大宴，上马金，下马银，然后，择吉礼送关氏父子回蜀，刘备也好，诸葛亮也好，还好意思向你讨其荆州属地吗？急忙处置，函首许都，弄一个猪八戒照镜子，里外不是人，只能说明关云长斥之为"碧眼小儿"的"小"，真是说准了这位江东之君的小儿科、小心眼。而他很在意的前不久求婚遭拒的羞辱，总算得到报仇雪恨的机会。

　　结果怎么样呢？曹操死，曹丕代，大举伐吴，势单力薄的孙权，只好忍气吞声，俯首称臣。这是他最不愿意做的事，也不得不站班伏低了。

关羽早晚是要失败的

宋人洪迈在《容斋随笔·名将晚谬》里写道："关羽手杀袁绍二将颜良、文丑于万众之中，及攻曹仁于樊，于禁等七军皆没，羽威震华夏，曹操议徙许都以避其锐，其功名盛矣。而不悟吕蒙、陆逊之诈，竟堕孙权计中，父子成禽，以败大事。"骄兵必败，古今皆然，关羽之骄，个人英雄主义害死了他，刘备的纵容宠信，也是滋长他忘乎所以的重要因素。

王夫之在《读通鉴论》中说："吴蜀之好不终，关羽以死，荆州以失，曹操以乘二国之离，无忌而急于篡，关羽安能逃其责哉？"这个责任要是细究起来，刘备是更不能辞其咎的。联吴大计，是诸葛亮定的，他让亲魏忌吴的关羽，主持荆州事务，一错；益州攻不下，小事，荆州保不住，大事，刘备却偏要将诸葛亮、张飞、赵云调离荆州，二错；刘备忌讳诸葛亮与诸葛瑾的兄弟关系，不乐意他的军师过多插手荆州事宜，三错；小市民的拜把子落后意识，压倒政治考量，用人不当，四错。于是，华容道的关羽，成为走麦城的关羽，完全是刘备一手造成的。

关羽早晚是要失败的，但没有想到这么快就来了。按《资治通鉴》汉献帝建安二十四年（219），"已而关羽果使南郡太守糜芳守江陵，将军傅士仁守公安，羽自率众攻曹仁于樊。"是发生在这年的"秋，七月，刘备自称汉中王"，"遣益州前部司马犍为费诗即授关羽印绶"以后。下面这段文字，活画出一副从个人英雄主义蜕变到野心家的嘴脸。"羽闻黄忠位与己并，怒曰：'大丈夫终不与老兵同列！'不肯受拜。诗谓羽曰：'夫立王业者，所用非一。昔萧、曹与高祖少小亲旧，而陈、韩亡命后至；论其班列，韩最居上，未闻萧、曹以此为怨。今汉中王以一时之功隆崇汉室；然意之轻重，宁当与君侯齐乎！且王与君侯譬犹一体，同休等戚，祸福共之。愚谓君侯不宜计官号之高下、爵禄之多少为意也。仆一介之使，衔命之人，君侯不受拜，如是便还，但相为惜此举动，恐有后悔耳。'羽大感悟，遽即受拜。"

费诗，以正直耿介称，他肯定觉得眼前这个关羽，太狂。不能与老兵同列，你不也是推车拉脚的力夫出身。但是，交浅言深，不便多谈，反正我是衔命而来，你要不接受任命，我再拿回成都就是，但愿君侯不要后悔。

因为费诗是蜀中人士，不大知道他们之间的猫腻，所以说了一句"且王与君侯譬犹一体，同休等戚，祸福共之"的话，他得到了"大感悟"，注意，是"大感悟"，不是"小感悟"。所以，他很快就发动樊城之战，他想在军事上展开一场决战，也非自一日，他的按捺不住，而冒险行之，费诗的话，是他开始行动的触发剂。要给四川方面的大家知道，我关某人是个什么角色，同时，等着吧诸位，我关某人还要给你们一个惊喜看看。

三国志像，绣像
金批第一才子
书，毛声山评
点，金圣叹序，
清初刊本大魁堂
藏版

　　关羽旗开得胜，赢的是他的气势、他的实力，加上老天帮忙。"八月，大霖雨，汉水溢"，孙权得擒关羽，赢的是他的诡诈、他的权谋。曹操不输不赢，还真是亏了徐晃，要不是徐公明长驱走入，关羽抛营而走，困守樊城的曹仁，必然落入瓮中捉鳖的败局。然后，很有可能关云长回马一枪，刺向偷偷摸摸的孙权，那结局只能是孙权灰头土脸回到东吴……然而，战争千变万化，不可预测，关羽本想再立不世之功，但老天爷不开眼，也就只好一死了。

所以，孙权差矣！他想对落在他手中的关羽诱降，也太欠自知之明了。当年，曹操能使羽降，孙权则不能使羽降。因为曹操能打出汉献帝的招牌，而吴没有。投降者也有其符合自身尊严的选择，宁降于龙虎，也不甘降给猪狗。而且曹操能在汉献帝建安五年（200）使关羽降，此刻，无论曹操、孙权都不能使关羽降。何也？关羽二十年前，只是一员战将，降汉而不降曹，暂屈以图别计。现在，他是天下瞩目的一方主帅，过五关、斩六将、义释华容、单刀赴会、水淹七军的汉寿亭侯，赫赫扬扬，功勋卓著，是把曹操吓得差点迁都的人物。这个光辉形象，他自己是不会玷污的。

《终令》《遗令》之蹊跷

第七十八回（上）：治风疾神医身死

汉献帝建安二十五年，曹操预感死期将至，写了一篇《遗令》，"吾夜半觉小不佳，至明日饮粥汗出服当归汤。"他知道不久人世，便在这篇遗嘱里，特别提到"吾婢妾与伎人皆勤苦，使著铜雀台，善待之"。还说，"诸舍中无所为，可学作组履卖也"，也只有曹操这样一个性情中人，能想得到的。他不要求她们为他殉葬，还嘱咐她们做一些女红手艺，挣一点脂粉钱。更要求在他的坟墓中，"无藏金玉珍宝"，可见他此时，又是充满诗人气质的人了。特别是他要求"葬毕便除服"，马上结束礼仪，正常工作，尤其那些"其将兵屯戍者，皆不得离屯部；有司各率乃职"，"天下尚未安定，未得遵古也"，他实际上还是以国家为重、政治第一的统治者。

他在《遗令》中写道："吾死之后……葬于邺之西冈上，与西门豹祠相近。"看来，他引为民除害的西门豹为知己，也就了解干戈一生的曹操，其英雄气概所在了。

据《三国演义》载后人著《邺中歌》咏曹操，他这一生，"雄谋韵事与文心"，色色俱备，独少酸腐和愚执，所以他"文章有神霸有气"，成为中国历史上议论最多、争论最大的领袖

遗香堂绘像三国志，明末安徽新安黄氏刻本

人物之一。因此将曹操简单化、脸谱化、丑角化，如歌所咏："书生轻议冢中人，冢中笑尔书生气"，倒是要受到曹操嘲笑的了。

但是，按曹操这个人的一贯作风，他在知道自己即将谢世之际，不可能不留下他的政治遗嘱。现在看来，因为，汉献帝建安二十五年（魏黄初元年）（220），"春，正月，武王至洛阳，庚子，薨。"到"冬，十月，乙卯，汉帝告祠高庙，使行御史大夫张音持节奉玺绶诏册，禅位于魏"。显然，曹丕急于禅代，大违背于曹操的原意，孙权称臣以后，曾经拍过曹操马屁，让他废了汉献帝刘协，自己称帝，曹操看到上书，哈哈大笑，他说，"是儿欲使吾居炉火上耶？"他还说："若天命在吾，吾当为周文王矣！"

曹操在写《终令》的汉献帝建安二十三年（218），没有料到曹丕如此急于禅代，所以才有范晔《后汉书》里的那火爆的场面："魏受禅，遣使求玺绶，（献帝）后（曹操之女曹节）怒不与。如此数辈，后乃呼使者人，亲数让之，以玺抵轩下，因涕泣横流曰：'天不祚尔！'左右皆莫能仰视。"因此，现在我们看到曹操的建安二十五年的《遗令》，和建安二十三年的《终令》，竟然是没有一点点政治的政治家遗嘱，也是很觉得蹊跷的。

显然在曹丕篡位前后，做了手脚。伪造历史，以粉饰统治者见不得天日的丑恶，是历代史官的拿手好戏。

第一，为什么有《终令》和《遗令》两份遗嘱？第二，为什么《终令》里的葬于西门豹旁，重复出现于《遗令》，而《遗令》中若干嘱托，却不见于《终令》？第三，《终令》早于《遗令》两年，曹操的神志和精力，当好过临危之时，为什么《终令》几无任何实质内容，而《遗令》却事无巨细，悉皆生活琐碎？很清楚，死人要为活人服务，一切不利于曹丕禅代的文字，都得消灭得无影无踪，哪怕是他父王曹操的遗嘱，也要改得符合统一的口径，一点痕迹也不能露出来。这对那些马屁精来说，简直不费吹灰之力。

按常理来说，存在着这样一种可能性，一个政治人物，在他即将离开他亲手开创的世界之前，总是不由自主地产生对于未来的展望和期待，总是希望后来者接过他的担子，沿着他走过来的路继续前进。这是再正常不过的事情。那么，曹操在《终令》这份政治遗嘱里，也许会谈及他这一生周公吐哺之愿想，也许谈及迎汉献帝由洛阳到许都，是他人生的转捩点，是他从混江湖到打江山的鱼龙变化的开始，也许他告诫曹丕，在他离世之后，继续维持着他和刘协维持了二十四年的君臣关系，这也是曹丕的姐姐（也许是妹妹），敢于发飙，敢于咒骂的原因。

然而，一个铁腕人物离开这个世界，最大的反弹，莫过于否定你认为最为正确的道路，你不想称帝，不等于你的儿子不想称帝，过去那些俯伏在你面前的臣下，听命于你的部属，现在掉转身去，把背冲着你，而把那张谄媚的脸，朝向你的儿子，等着向他山呼万岁了。

曹操历史真面目

第七十八回（下）：传遗命奸雄数终

　　如果说，关羽之死，实现了他的"玉可碎而不可改其白，竹可焚而不可毁其节"的诺言，是一场美被毁灭的悲剧，那么曹操之死，在《三国演义》中，便是一次恶的亡灭了。梦魇关羽，砍树溅血，冤鬼索命，屋宇坍塌，这都是民间所谓不是善终的征兆，证明了他恶贯满盈，气数已尽，是个死有余辜的人物。

　　其实，曹操没有坏到这个程度，至少在宋以前，对于曹操的看法，比较接近于历史的真实面貌。唐太宗李世民说过："魏武帝若无多疑猜人之性，几为完人也。"《资治通鉴》里这样评价曹操，说他"知人善察，难眩以伪。识拔奇才，不拘微贱，随能任使，皆获其用。与敌对阵，意思安闲，如不欲战然；及至决机乘胜，气势盈溢。勋劳宜赏，不吝千金；无功望施，分毫不与。用法峻急，有犯必戮，或对之流涕，然终无所赦。雅性节俭，不好华丽。故能芟刈群雄，几平海内"。

　　宋以后，特别南宋以来，历史的大背景变了，大好河山沦于异族统治之下，泱泱大国却可怜巴巴地局促于江南一隅，与三国时期承继刘汉正朔的蜀汉，那处境之艰难，岁月之窘迫，大抵相似，尤其对来自北方的压迫、欺凌、侮弄的无计可施，无法抵御上，有着心理上的共鸣。那时候，反击之心，反抗之意，弥漫在所有中国人的肺腑胸膈之间，便通过这种借古寓今的手段表达出来，以图一快。从托名苏轼

三国志像，绣像金批第一才子书，毛声山评点，金圣叹序，清初刊本大魁堂藏版

的《东坡志林》（当系出自南宋人之手的伪作）中所载，老百姓之拥刘反曹，已成风气："涂巷中小儿薄劣，其家所厌苦，辄与钱，令聚坐听说古话，至说三国事，闻刘玄德败，频蹙眉，有出涕者；闻曹操败，即喜唱快，以是知君子小人之泽，百世不斩。"当时，理学行时，北宋人标榜志节，朱熹讲学，尊蜀正宗，曹操便成为任人挞伐的靶子，到元末明初，《三国演义》问世，对曹操的丑化，便集大成焉。

所以，历史上的曹操和《三国演义》中的曹操，不尽相同。至少，一、他结束了汉末诸侯混战的局面，统一长江以北的中国；二、他解决了多年骚扰中原的边患，保持了数十年的平静；三、他力行屯田，发展农业，使大半个中国恢复生机；四、他不拘一格，网罗人才，"拔于禁、乐进于行阵之间，取张辽、徐晃于亡虏之内，皆佐命立功，列为名将，其余拔出细微，登为牧守者，不可胜数"。这些功绩是不可抹杀的。为什么《三国演义》里，将曹操塑造成一个反面人物呢？除了上述的历史背景的因素，更主要的原因是和千百年来人民大众在长期的封建社会里，处于暴政统治下，无法正常表现自己的愤怒，遂以鞭挞这样一个奸雄，为出气口，来宣泄心中块垒有关。

陈寿著《三国志·武帝纪》："御军三十余年，手不舍书，昼则讲武策，夜则思经传，登高必赋，及造新诗，被之管弦，皆成乐章……"孙盛在《异同杂语》里，说他"才武绝人，莫之能害，博览群书，特好兵法"。而曹丕在《典论》里记叙了他父亲的一句话："长大而能勤学者，惟吾与袁伯业耳。"

控制汉献帝，挟天子以令诸侯，这是曹操最被人诟病的所在，然而应该承认，也是他一生之中最为成功的政治成就。第一个出这个主意者，为贾诩，向凉州军后期首领李傕提出的"奉国家以征天下"。可他的凉州老乡，非但没有这分政治头脑，我甚至怀疑李傕连头脑健全也说不上，遂告吹。第二个出这个主意者，为沮授，《后汉书·袁绍传》："沮授说绍曰：'将军累叶台辅，世济忠义。……且今州城粗定，兵强士附，西迎大驾，即宫邺都，挟天子而令诸侯，畜士马以讨不庭，谁能御之？'"袁绍的头脑，比李傕略强，但也强不到哪里去，结果也告吹。只有曹操，当荀彧向他建议："今车驾旋轸，东京榛芜，义士有存本之思，百姓感旧而增哀。诚因此时，奉主上以从民望，大顺也；秉至公以服雄杰，大略也；扶弘义以致英俊，大德也。天下虽有逆节，必不能为累，明矣。"他马上发兵洛阳，然后，又将汉献帝迁都于许，这等雄才大略，就非当时那些豪杰所能及的了。

　　而且，更令人难以窥其玄机者，是从汉献帝建安元年（196）到汉献帝建安二十四年（219），曹操未生出半点觊觎帝位之心，有如此强大的隐忍力，就知道他的内心是多么深不可测了。

文学家曹植与政治家曹丕

第七十九回（上）：兄逼弟曹植赋诗

　　"煮豆燃豆萁"一诗，未见《曹子建集》，但它却比曹植的所有其他作品，拥有更多读者。它之所以传诵不已，是因为其中有一则兄弟相争的故事。

　　曹操死，曹丕继王位，这是汉献帝建安二十五年（220）正月的事，二月，《资治通鉴》魏纪一载："王弟鄢陵侯彰等皆就国。临淄临国谒者灌均，希指奏：'临淄侯植醉酒悖慢，劫胁使者。'王贬植为安乡侯，诛右刺奸掾沛国丁仪及弟黄门侍郎廙并其男口，皆植之党也。"小人得志，第一件事，必是报复。曹丕肯定要对曹植下手，因为在争夺王位的过程中，应该占优势的他常处于劣势，恨得他牙痒难禁，现在刀把子在他手里，当然要收拾这位贤弟了。不过，也太性急了些。时人鱼豢，一位正直的史学家，《魏略》即其所著。在书中感慨："谚言：'贫不学俭，卑不学恭。'非人性分殊也，势使然耳。假令太祖防遏植等在于畴昔，此贤之心，何缘有窥望乎！彰之挟恨，尚无所至；至于植者，岂能兴难！乃令杨修以倚注遇害，丁仪以希意族灭，哀夫！"好在老子刚过世，曹植逃过一命，他的朋友丁仪、丁廙兄弟替他搪了刀。而且，"并其男口"，这是一种很古老的株连法，将其两家的男性都杀掉，斩草除根。

在中国古代历史上，一个统治者登台，必然要伴随着屠杀。打江山的开国之君如此，太平盛世父崩子继者也如此。无一不是在杀戮的血雨腥风中坐上宝座。

因为能够觊觎皇位的竞争者，无不具有可恃的实力，或有军队，或有地盘，或有资格，或有舆论，等等，这些使他们走到赌台旁边的本钱，没有一个人是想输的。他们都抱着一搏之心，希望夺得那顶王冠。特别是继位之君对于其他也享有继承权和具有潜在继承权的人，也就是皇兄皇弟、皇子皇孙们，是绝不容情，决不手软的。

《资治通鉴》魏纪一，黄初三年，"夏，四月，戊申，立鄄城侯植为鄄城王。是时，诸侯王皆寄地空名而无其实；王国各有老兵百余人以为守卫；隔绝千里之外，不听朝聘，为设防辅监国之官以伺察之。虽有王侯之号而侪于匹夫，皆思为布衣而不能得。法既峻切，诸侯王过恶日闻"。别看贵为皇弟，封王就国，其实，只有数十老兵，若干僚属，而且都具有监视任务，当一个这样的王侯，真还不如做一个普通老百姓来得自由。

曹操生前一度属意曹植，被贾诩以袁绍父子事为喻劝止了。因此曹丕上台后，当然不能放过他。但围绕这位七步诗才子的，没有一个称得上是政治家的。杨修虽是行军主簿，其实是个恃才傲物，毫无城府，只会舞文弄墨的幕僚，若懂政治，他也不会被杀头。丁氏两兄弟，虽是极其优秀的名士，但凡心太盛，卷入政治太深，结果为之送了命。所以，文学

三国志像，绣像
金批第一才子
书，毛声山评
点，金圣叹序，
清初刊本大魁堂
藏版

家要和政治家斗，是以卵击石的游戏，无非
找死而已。政治家要收拾不听话的文学家，
那还不是雷公打豆腐——小菜一碟。尤其这类
生死攸关的皇权斗争，文人你算老几？介入
等于找死。

读《三国志·陈思王传》，曾经多么风光的曹植，曾经被曹操视为接班人的曹植，经他哥哥一再收拾，便一蹶不起，被贬鄄城侯后，四年，徙封雍丘王，其年，朝京都，据《魏略》："初植未到关，自念有过，宜当谢帝。乃留其从官著关东，单将两三人微行，入见清河长公主，欲因主谢。而关吏以闻，帝使人逆之，不得见。太后以为自杀也，对帝泣。会植科头负鈇锧，徒跣诣阙下，帝及太后乃喜。及见之，帝犹严颜色，不与语，又不使冠履。植伏地泣涕，太后为不乐。诏乃听复王服。"

　　最后，"植每欲求别见独谈，论及时政，幸冀试用，终不能得。既还，怅然绝望。时法制，待籓国既自峻迫，寮属皆贾竖下才，兵人给其残老，大数不过二百人。又植以前过，事事复减半，十一年中而三徙都，常汲汲无欢，遂发疾薨，时年四十一"。

　　作为文学家的曹植，所以不幸，倒不是因为他的文学，而是由于太热爱权力，太靠近政治，而终于被权力和政治吞没，这倒也是值得后人于前车之覆中，引以为戒的。

诸葛亮的用人洁癖

第七十九回（下）：侄陷叔刘封伏法

　　派系，是一种政治流行病。在这个世界上，只要有政治人物，就有这种或隐或显的病症。

　　构成派系的因素很多，同学、同乡、同党、同科。同，即共同点，在茫茫人海中，只要两个人能找到共同点，马上就产生超过其他人的亲近感，这就是后来出现派系流行病的温床。刘备、关羽、张飞，还有赵云，除了拜把子，救阿斗这些我们都知道的情深义重外，还有一个原因常被读者忽略，即这四位都系燕赵之士。老乡见老乡，两眼泪汪汪，乡土之情在本乡本土，是感觉不出来的，但这个人一落到他乡他土，人地生疏，举目无亲，一声乡音，往往能勾起满腹乡愁。所以，随诸葛亮入蜀的荆州人士，成了西蜀行政之主力，兵将之骨干，而形成荆襄派这一说，是再自然不过的事情。

　　相对而言，益州当地的干部，一部分顽固派，坚定拥挤刘璋，自然尾随而去，一部分早就表忠诚于刘备，以法正为首的应时派，理所当然地获得重用，但这两部分人加在一起也不及处于中间观望的本土派，第一，有相当数量；第二，有相当实力；第三，或许让刘备、诸葛亮不敢怠慢者，这些

三国志像，绣像金批第一才子书，毛声山评点，金圣叹序，清初刊本大魁堂藏版

人的最大优势，是基层的根扎得很深，不容小觑。中间派，是一个当领导的，最不可以忽视的群体，他们不赞成你，并不等于他们就反对你，反对和不赞成，不完全是一回事；同样，他们赞成你，也不等于他们就完全支持你，赞成你做的事，和支持你这个人，还是有区别的。所以，刘备这个人，最大的优点，是包容，是宽厚，这也是一个反应较慢，能力稍差之人的护身法宝，从而他的一生，也因此获益不少。不过，他的包容，他的宽厚，是有一定限度的，超过他能承担的水平，那一分偏执，也是很可怕的。所以，他主政蜀中，除了不赞成他称王，扫了他兴的费诗之类受到他的打击外，一般来说，他对待本土派、外来派，其胸怀还是相当开阔的。可惜，此人死得太早，否则，可以大大弥补诸葛亮之不足。

诸葛亮，是一个太能干，太聪明，太了解过去、现在和将来的人，一个马上就能知道你想做什么，想说什么，而且有了应对预案的人，和这种人打交道，你会有一种赤裸裸的暴露感。他是一个毫无异议的伟人，没有他，刘、关、张，草莽英雄而已；没有他，也就没有三分天下，据蜀而治。然而，他褊狭，这也是所有太过自信的人的通病。

彭羕、刘琰之死，廖立、李严之废，都是发生在诸葛亮执掌蜀政以后的事情。

彭羕"姿性骄傲，多所轻忽"。"羕起徒步，一朝处州人之上，形色嚣然，自矜得遇滋甚，诸葛亮虽外接待羕，而内不能善，屡密言先主，羕心大志广，难可保安。"刘琰"有风流，善谈论"，"车服饮食，号为侈靡，侍婢数十，皆能为声乐，又悉教诵读《鲁灵光殿赋》，建兴十年，与前军师魏延不和，言语虚诞，亮责让之"。这类嚣张型的名士派，吊儿郎当，不大容易为诸葛亮所容纳。

廖立"自谓才名宜为诸葛亮之贰，而更游散在李严等下，常怀怏怏"。他说过"昔先主不取汉中，走与吴人争南三郡，卒以三郡与吴人，徒劳役吏士，无益而还。既亡汉中，使夏侯渊、张郃深入于巴，几丧一州。后至汉中，使关侯身死无孑遗，上庸覆败，徒失一方。是羽怙恃勇名，作军无法，直以意突耳，故前后数丧师众也"。"亮表立曰：'羊之乱群，犹能为害，况立托在大位，中人以下识真伪邪？'于是废立为民。"这种放肆型的高官，信口而言，很难被诸葛亮所接受。

李严，"以才干称"，为诸葛亮所重。章武"九年春，亮军祁山，平（即李严）催督运事。秋夏之际，值天霖雨，运粮不继"。他要求诸葛亮退军，"平闻军退，乃更阳惊，说'军粮饶足，何以便归！'欲以解己不办之责，显亮不进之愆也。又表后主，说'军伪退，欲以诱贼与战'。亮具出其前后手笔书疏本末，平违错章灼。平辞穷情竭，首谢罪负。……乃废平为民。"这种才高谋短、邀名卖乖之徒，恐怕很难得到诸葛亮的重用。

"水至清则无鱼，人至察则无徒。"诸葛亮在使用人才上的洁癖，也是蜀中尽出平庸人物的缘故。另外，这四位都是蜀中本土人，是否并非偶然的巧合？

曹操为何不称帝

第八十回（上）：曹丕废帝篡炎刘

　　曹操一生未称帝，死前不久，孙权因为夺荆州、杀关羽，与蜀交恶，不得不向曹操示好。遣使上书，建议他"早正大位"，他说："是儿欲使吾居炉火上耶！"

　　司马光在《资治通鉴》汉纪六十的最后，也在猜测曹操究竟因为什么，有天大之功，而一辈子不篡汉自立？"于是何进召戎，董卓乘衅，袁绍之徒从而构难，遂使乘舆播越，宗庙丘墟，王室荡覆，烝民涂炭，大命陨绝，不可复救。然州郡拥兵专地者，虽互相吞噬，犹未尝不以尊汉为辞。以魏武之暴戾强伉，加有大功于天下，其蓄无君之心久矣，乃至没身不敢废汉而自立，岂其志之不欲哉？犹畏名义而自抑也。"

　　一个人的内心世界，如波涛万顷的大海，绝非外人所能推测的。司马光说，"其蓄无君之心久矣"，这很大程度上是老先生的误判。因为一，曹操没有废掉刘协，另立一个姓刘的，像董卓那样废掉刘辩，立刘协。因为二，曹操也没有篡汉为魏，将刘协降为山阳公，如同他儿子曹丕所为。因为三，如果曹操有无君之心，干吗还要把自己的三个（而不是一个）女儿，嫁给这位君王？他对刘协很暴虐，很镇压，但刘协向他摊牌，

"自帝都许，守位而已，宿卫兵侍，莫非曹氏党旧姻戚。议郎赵彦尝为帝陈言时策，曹操恶而杀之。其余内外，多见诛戮。操后以事入见殿中，帝不任其愤，因曰：'君若能相辅，则厚；不尔，幸垂恩相舍。'操失色，俯仰求出"。如果一个久蓄无君之心的人，会有"失色""俯仰求出"的表现吗？曹操称臣于刘协二十四年，不变初衷，这一点，非凡人能窥其内心的真实世界也。

在中国封建王朝时代，"豁出一身剐，敢把皇帝拉下马"，曾经是亿万农民敢于舍命以求的最高境界，但是，曹操能够"没身不敢废汉而自立"，长达二十四年，这足以说明曹操一生不变的心态，不做皇帝，只做魏王，还分为两步走，按《后汉书》："十八年夏五月丙申，曹操自立为魏公，加九锡。""二十一年夏四月甲午，曹操自进号魏王。"按《三国志》："五月丙申，天子使御史大夫郗虑持节策命公为魏公。夏五月，天子进公爵为魏王。"看来，这都是挟天子以令诸侯以来的既定方针。如果他要当皇帝的话，进军洛阳时就可以把献帝废了。他知道，在汉末天下大乱，群雄蜂起，打出汉朝天子这张招牌，要比他称帝讨伐，更加名正言顺，得天应人些。他若废帝自立，第一，诸侯会联合起来反对他；第二，即使能用武力逐个摆平地方割据势力，然而，他无法使整个士族阶层服帖。这就是他所比喻的炉火，也是他作为一个政治家的高谋远略。

另一方面，他在诗文中对于周公的褒扬，"周公吐哺，天下归心"；对于西伯始终以臣事殷的赞美，"修奉贡献，臣节不坠"，这种"伊、周情结"，是他一生付诸实践的最高道德

准则。但曹丕则是新的一代，有他不同于其父
的价值观念，对于汉王朝，他不存在任何感情
义务，因此与其辅主为臣，不如篡汉自立。在
诸侯大部顺服，士族基本归心的客观情势下，
汉祚的延续，根本毫无意义，天厌汉德久焉，

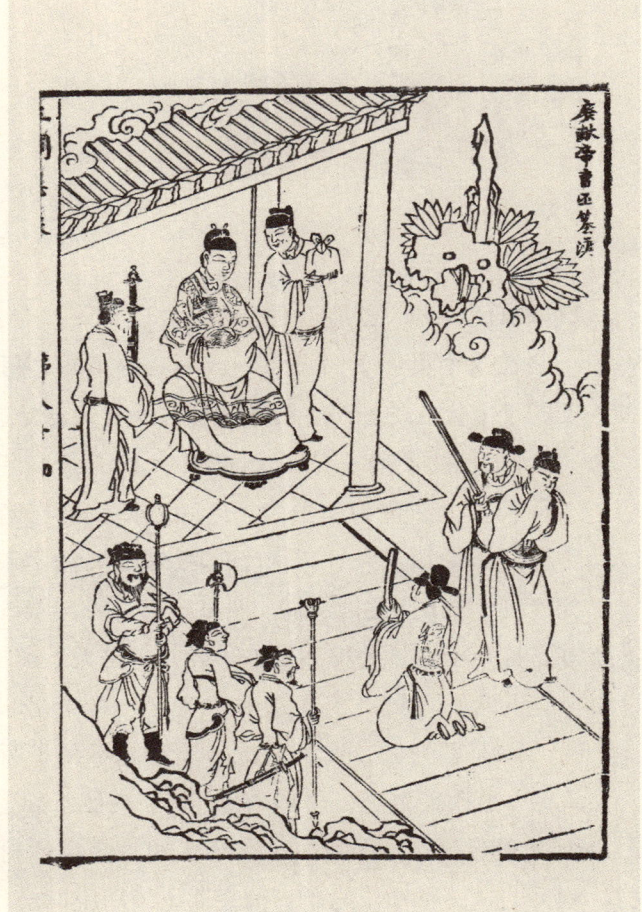

三国志像，绣像金
批第一才子书，毛
声山评点，金圣叹
序，清初刊本大魁
堂藏版

魏文帝像

所以取而代之，也是历史的必然。

在这个世界上，没有一成不变的事物，每一代人都有他不同于上代人的想法、看法和做法，时代就是这样进步的。

《后汉书》称："二十五年冬十月乙卯，皇帝逊位，魏王丕称天子。奉帝为山阳公，邑一万户，位在诸侯王上，奏事不称臣，受诏不拜，以天子车服郊祀天地，宗庙、祖、腊皆如汉制，都山阳之浊鹿城。四皇子封王者，皆降为列侯。明年，刘备称帝于蜀，孙权亦自王于吴，于是天下遂三分矣。"

与正史不同，出于袁宏《汉纪》载汉帝诏曰："夫大道之行，以天下为公，选贤与能，故唐尧不私于厥子，而名播于无穷，朕羡而慕焉，今其追踵尧典，禅位于魏王。"言简意赅，干净利落，汉，作为一个存活了四百余年的封建王朝，随着刘协的这一纸禅位之诏，彻底退出了历史舞台。

哪一处不是戏场

第八十回（下）：汉王正位续大统

　　刘备想登大位的觉悟最早，还在孩提年代，他就聚众童于树下曰，我为天子，如何如何。所以，称帝之心，久蓄胸中，只是时机未到而已。

　　虽然，刘备参见汉献帝，被尊为皇叔，有人考证，实际上中山靖王刘胜之子刘贞，因为坐失酎金被夺侯，已失去贵族身份。汉，三国，魏，是个讲门阀的社会，所以特别在乎这个体面，反正天高皇帝远，流落在河北涿鹿这一支姓刘的人家，隐去远祖业已失国的真相，冒充一下贵族，得到一点虚荣，如同阿Q对赵大爷说，我祖上也神气过一样，求得精神上的满足。穷乡僻壤，谁有兴致去查他的族谱。然而，刘备成为风云人物，自称中山靖王刘胜之子，就有人较真了。不过，查也不怕，刘胜此人生有一百二十多个儿子，你要查的话，十天半月，未必能有眉目。

　　但历史学家不信这个邪，写《资治通鉴》的司马光说了："昭烈之于汉，虽云中山靖王之后，而族属疏远，不能纪其世数名位，是非难辨，故不敢以光武及晋元帝为比，使得绍汉氏之遗统也。"注《资治通鉴》的胡三省也说了：刘备"自祖父以上，世系不可考"。注《三国志》的裴松之也说："臣松之以为先主虽云出自孝景，而世数悠远，昭穆难明，既绍汉祚，不知以何帝为元祖以立亲庙。于时英贤作辅，儒生在官，宗庙制度，必有宪章，而载记阙略，良可恨哉！"至于"皇叔"，则系"说三分"的民间文学了，正史上是找不到的。但《三国演义》流行以后，七实三虚，便讹假成真。

汉献帝建安二十四年（219）为汉中王后，在西蜀这块地盘上，有了一点小朝廷的意思以后，心痒难禁。

《零陵先贤传》称："是时中夏，人情未一，闻备在蜀，四方延颈。而备锐意欲即真，巴以为如此示天下不广，且欲缓之。与主簿雍茂谏备，备以他事杀茂，由是远人不复至矣。"你要称帝，举世之士谁还投奔麾下指望恢复汉祚呢？《蜀志·费诗传》也劝："群臣议欲推汉中王称尊号，诗上疏曰：'……诚不为殿下取也。'由此忤指，左迁部永昌从事。"因为泼了一点冷水，就被撵出成都。

而按《三国演义》，刘备理直气壮。他之为王，因曹操；他之为帝，因曹丕。说白了，不过是美化自己的托词而已。

王夫之说得好："承统已后，则亡吾国者，不共戴天之仇也。而先主无一矢之加于曹氏，即位之后三月，即举伐吴之师。孙权一荆州牧耳，未敢代汉为王，而急修关羽之怨，淫兵以逞，岂祖宗百世之仇，不如一将之私忿矣，乘机以自主而已。"

存在决定意识，天大的馅儿饼掉在刘备的眼前，他可没有曹操一忍二十四年的耐力。因此，小农经济的阶级烙印，使这位织席贩屦者那谋取帝位之心，注定无法按捺得住。

"早有人到成都，报说曹丕自立为大魏皇帝，于洛阳盖造宫殿。……孔明与太傅许靖、光禄大夫谯周商议，言天下不可一日无君，欲尊汉中王为帝。……于是孔明与许靖，引大小官僚上表，请汉中王即皇帝位。汉中王览表，大惊曰：'卿等欲陷孤为不忠不义之人耶？'孔明奏曰：'非也。曹丕篡汉自立，王上乃汉室苗裔，理合继统以延汉祀。'汉中王勃然变色曰：'孤岂效逆贼所为！'拂袖而起，入于后宫。众官皆散。"刘备的演技，堪称一流，曹丕就差得太多，一眼就让人看穿那小人得意之色。

于是，诸葛亮装病，刘备亲到府中，"汉中王曰：'吾非推阻，恐天下人议论耳。'孔明：'圣人云：名不正则言不顺，今大王名正言顺，有何可议？岂不闻天与弗取，反受其咎？'汉中王曰：'待军师病可，行之未迟。'孔明听罢，从榻上跃然而起，将屏风一击，外面文武众官皆入，拜伏于地。汉中王惊曰：'陷孤于不义，皆卿等也。'"

接下来，"筑台择吉，恭行大礼"，实现他孩提时代"我为天子"的梦想。这一出一出的好戏，先是曹丕，现是刘备，后有孙权。果如曹操在建安十五年所写《让县自明本志令》中所说，"设使国家无有孤，不知当几人称帝？几人称王？"建安二十四年，他两眼一闭，真是有人按捺不住跳出来表演。明人李卓吾评点《三国演义》至此，不禁感叹："哪一处不是戏场？哪一人不是戏子？"

诚然。

© 李国文 2017

图书在版编目（CIP）数据

李国文说三国演义. 中，萧萧故垒 / 李国文著. —沈阳：
万卷出版公司，2017.5

ISBN 978-7-5470-4482-7

Ⅰ.①李… Ⅱ.①李… Ⅲ.①《三国演义》评论
Ⅳ.① I207.413

中国版本图书馆 CIP 数据核字（2017）第 060641 号

策 划 人：刘一秀
出版发行：北方联合出版传媒（集团）股份有限公司
　　　　　万卷出版公司
　　　　　（地址：沈阳市和平区十一纬路25号　邮编：110003）
印 刷 者：北京鹏润伟业印刷有限公司
经 销 者：全国新华书店
幅面尺寸：146mm×210mm
字　　数：230千字
印　　张：10.25
出版时间：2017年5月第1版
印刷时间：2017年5月第1次印刷
责任编辑：孙郡阳
装帧设计：刘萍萍　范娇　万晓春
责任校对：马　荣
ISBN 978-7-5470-4482-7
定　　价：42.80元

联系电话：024-23284442
传　　真：024-23284448
E－mail：vpc_tougao@163.com
网　　址：http://www.chinavpc.com